马御 著

哪吒

业火红莲

北京联合出版公司
Beijing United Publishing Co.,Ltd.

图书在版编目（CIP）数据

哪吒：业火红莲 / 马御著． -- 北京：北京联合出版公司，2018.5（2025.3 重印）

ISBN 978-7-5596-1558-9

Ⅰ．①哪… Ⅱ．①马… Ⅲ．①长篇小说－中国－当代 Ⅳ．① I247.5

中国版本图书馆 CIP 数据核字（2018）第 006709 号

哪吒：业火红莲

作　　者：马　御
出 品 人：赵红仕
责任编辑：夏应鹏
封面设计：王　鑫

北京联合出版公司出版
（北京市西城区德外大街83号楼9层 100088）
北京新华先锋出版科技有限公司发行
三河市中晟雅豪印务有限公司印刷　新华书店经销
字数156千字　787毫米×1092毫米　1/16　16印张
2018年5月第1版　2025年3月第2次印刷
ISBN 978-7-5596-1558-9
定价：49.00元

目 录

楔　子

“哪吒……”

太乙真人驾着仙鹤，盘旋在乾元山间，一只造型精巧的金铃，在他手中叮当作响。铃声所到之处，处处都是他低声呼唤哪吒名号的声音。

金铃音色清脆，明明微如蚊蚋，却能震人心魄。一出乾元山，就随风东去，直往陈塘关城门之前，那片难以直视的血肉模糊。

陈塘关总兵李靖之子哪吒，触怒龙王，惹得连日暴雨，直至此日方停。

此时城门大开，关内蓄积之水聚作滚滚洪流，夺门而出，把城门前那具尚有余温的尸身冲进了九湾河中，消失在了浩荡洪波里。

李夫人在关内泣血半日，此时已经哭昏了过去，再无半点儿声息，家将忙唤城中名医诊治。再上城楼时，只见李靖依旧呆立城楼之上，远远凝视着地上那摊鲜红的血迹。

李靖保持呆立已然半日有余，就连家将禀报夫人昏死，哪吒尸骨没入东海流波，他也没有眨过一次眼睛。

关前那摊热血已凉，彤彤红日灿射陈塘。

百姓在暴雨之后的泥泞里拖出死去亲友的尸身，天地之间忽然有一阵清脆金铃声连连作响，随即就有一阵突如其来的阴风，将关里关外游魂尽裹，带往西方。

在这阵阴风之后，城中骤然响起无数哭声。而关前那摊接连遭受暴雨、洪流冲刷的血迹，也在此时忽然散去，化得干干净净。

原本已无生气的殷夫人听得铃音，突然深吸一口气，二目猛然圆睁，众医者、家将不及欣喜，便见殷夫人泪水长流，恸哭道："哪吒……"

收起哪吒的最后一魄，太乙真人猛然将金铃一荡，震退闲杂亡魂，随即轻叹一声，驾鹤落在金光洞前。

这日一早，金霞童子背着竹篓，刚开洞门步出金光洞时，就见洞前晨雾缭绕中有一股阴风扑面而来。金霞打了个冷战，那股阴风聚散离合之间，杳杳冥冥，昏昏默默，分明是一个人的精魄。再仔细一瞧，才看清竟然是师兄灵珠子的转世之身！

金霞跌跌撞撞跑回洞府，禀报师父太乙真人，这才有了真人今日驾鹤而出，施展金铃招魂之术。

九龙神火罩在山门之前扣了一夜，罩中的截教妖物石矶，已经在九条离火神龙往来盘旋之间化成了飞灰。但石矶神魂却未东归截教碧游宫，反而径直飞往了东昆仑的玉虚宫。

"看来确是封神已起，封神榜已经开始发挥效用了。"太乙真人收起宝物，一摇金铃，铃中所寄两魂七魄无所依托，便飘向最先归往乾元山的那一魂。三魂七魄聚齐糅合，方才现出一个身高六尺、眉清目秀、面如傅粉的小孩儿来。

哪吒虚浮在三尺半空，落不下地来，便在半空跪倒，悲声叫道："师父！"

太乙真人虽已看淡生死，也不忍见两世门徒这般模样，便叹道："一切天道命理，早有定数。你这便前往陈塘关中，寻你母亲殷氏，叫她在关外四十里那翠屏山中，为你造一座哪吒行宫。你受飨人间香火祭拜三载，就可重塑真身，上天庭为神。"

哪吒闻言直起身来，眼中悲凉更甚："师父既知天命，为何不肯告知于我？"

"天道杳冥难以探察，且那源流远在昆仑之巅紫霄宫内，除三清天尊与玉皇之外，鲜有仙人能够近前一窥究竟。为师虽已修成金仙，却也并不能窥尽天理循环。"

哪吒反驳道："我为保陈塘安宁，保父母平安，因此削骨还父，削肉还母，乃是我自己的决定，又与天道有何关系！"

太乙真人不置可否，摇了摇头："不顺天道，则不成仙道。仙道不成，其命自不久矣。你如今已无形体，便无法再修仙道，且去翠屏山中效法玉皇，自修神道去吧。"

哪吒心中依旧愤愤，只是低头一拜，便随东去之风，又往陈塘关飘去。

太乙真人见那缕孤魂东去，摊开手中玉帝谕旨又看了一眼："灵珠子乃朕与真人亲见出世，如今封神大业由他而始，但他乃是自刎而死，无法入榜封神，且去下界受飨三年，即可升入天庭为神。"

谕旨乃是今早传来，但世事却是早就注定。

"明知事情来由，却任由哪吒再死，我这个师傅做的，是否太不称职了呢……"太乙真人看到这里，心头满是无奈，不由得又是一声叹息。只在此一叹之间，目中光影流转，从前世灵珠初现，便已照见这短短七年。

第一章　魂归乾元

1

　　昆仑山高万仞，山峰直插苍穹，五彩祥云升腾婀娜，流转群山万殿之间，一派仙界胜景。

　　那一日，太乙真人在玉虚宫中听过元始天尊讲道说法，正要驾鹤归去，却忽见层云堆叠之中，有个衣着华美的神，身披瑞霭千条，红霞万丈，自西昆仑天庭里巍峨的众殿之间，飘然而来。

　　那神脑后的瑞霭，名叫"天地之秩"，背后红霞，号曰"宇宙之序"，因此那神一走近，太乙真人就觉得像是有无边桎梏加上身。但他依旧面露笑容，迤迤然步上前去，撩起拂尘打个稽首，微微一拜，道："太乙参见昊天金阙无上至尊自然……"

　　玉皇大帝面泛红光，笑道："真人何必行此虚事！"

太乙真人闻言，方才直起身来，问道："许久不见上帝[1]，不知欲往何处去？"

玉皇大帝道："寡人久居深宫，了无陪伴之人，今日忽然心血来潮，掐指一算，于修道初成之时在昆仑天池中种下无数莲子，今日当开，故欲一去观之。真人不若一同前去，如何？"

"哦？竟有此等妙事！"传言玉皇大帝自幼修持，苦历万劫方才证天道，而开神道之先河。他修成神道之日种下的莲子，肯定也绝非凡物！因此太乙真人欣然应允，脚下祥云升腾而起，便同玉皇大帝一前一后，飞往西昆仑天池胜景。

那神池浩渺，如空中浮镜，中有神仙造景，亭台楼阁各具神韵。天池四面环山，山外万顷园中，种有桃树三千六百棵，夭夭灼灼，全都枝繁叶茂，只是树上青桃不过才枣儿般大小。那桃树三千年一开花，三千年一结果，待到花开果熟之际，西王母便广邀神仙，共聚于瑶宫天池赏玩品尝。

太乙真人跟随玉帝按下云头，西王母领着七位仙女已然静候在侧，身后桌台案几，摆满了玲珑果品、珍馐美味。众仙女欠身行礼，虽有轻纱遮面，却依旧可由众仙女之姿，想见西王母纱后桃李之颜。

太乙真人打个稽首，对西王母拜道："贫道见过王母！"

西王母轻笑道："不知道得多大的风，才能将太乙真人尊驾从乾元山吹到此地呢。"

"王母说笑了！"太乙真人环顾四周，见天池之水透明澄澈，一眼望去，就连莲叶也无，更遑论莲花了，因此疑惑道，"池中并无莲花……"

玉帝与西王母各自坐于青玉案后，西王母道："道中自有理，真人且先落座便是。"

太乙真人依言落座，耳听仙女奏乐，面前案几雕龙画凤，琉璃盘、碧玉杯中各色香气扑鼻而来，他却端坐不动。玉帝知他乃玉虚宫得道金仙，也不劝他，便道："真人常在玉虚宫中闻道听法，不知元始老师这几日所讲何经？"

---

[1] 玉皇大帝全称为"昊天金阙无上至尊自然妙有弥罗至真玉皇上帝"。

一神一仙随即闲谈黄庭[1]，浅论心印[2]，讲返璞道归真，说造化通八卦。

太乙真人引经据典侃侃而谈，玉帝虽出言不多，但字字切中要害，深得义理。太乙真人听到他话里暗藏机锋，不由得收了小觑之心，凝神以对，不敢有丝毫松懈，几乎都要忘记来此目的了。但看玉帝，则依旧泰然自若，气定神闲。

二人暗自斗法之时，一旁歌舞的七仙女中有个伶俐的红衣仙女忽然惊叫出声，玉帝闻声则喜，道："正是破土之时！"便起身同西王母往池边走去。

太乙真人趋步其后，才到那天池边上，就看见澄碧池水正中似有无数芽儿破土而出，伸出三寸小茎。根根花茎遇水则长，不过须臾，竟已有腰身粗细，长出水面，随即便有雪白莲叶趁势铺开，将整个天池之水映出一片清光，又有无数拳头大小的花骨朵随清光绽放，尤其以正中那朵红莲，在满池白莲之中显得格外耀目。

那花旋转着，盛开出九九八十一片花瓣，花瓣由浅及深，初极雪白，至尖上已是如血深红。其间并无莲藕，绽开之际，却自放红艳光华。光华尽敛后，才出现一颗浑圆如同灵珠似的莲子，在那红莲正中滴溜溜直转。

"这……这是何物？"太乙真人惊道，"莫不是天生宝物出世？"

"拿来一观便知。"玉帝把手一招，那颗莲子灵珠便轻轻飘起，飞离了天池红莲。红莲花叶枝茎生得快，此时枯萎则更甚，灵珠刚离，莲花便缩入水中，正要消失，却被瑶池之水包裹而出，落入西王母手中。红花白叶，又有莲梗相托，通透可爱，西王母拿在手中把玩一番，才交给身后仙女瑶姬，道："拿去放在宫中，做一盏莲灯。"

玉帝手捧莲子，先一皱眉，旋即又展颜而笑，喃喃道："原来如此，既是转世轮回之种，何不将过往前尘断个干净，另辟新生呢？"说罢，便见他手中忽起一道清光，在那莲子上一闪而过。

---

[1] 指《上清黄庭内景经》与《上清黄庭外景经》，为道教上清派主要经书之一，《封神演义》原著中多次提及。

[2] 全称《高上玉皇心印妙经》，托言"无上玄穹主金阙大道君"所述，宣扬道教修炼法，主要阐述内丹炼养精气神之秘要。

太乙真人素来爱宝，此时见着这天生灵物，自然目不转睛，只是他方才坐而论道未能胜过玉帝，当然不便要来，正踌躇间，却听玉帝道："真人不来瞧瞧这颗莲子吗？"

太乙真人下意识一伸手，那珠子便轻轻落在了他手中。随即便有一股磅礴之气、两声振聋发聩之言，从灵珠处直击太乙心神："哪吒！"

太乙真人猛然一惊，那灵珠就闪耀着青、红二色微光，从他手中缓缓落在地面。触地之际，光华大盛，便化作了一个婴儿，在天池边呱呱啼哭。

玉帝见状，抚掌笑道："妙！妙啊！这孩子出于莲花，入得真人之手，方才从莲子之中现出真身，定是真人道德高深，方才能得此天定之缘。"

太乙真人见玉帝有心，自问天道，即知与这莲中化生之子有两世师徒缘分，才道："贫道便收这孩子为徒吧。"说罢，便将那孩儿抱在怀中，见他朱唇白面，十分可爱，又是灵物所化，便在天池无数白莲间喜不自胜道："你既为莲中灵珠所化，贫道便为你取名灵珠子吧。"

➿ 2 ➾

当灵珠子一天天长大，叫出第一声师父之时，太乙真人无疑是喜悦的。

除却侍奉洒扫的童子之外，彼时的阐教仙人绝少收徒，自然无人能够领会眼看着一个襁褓婴儿，成长为俊逸少年，逐步领悟自己一生所学的愉悦。即便太乙真人需要不断为天不怕地不怕的灵珠子料理他闯下的祸事，但这又何尝不是漫漫仙途之中，一些增添色彩的趣事呢？

然而当命中注定的一切，以无可阻挡之势滚滚而来之时，即便是自由于天地之间的仙，也无力阻止。

那一日，灵珠子在为前时所犯之事面壁思过，便有一道法旨从金霞童子身前飞过，径直落在太乙真人手中。太乙真人看罢法旨，便道："为师要前往玉

007

虚宫拜谒天尊，你二人留在山中，切勿生事！"说罢，便驾起瑞鹤祥云，往昆仑山飞去。

云飘万里无依，鹤飞千年才及。

远远望去，那昆仑好似长在雾里云间，缥缥缈缈，幻幻真真。竹篁瑶草，奇花古木，飞去众童子，往来有群仙，仙鹤与白云共舞，瑞兽腾长虹霞举。正对面有一处陡峻山崖，仿佛刀削斧劈一般，上书"麒麟崖"三个大字。

太乙真人驻足麒麟崖下，早有接引童子快步上前，躬身道："请真人往玉虚宫中！"

那宫殿修在青山之间，现于群峰之巅，玉虚宫灯万古长明，戊己杏黄旗[1]镇守中央，不借外势之雄伟壮阔，便自有一股巍峨天上的至高之气。

太乙真人行到八卦台前，于蒲团上行礼，道："太乙拜见老师！"

便听混沌之中飘来一处清音："先去一旁等候。"

太乙真人闻言起身，才见阐教门人已然来了大半，燃灯道人立在天尊身旁，台下是南极仙翁领头，另有九仙山桃源洞广成子、太华山云霄洞赤精子、二仙山麻姑洞黄龙真人、夹龙山飞龙洞惧留孙、崆峒山元阳洞灵宝大法师、终南山玉柱洞云中子等立在其身后，再有新近上山的姜子牙、申公豹二人，与萧臻、邓华一道，垂手在侧。

太乙真人入列后，就听见黄龙真人说道："早先师尊与师伯、师叔于紫霄宫前参见天道，竟见秩序源流开始流散，而恐上下之序混乱，恰逢玉皇大帝应运而生，苦历千劫百难而成亘古未有之神道，遂在西昆仑开天庭执掌流散秩序，将他拥立为天庭之主，主宰三界众生。只是源流逸散之事，仍不得解，此次召集众位师兄弟，莫不是便为此事？"

南极仙翁乃是阐教首席弟子，久在元始天尊身边，自然知晓为何。往日面上总是吟吟带笑，今日却一脸冷峻，满眼复杂情绪，望着身后众位师弟，一言不发。

---

[1] 《封神演义》中阐教元始天尊之物。

广成子为玉虚宫击金钟首仙，召集众弟子的法旨便是由他所发，听见黄龙真人发问，他才轻叹一声，说道："正是为此，乃是我等杀劫临头。"

众仙闻得"杀劫"二字，全都一惊，太乙真人问道："师兄此话怎讲？"

广成子道："前些时日师尊与老君、通天教主再至紫霄宫前，却见那天地秩序流散更甚，而天庭人手不足，自然无法全盘接下。三尊便在宫前商议，令门下弟子转修神道，在天庭担任神职。三教之中，八景宫仅有玄都大法师一人，而碧游宫弟子十倍百倍于我玉虚门下，倘若事成，恐怕碧游宫中得力弟子十之八九都要入天庭，师叔自然不肯，因此三尊商讨无果。正欲不欢而散时，却见那玉皇大帝手捧一榜一鞭，走出紫霄宫，对三尊拜曰：'诸位老师命我执掌天庭，统管天道流散秩序，小神日夜看守，不敢有丝毫懈怠。今日来此巡视之时，却见宫中闪出一道凌厉红光，便斗胆入宫，方见此物。'说罢，便将那两样物件径直交与师尊手中。"

广成子说话间，又有五龙山云霄洞文殊广法天尊、九宫山白鹤洞普贤真人、普陀山落伽洞慈航道人纷至沓来，皆问道："这却是为何？"

广成子又道："此正是我等之劫。那榜名为'封神榜'，鞭名叫'打神鞭'，榜上列有阐、截二教，教下名姓云遮雾绕，不能辨清，只是截教名下弟子无数上榜，我阐教亦有不少。师尊久奉天道，一算便知，道：'是我门下弟子该有此杀劫。'师叔闻则不喜，只道：'既是天命如此，吾自难逆天而为，只是既不知名姓，我便下谕帖勒令门下紧守，潜心修道便是。'说罢，便拂袖而去。"

慈航道人问道："那打神鞭又有何用？"

赤精子答道："顾名思义，只打得榜上有名之神，打不得无名之仙。"

广成子点头应道："榜上有名者，若是硬挨这一鞭，顷刻间便要身死成神，在那榜上现出姓名来。我等久久不得斩却三尸[1]而证混元圣道，今逢这杀劫，却不知是人来杀我，还是我等杀人了。"

---

[1] 指道教的三尸神。尸者，神主之意。道教认为人体有上、中、下三个丹田，各有一神驻跸其内，统称"三尸"。上尸好华饰，中尸好滋味，下尸好淫欲。早期道教认为斩"三尸"，恬淡无欲，神静性明，积众善，乃成仙。

众仙闻言，皆眉头紧锁。

此时，玉泉山金霞洞玉鼎真人、金庭山玉屋洞道行天尊及青峰山紫阳洞清虚道德真君联袂而来，虽见尊颜喜怒不形于色，但众仙面色凝重，也知有大事发生，一齐行礼问候完，便垂手而立，静候天尊旨意。

元始天尊坐在九龙沉香辇上，抬起眼皮扫视众仙，沉声道："尔等之中，有人杀劫临头，有人合该命殒，只是截教门人若真奉通天之命而不出，天道秩序便永无稳定之日……"

那云中子乃是福德之仙，听闻元始天尊话中深意，遂道："老师的意思，是叫我们……"话说一半，却见元始天尊面沉似水，连忙就此打住，敛口不言。

道行天尊却转而说道："广收弟子，光大阐教，不成仙道者，助其成神道，亦非不可。"

一时之间，玉虚宫中众人皆噤声不语。

就在此时，太乙真人却听见金霞童子大叫"不好"，扑倒在玉虚宫外。太乙真人心头一跳，便听金霞童子颤声叫道："师父，灵珠子师兄失手打死了碧游宫石矶娘娘门下的青云童子，师兄与她在乾元山打起来了！"

太乙真人怒道："真是个天生惹祸精！"

话音刚毕，却见四周众仙，甚至元始天尊与燃灯道人，全都玩味地望着自己，太乙真人的心头霎时涌上一丝苦涩。

❧ 3 ❧

"师父，师父，玉虚宫上送来一张弓和三支箭！"金霞童子在洞外惊喜连连，那载着弓箭飞来的巨大纸鹤一经他手，便闪出一道清光，现出一卷尺长短轴。弓箭摔落在地上，金霞童子试了半天，却连支箭都拿不起来，嘴中嘟囔道："还挺重的……"

金光洞中昏昏暗暗，金霞童子不敢掌灯，穿廊入堂。黑暗之中，忽然传出太乙真人之声："放在洞外便是，你先去给你师兄送些丹药。"

金霞童子猛然一惊，方才道："是……是。"随即把那卷玉虚法旨放在了真人身旁。

借着洞口洒进的微光，金霞童子突然发现，师尊原本灰白各半的须发，此时已然全白，仿佛一瞬间苍老了百岁一般。

"仙人也会老吗？"金霞童子心中疑惑，旋即想起灵珠子师兄被关在洞中，已经许久不曾进食了，便去丹药架上取了半葫芦辟谷丹，去金光洞洞底找灵珠子。

洞牢无门，人心自困。

灵珠子并未像往常一样躺在地上酣睡，流下一地哈喇子，而是极为反常地正襟危坐在窄洞之中。

每个人都变得好陌生啊。金霞童子忽然有些惧怕，正犹豫着不敢向前，却看见灵珠子在黑暗之中射出两道凌厉的瞳光，伸手道："把辟谷丹给我。"

"隔着一百里我就闻着香味儿了。"灵珠子像嚼豆子似的，嘎嘣嘎嘣吃下了一把。金霞童子敛裳坐在一侧，一言不发。灵珠子口中嚼着辟谷丹，含混地问道："金霞，你怕死吗？"

"怕啊，谁不怕死呢？"金霞童子愣了愣，说道。

"那假如死了以后，一切都又是新的开始呢？"灵珠子停下咀嚼，正色问道。

"我不知道。"金霞童子摇摇头。

"是了。你七岁那年，我和师尊于虎口之下救了你。你虽与道有缘，却没有成仙之资，因此，师父便叫你吃了长生的丹药。从那时候起，你就连一寸也不曾长过，行为做事也常如童子。一个永远处在童年的人，又怎么会想到死亡与新生呢？"灵珠子眼中的光又暗了几分，轻声道，"你出去吧，我累了。"

回到正厅，太乙真人依然在蒲团上打坐，玉虚法旨半展在旁，见金霞童子回来，便道："今日允你下山，扮作得道高人模样，将这弓箭送往陈塘关中，至于来历，俱在此卷当中。"

真人话音刚落，便从手中弹出一道清光，落在了金霞身上。

只听金霞浑身骨骼咔咔作响，眨眼之间，竟已长成了一副青年模样。金霞好奇地打量自己，身上的童服已变成一副道人打扮。他手捧法旨去洞外取那副沉重的弓箭，这次却很轻松就拿了起来。他在阳光下细细端详，就见翎花之下写有"镇陈塘关总兵李靖"字样。

等待的时间煎熬且漫长，即便是心智未全的金霞童子，也在这漫长的等待之中，渐渐明白，天之天下，恐怕将有大变产生了。

玉虚宫灯万古长明。宫中灯火一闪，原是一只纸鹤飞出，带起云开雾散，径往乾元山而去。

灵珠子跪在真人面前，低头不语。

太乙真人手执纸笺，面色凝重，道："你此前杀了石矶娘娘的弟子，天尊命你一命相抵，今日时候已到，你可有话要说？"

"弟子闯下祸端，无话可说。只是恨自己道行微末，不能杀尽那些为难师父的外教之人，连累师父遭受责难。"灵珠子抬起头，眼中尽是磐石一般的坚毅。

"并非为师不想保你周全，只是初见之时，为师算出你我有两世师徒情分。当时为师尚且不解，如今却才明了。"太乙真人不忍直视弟子之眼，却从袖中唤出金铃，罩在灵珠子头顶。灵珠子浑身一软，便瘫倒在地。

金霞童子见太乙真人带着混天绫、乾坤圈驾鹤去远，方才进洞，抄起玉虚符旨，见龙章凤文写就云篆之章："兹命乾元山太乙真人门下戴罪弟子灵珠子，往陈塘关总兵李靖夫人殷氏腹中投生，今夜即往。"

☙ 4 ☙

李靖很焦虑。

早在探清夫人殷氏脉象之时，李靖就已做好准备，欲迎接他与殷氏的第三个孩子。可谁知这一等，便是足足三年零六个月。关内百姓常在茶余饭后议论此事，李靖不经意也听到许多言语，正在今夜对殷氏说道："今日我出关时，听城中孩童歌曰'孕怀三载，非妖即怪'。"

殷氏亦愁眉道："我也觉此孕定非吉兆，因此日夜忧心。"

李靖抱着殷氏，柔声说道："当年我李靖一文不名，夫人则出自朝歌殷氏名门，我自问无计可施，才狠心抛下夫人，孤身前往西昆仑求仙问道，拜了度厄真人为师。我学艺三年，师父说我尘缘未了，无法修成仙道，因此将我遣下昆仑，谁知夫人竟为我这等懦弱小人，而以死相逼违抗父命，拒绝无数豪门权贵。"

殷氏堵住李靖的嘴，温柔地道："我看中的李靖，乃是顶天立地的堂堂男子汉，并不认识什么叫李靖的懦弱小人。"

李靖一七尺男儿，听闻此话，眼中已现泪花，他牵住殷氏之手，道："只是如今夫人为我所累，每日晕吐不休，吃不下一口好饭，三年多来身体虚弱成这般模样，皆是怪李靖，让夫人怀上了这个妖物！"

殷氏安慰道："你乃修道之人，怎会不知冥冥之中自有天意？我等凡俗，顺遂即可。或许这孩子并非妖物，而是神仙也未可知。"二人枕边夜话一席，方才合被而眠。

是夜，殷氏熟睡而梦，梦见一个须发皆白的老道，穿厅过堂，直入香房。殷氏惊异不已，正要斥骂，那道人却将一物往殷氏怀中一送，道："夫人快接麟儿！"殷氏猛然惊醒，坐起身来，却见窗前灯火微明，随风摇曳。屋外蝉鸣切切，月光如水，破窗流入。

眼见屋中并无异状，殷氏正欲再睡，忽觉腹痛难忍，忙叫起李靖，痛呼道："我……我可能要生了！"

李靖听了大惊失色，急忙起身叫来预备了两年多的产婆，筹备好接生所需的一切，便在前厅来回踱步，心道："此等异相，莫不是哪方妖物趁我不备，投身夫人肚中？"掐指算来，也是吉凶未卜，便取下了供在桌上的宝剑，挎在腰间。

李靖惴惴不安之时，那香房里忽然传出一阵撞倒杂物的乒乓之声，李靖急忙冲进香房，把正要出门的两个侍女撞得东倒西歪。

李靖抓着侍女，急问道："夫人怎样了？"

那侍女惊叫道："夫人生下了一个妖精！"

李靖心中一滞，推开侍女，就见房中满屋红光，并有一股异香扑鼻。地上一个肉球，滴溜溜向他滚来。

李靖大惊，抽出宝剑就往肉球上劈去，轰然有利剑破体之声，那肉球便分作两半，跳出一个小孩儿来。小孩儿在地上打了个滚儿，映得满地红光，站在李靖面前，好奇地打量着他。

李靖看那小孩儿面如傅粉，右手套着一个金镯子，肚腹围着一块红兜，金光射目，俨然神圣形象，并无半分妖气。他便抱起孩儿，交与夫人看，殷氏怀他三载，就算吃再多苦也俱成了前尘往事，不由得笑逐颜开。

次日天色微亮，有一众陈塘属官闻讯而来，纷纷向李靖贺喜。

李靖抱着孩子坐在主席，手下将领纷纷啧啧称奇，赞叹道："小公子在夫人怀中生长三载，一出世便能跑跳，当真奇哉！"

李靖心中暗自得意，却笑而不语，正欢宴之时，有个侍从前来禀报："府外有一道人求见。"

李靖在昆仑学道，自然知道那些得道高人的脾性、手段，忙起身欲要出门相迎，却见一个鹤发鸡皮的道者已然步上大厅。

远隔十丈之外，李靖就觉一股仙风扑面而来，心中暗道，这道人定然不俗，当即谦恭相迎。二人行过礼，让与道人座位，李靖才开口问道："不知老师于何处名山洞府之中修行？今日光临寒舍，又有何见谕？"

"贫道乃乾元山金光洞太乙真人是也。"太乙真人笑道，"至于说有何见谕，倒谈不上。实不相瞒，贫道实是为尊夫人昨夜所生之子而来。"

玉虚宫元始天尊亲传弟子，位列阐教十二金仙！

李靖对上太乙真人如炬双目，不知为何，只觉那扑面仙风尽化作凉风，送来彻骨寒意。五龙山云霄洞文殊广法天尊带走了长子金吒，九宫山白鹤洞普贤真人又带走了次子木吒，夫人怀胎三年零六个月方才诞下的三子还未起名，难道就又要被这太乙真人收徒带走吗？

李靖垂下眼睛，正要开口，太乙真人却诡谲一笑，说道："将军不必担心，贫道虽收了这孩子为徒，你们却可将他留在身边。"

李靖闻见太乙真人的笑声，心头寒意更甚。

⟡ 5 ⟡

金乌西去，复有玉兔东来，寒暑交替，不知不觉间，哪吒出生已有七载，长成了一副身高六尺的少年模样。

这七年里世上并不太平，因为哪吒时不时就能听到李靖满脸愤怒地念诵战报：

"东伯侯姜文焕起兵造反，领兵四十万直取游魂关！"

"南伯侯鄂顺起兵造反，领兵二十万直击三山关！"

天下八百诸侯，一口气儿反了一半，让李靖不由得忧心忡忡。陈塘关三军戒备，整日操练士卒，提防临近游魂关的野马岭等诸多要地。

李靖忙于军务，自然疏于管教哪吒。殷夫人生了三子，却并无一女，因而便将唯一在身边的小儿子哪吒当作闺女般养，给哪吒扎了丫髻，让他整日同她一起，大门不出二门不迈。

这年夏日，天气异常酷热。

哪吒对母亲说，想要去关外玩耍避暑。殷夫人爱子心切，便叫一名家将随同，带他出关去耍。

二人出了陈塘关约莫一里，哪吒便走得汗流浃背。远远望见一丛绿柳林，林荫密布，十分高兴，就对家将道："我俩去那边乘凉如何？"

家将应了，怕小公子走多了路疲累，便将他背在了身上。那林子近疏而远密，初进林中时，还有斑驳光点透过横斜枝叶，愈往深处，愈发凉爽怡人。

"呀，那边有水！"哪吒见那密林深处有一条曲折河流，流着滔滔绿水，杨柳低垂，凉风习习，便从家将身上跳下来，笑道，"我方才走了一身汗，去那河湾中洗个澡便回！"

家将忙嘱咐道："此河名为九湾河，水虽不急，却离东海颇近，小公子务必小心。"

"我就在河边洗澡，不往深处去。"

家将见哪吒脱了衣裳，甩着两个丫髻跃进河中，不由得失笑，寻了一处光嗒嗒的大青石躺了上去，眯着眼哼起小曲儿，很快便熟睡过去。

哪吒在九湾河里戏水，玩得好不开心。而他身上自打从出生起就套在腕上的金镯与围在肚腹前的红绫，一碰到河水就忽然放出耀眼的红光。红光过后，金镯变成了一个合抱大小的圈儿，内圈现出"乾坤"二字，刚好能套在他身上。红肚兜则变作一匹七尺长绫，无风自浮，飘在哪吒身侧。

这两件宝物现出真身，哪吒就忽然觉得体内仿佛有个封闭良久的闸门，突然被拉开了一般，浑身似乎有使不完的力气，横生出直面天地的勇气。

哪吒见猎心喜，就在那九湾河中甩起两样宝物，蘸着水洗起澡来。那条红绫一入河水，就将整条河映成了九曲红河，哪吒扯起一边，红绫好似海浪一般翻飞，河面上并不见波涛如何汹涌，河中却已是暗流涌动，滚滚洪流直出海口，冲向东海深处。

哪吒戏耍玩闹之间，不知不觉又沿着河向东游了几里。

正玩得开心时，九湾河水突然掀起一阵大浪，随即炸开两半，从中跳出一个身高两丈的怪物。哪吒惊疑不定地看着那怪物，只见他面如蓝靛，发似朱砂，长得丑陋凶恶，像极了东海边龙王庙里的巡海夜叉。

那夜叉手持一把巨斧从水底出来，张开血盆大口，露出锯齿似的獠牙，哇哇怪叫道："那个不男不女的小娃儿，你在此处作什么怪，把河水映红，使龙宫晃动？"

哪吒听见夜叉骂他穿女装，俏脸霎时一红，心中羞愤不已，脱口便回骂道："好丑陋的畜生，吓了我一跳！"

"吾乃东海龙王点差之巡海夜叉李艮，你这小娃儿怎敢辱我！"夜叉李艮平素横行东海，哪里有人敢如此辱他？登时大怒，一斧将河劈作两半，抡起斧头便朝哪吒砍来。

哪吒常在李靖军中与军士打闹，如今体内又有了法力，自然不怕李艮。他右手一送，混天绫便直冲而出，将那大斧卷起，生生从李艮手中夺去。又一举左手，乾坤圈便高飞而起，在半空之中转了几转，直直朝李艮脑袋上打了下去。

李艮一着不慎，兵刃被哪吒夺了，又见那圈儿来势汹汹，竟然是仙家法宝，自知踢了铁板，慌忙跃入水中，想要逃回东海。

乾坤圈虽然入水，威势却仍旧不减。河水刚合，哪吒就看见一股污血激射而起，腥臭难闻。正想下河去寻乾坤圈时，那圈却打着转儿，带着李艮之血，直直飞回他手中。他只当这圈是平常物件，李艮知道了他的厉害，便潜入水中，不敢上岸，因此笑道："真是个好宝贝，只是被那丑怪的血污了纹饰字号，还得再去那边干净的地方洗一洗才好。"

哪吒站在一处出水之石上，来回摆弄着乾坤圈，脏污之处尚未洗净，那九湾河入海之处突然涌起一道滔天巨浪，仿佛乌云压盖一般，往他这边排山倒海似的压过来。哪吒运起体内新生法力，才看清浪头之上，有一人披坚执锐，身骑异兽，领着无数虾精蟹怪，踏浪而来。

大浪顷刻而来，浪头那人一挥画戟，怒道："李艮奉命巡海，如何不见了踪影？"

哪吒见他来势汹汹，却一点儿也不怕他，指着李艮下水之处道："我看到他从那儿跳下去了。"话音刚落，便有虾兵蟹将从那处托起李艮的尸体，浮上水面。

那人怒道："光天化日之下，是谁家小孩儿光着屁股在此逞凶？"

哪吒又羞又怒，将乾坤圈套在身上，使混天绫围住身子。他心中讶异李艮长得孔武凶恶，却经不起乾坤圈轻轻一击，又见那人盛气凌人，出口伤他，就兀自逞强道："是我杀的又怎样？我乃陈塘关总兵李靖之子，在此避暑洗澡，那丑夜叉一出水就要拿大斧头砍我，我一时收杀不住，才将他打死。他本事不精又自寻死路，又如何怪我逞凶！"

"好个小贼，巡海夜叉李艮乃灵霄殿御笔点差之神，你胆大包天竟敢将他打死，还在此大放厥词，我便是赔上欺凌弱小之名，也不能容你在此撒泼乱言！"说罢，那人就提起画戟，要上前来叫哪吒抵命。

"慢着！"哪吒心中愠怒，"你问我名姓，我还不知你是谁呢，要是一时不慎又把你也打死了，也好有处通知，前来给你收尸。"

"我乃东海龙王三太子敖丙是也，你这小娃竟敢如此辱我！"敖丙大怒，画戟翻浪，战向哪吒。

哪吒听了敖丙名讳便是一惊，东海龙族行云布雨，陈塘关百姓年年都要齐聚龙王庙前，祭拜龙神，祈求来年风调雨顺。他要是不小心伤了这龙王三太子，恐怕龙王降罪下来，会叫陈塘百姓颗粒无收，那他的罪过可就大了。

这样想着，哪吒就任由敖丙翻浪而来，只是闪转腾挪，轻松便将画戟躲过，解释道："三太子且先住手，其中定有误会。"

但敖丙深受龙王喜爱，在东海中也是众星捧月，哪有人敢像哪吒一般出言侮辱他。何况李艮一向与他交好，见哪吒怕了他要服软，更是痛下杀手，想在几十名虾兵蟹将前为李艮报仇。

哪吒见他本事不济，却招招狠辣，不肯退让，心头也是无名火起，挥起乾坤圈将敖丙击退，怒道："倘若再这般蛮不讲理，就算你是东海龙族又怎样？惹怒了我，小心我打上水晶宫，将你家那条老泥鳅也一并抓了，剥皮抽筋！"

"你这不男不女的小娃，气煞我也！"敖丙长戟挟水，急冲而来。

哪吒见敖丙死不悔改，又讽刺他打扮，随即一揪混天绫，便将敖丙裹住。再随手一拉，就把敖丙拽下避水兽，翻滚到他脚下来。

哪吒踏住敖丙脖颈，举起乾坤圈便照着敖丙顶门敲去，口中怒道："你服不服气？！服不服气？！"

敖丙受这一击，浑身一抖，便现出黑龙原形。他被哪吒打得面色狰狞，口喷鲜血，只是嘴上依旧不饶，口喷污秽辱骂哪吒。

哪吒气愤难平，敖丙多骂一句，他便多打一次，问一句："你服不服？！"不料打了两三次下去，敖丙就一翻白眼，挺直了身子。

虾兵蟹将在远处都看傻了，看见这番景象，慌忙翻下浪头，跳进东海里，怪叫道："三太子被李靖之子打死了！"

"这家伙好不禁打！"方才敖丙骂得哪吒"龙血喷头"，还没打解气他就一命呜呼了，让哪吒胸中怒火无处发泄，便道，"听说龙族浑身是宝，爹爹整日演武，正缺一副好盔甲，今日便把你这不讲理的黑龙扒鳞抽筋，做一副龙鳞宝甲给爹爹。"

说罢，哪吒便从敖丙身上扒下几块龙鳞，又抽了他的龙筋，在九湾河中洗净，拿混天绫卷了，心中怒火方才平息，起身往那处绿柳林走了回去。

家将尚在做梦，被哪吒叫醒了，见哪吒已经穿好了衣服，拿红肚兜裹着一团东西，就问道："公子所拿是何物？"

"刚才我在那河中洗澡时，有个自称龙王三太子敖丙的人无理取闹，说我扰了龙宫安宁，还想杀我，反被我失手打死。我想大战在即，父亲缺副好盔甲，便拿了他几块龙鳞、一条龙筋，待回关内付与匠人，为爹爹打造一副龙鳞宝甲，你说如何？"哪吒泄了心头之愤，此时心情极好，面上吟吟带笑。

家将闻言，只觉天旋地转，腿一软便晕倒在地，吓得流出一摊屎来。

꒰ 6 ꒱

哪吒见那家将一身污秽，捏着鼻子吓唬道："你稍待收拾便自己回关吧，只是千万得小心那龙王再派夜叉来拿你！"

家将闻言，也顾不得裆中遗物尚且热乎，软着腿脚，几乎两步一爬三步一倒，逃往陈塘关去。

哪吒暗笑两声，又把玩起今日新得的两样宝物来。将金圈套在身上，把红绫缠在手臂上，拿龙筋穿了龙鳞，却忽然觉得泥丸宫[1]中冒出一股热气，腾腾上涌，整个身体仿佛轻若鸿毛一般，被微风一吹，便随红绫而起，飞向天际。起初他还有些忧惧，但见红绫在风中摇曳，虽飞得飘然，却控制由心，不过片刻，他就像一只刚刚学会飞翔的雏鹰一般，在那九天之上肆意翱翔。

"传说天上白云之间，暗藏着无数宫殿，我便再往高处飞一飞，看看天上到底有何物。"

哪吒驱使红绫飞在天上，远看白云幻形，化作苍狗之相，时而鲸吞鱼戏，时而虎斗龙争，拍手叫好之间，已然身在彩云间。才从云间露头，便有一声鹤唳从头顶传来，哪吒一抬头，就看见一只翎羽洁白的瑞鹤，驮着一位须发皆白的道袍老者。而那驾鹤之人，却给哪吒带来一股不同寻常的熟悉。

哪吒尚未开口，那老道便笑道："好久不见了，李哪吒！"

"你是何人，为何知道我的名姓？"哪吒闻言一惊，转而释怀，道，"是了，想来神仙高居天上，俯视众生，知人名姓亦不过寻常之事。"

"你这娃儿倒是伶俐，吾乃阐教门下乾元山金光洞太乙真人是也。"老道抚须道，"你乃是我弟子灵珠子转世投胎，只因你我有两世师徒之缘，因此你出生之时，我便已在你父李靖面前收你为徒了。"

哪吒看太乙真人面色慈祥，再听他名号，便已信了大半，却兀自道："你收我为徒，既是经我父亲同意，那便与我一道儿去趟陈塘关，找我父亲一问便知。"

"哈哈哈，你携宝七年，却不想为何今日方才现出真相？"太乙真人抚须大笑，道，"你身上那两样宝物，一者名曰'乾坤圈'，一者名为'混天绫'，

---

[1] 道教内丹术语，指上丹田，在两眉间。《上清黄庭内景经·至道章第七》："脑神精根字泥丸。"

皆是我金光洞之物。你若不信，且再看来。"说罢，一招手，唤了一声，"来！"

哪吒只觉得方才还控制由心的混天绫，突然变得滑不唧溜，哧溜一下便抽身而去，到了太乙真人手上。而久违的重量却霎时回归，哪吒大叫一声，便直直朝着地面猛地坠落下去。

白云之上，传来太乙真人之言："为师之话，你可肯信了？"

哪吒吓得几乎魂魄俱丧，大叫道："弟子相信，弟子相信！"

只此两句之间，哪吒又往下坠了数十丈不止，眼看就要触地。翠屏山脚下的一处农田之中，那施肥老妪面上的惊骇之色，在他眼中几乎纤毫毕现。

太乙真人叫了声"定"，乾坤圈便兜住哪吒，让他悬在了半空，又叫了声"起"，哪吒脚下便生起一团白云，将他缓缓托起。那施肥的老妪愣了片刻，忽然屈膝跪地，拜伏着大叫道："神仙显灵，保佑我一家老小！"就连打翻了身边的粪桶亦不自知。

哪吒毕竟小孩儿心性，重见太乙真人时，面色虽仍惨白，面上却满是笑意，脚下白云虚浮，踩着却如同实地。他跪在云上，向太乙真人拜道："师父在上，请受徒儿一拜！"

片刻，他抬起头，看见太乙真人不知在想些什么，良久，太乙真人才轻声叹息道："为师本想晚些时日再去陈塘关里找你，但你今日忽然杀了龙王三太子，东海龙王少不得要找你的麻烦。所以今日，为师且传你一些我乾元山道法，再加有混天绫、乾坤圈在手，总不至叫你堕了我金光洞的威名。"

"道法？"哪吒眼前一亮。哪吒曾听李靖讲述他早年在西昆仑修道所见的奇闻逸事，早就对那些昆仑神仙飞天遁地的法门生了向往之心。只是李靖碍于度厄真人不得将法术他传的门规，而未曾向他教授过任何道法，此时听见一位货真价实的阐教金仙要传他道法，顿时大喜过望，拍手叫好。至于东海龙王找他麻烦之事，待学会了道法，再收拾那老泥鳅还不是手到擒来之事！

太乙真人见他孩童心性，不由得想起前世灵珠子还未长大之时，也是这般模样，又是一番黯然神伤。待哪吒满眼期待地望着他时，他才回过神儿，微笑道：

"你且过来，为师这便将洞中仙法传授与你。"

哪吒依言上前，太乙真人附耳而言，哪吒只听其声细微，凑近了些准备细听，却听太乙真人在他耳边大喝一声："哒！"

这一声若洪钟大吕，似当头棒喝，直击哪吒心灵，将他一棒打晕。哪吒眼前一黑，便坠下云头。

☙ 7 ❧

哪吒晃晃脑袋，坐起身来，见四周绿柳环绕，树荫凉爽，分明是他上天之前所待的那处林子。

"刚刚莫不是在做梦？"哪吒头脑昏沉，在九湾河中洗了把脸，才好了些。这精神一振，方才感知到心中多了无数信息，包罗修仙道法万象，不练自通，就仿佛此前已经修习精熟之法被遗忘了七年，此时又一并回归了一般。

哪吒依着太乙真人传授的腾云之法，不过心念一动，脚下登时便升起一团云气，他才料定所梦非虚。此时天色尚早，哪吒便又在天上玩耍了许久，直到暮色将近才悄悄落在李府之内，一路往香房行去，看见母亲殷氏正在房中捏着鼻子硬往肚中灌下城中名医熬制的滋补之药。

不知是药效立竿见影，还是见哪吒回来心安了，殷氏苍白如纸的面色忽然红润了许多，关切地问道："我儿去何处玩耍，怎么一去半日不归？"

"孩儿去九湾河中洗澡，一时在河边睡着，方才回来迟了。"哪吒闻不得草药辛苦之味，捏着鼻子说道。

"同行家将怎不见与你同回？"殷夫人又问，却见哪吒已经蹦蹦跳跳，跑到了屋外。

哪吒跑到庭院中，几个家丁远远见了他，纷纷面色慌乱，从前厅急步而来，到他身边便拉住他手，哭诉道："府中来了一个白衣秀士，要逼老爷交出公子来！"

这时，李靖威严的声音里带着些慌乱与愤怒，从前厅之中传来："哪吒！"

屋内只有二人，哪吒细细打量了一番，只感觉那个白衣秀士身带盘龙之相，便知他并非凡人。

一见哪吒进屋，李靖就拉住他急忙问道："我的儿，你去哪里玩耍，如何半日不见踪影？"

不待哪吒回话，便见屋中那秀士怒气冲天，一声大吼，现出头戴冠旒的龙王本相，一把抢过哪吒包着龙筋、龙鳞的混天绫，面上龙须暴起，悲愤交加道："你看他手中这是何物，还问他做甚？"

李靖一见那龙神之物，便知东海龙王此次并非无事生非，顿时惊得六神无主，但他并未教授过哪吒任何法术，实在难以相信堂堂龙王三太子，竟会被自己年方七岁的幼子打死，还被他扒鳞抽筋。带着最后的一丝期望，李靖颤声问道："哪吒，快告诉你敖伯父，此物究竟从何而来？"

"孩儿今日出关玩耍，到那九湾河中洗澡，却不想突然跳出个夜叉来，无缘无故便诬赖孩儿扰乱龙宫，挥起大斧就要杀孩儿，只是孩儿手中宝物护主，一时不慎就将他打死了。谁料死了一个夜叉，又来了一个敖丙，被我用混天绫裹了，只挨了一圈儿便现出本相，原是一条恶龙。他口出恶言，说的那些……那些污言秽语实在不堪转述，孩儿气愤难平，又想起父亲整日练兵操守，谁知何日战事将起，便从那恶龙身上扒下几块龙鳞，又抽了它的龙筋，想给父亲做一副盔甲。"哪吒心中委屈，解释了一番，又对东海龙王敖广欠身道，"伯父息怒，小侄所取之物尽在此地，分毫未动，只是一时失手，还望伯父恕罪。"

李靖只是一个三流术士，哪里招惹得起东海龙族，听了哪吒一席话，登时吓得面如土色，恨不能当着儿子的面，就给敖广磕头认错。

听完哪吒讲述缘由经过，敖广不由得伤情，李艮、敖丙皆是由他派遣去九湾河探查详情，谁知亲生龙子一去便天人两隔。

敖广见识广博，一看便知哪吒手中那两样杀器都是乾元山金光洞中之物，威力无穷。倘若真在此动手，自己恐怕也难讨好，便转而对李靖怒道："李靖！看你儿子做的好事，方才还说是我误会，如今他既自己承认，也无须你多言。哪吒杀死巡海夜叉李艮，及吾儿敖丙，他们皆是玉帝钦点正神，待我明日奏明玉帝，便来取你等之命。"说罢，他便腾云驾雾，扬长而去。

哪吒听得怒火中烧，全因李靖在场，才强自忍住没有当场爆发。待敖广走后，李靖愣怔片刻，方才回过神儿来，右手高高举起，又怒又惧，恨道："我李靖仙道不成，竟生下你这逆子，闯下此等大祸。你杀死玉帝点差之神，三五日之内，必然害我李氏满门遭戮！"

此时殷夫人闻讯赶来，把李靖扬起之手拦住，不顾多病之体，将哪吒护在身后。

李靖见到夫人，却更悲痛，掉下几滴眼泪，道："你母怀你三年零六个月，在她肚中时，你便使她不得安生。你可知她吃了多少苦，方才将你生出？谁知生下的却是个灭门绝户的祸胎也！"

殷夫人从怀上哪吒以后身子便弱，闻讯时受了惊吓，此时闻言更悲，两眼一闭，便昏了过去。

"母亲！"哪吒急切扑到殷夫人身边，却被李靖一脚踢开，便不再起来，双膝跪地，道，"父亲应当知道，孩儿一出生时，便被乾元山金光洞太乙真人收为弟子。"

李靖心中愤怒不减，疑惑道："真人收徒之事，只有我与你母亲知道，你少不更事，又从何得知？"

哪吒低头道："如今孩儿惹祸，自然要一人做事一人当，必不劳累父母。

师父收徒七载，今日在梦中传我仙术，孩儿这便去一趟乾元山金光洞，寻师父求个解决之法。"说罢，在地上重重叩了三个响头，便出了李府。

李靖在府中高声问道："你可知乾元山在何处？"

哪吒此时已经身在空中，他不晓得乾元山在何处，但是混天绫与乾坤圈知道。哪吒驾着宝物，如同飞往梦中曾经的久居之地，穿过崇山越过峻岭，径直飞往乾元山，落在了金光洞前。

古洞清幽，只有个粉雕玉砌似的俊秀童儿，在洞前扫地。

哪吒只觉得与他似曾相识，但是终究不知底细，便向那童儿一拜，道："有劳仙童向真人通报一声，便说是李靖之子哪吒前来拜望师尊。"

"师兄这是做什么，金霞可受之不起！"金霞童子见哪吒向自己施礼，慌忙丢了扫把将他扶住，开心地笑道，"师父刚刚才跟我说了师兄要来，话音还没落到山脚，师兄就已经来了。师父有言在先，说若是师兄来了，便径直入洞即可。"

这金光洞乃是仙山紫府，洞天福地，洞中燃着长明灯火，府中摆着仙府器具。哪吒身处其中，仿佛背生双翅，就连呼吸都轻盈了许多。横卧在碧游床上的，分明就是在白日梦幻之中所见那位驾鹤的仙人。

哪吒伏身下拜，道："弟子哪吒拜见师父！"

太乙真人问道："你今日所遇之事，为师已然知晓，你闯下这般大祸，不知有何想法？"

哪吒道："弟子所作所为虽是因无知而起，但祸既然已经闯下，如今只愿不累及他人。"

太乙真人抚须笑道："好！你能有此等想法，为师甚是欣慰。徒儿不必忧心，方才为师端坐洞中，正见敖丙之魂径直飞往昆仑玉虚，想必你杀他乃是天意如此，为的是送他魂归封神榜。"

"封神榜？"哪吒疑惑道，"神不是为玉帝敕封的吗？怎么我失手杀了他，反能叫他封神了？"

"封神榜乃是玉帝与三清为扩大天庭之制，使三界不失其秩而共同议立，上遮名姓，因此无人知晓究竟何人名列榜上。那敖丙既然上榜，便是天命假你之手所为其事，敖广只知兴云布雨，不知天道何为，你助他那不成器的儿子上天庭封神，他却只因此区区小事，便要劳烦玉帝，实在不谙事体！"

哪吒一听太乙真人以一句天命如此，便将自己的责任推脱干净，又想起夜叉、敖丙的骄横之姿，若非自己，而是个寻常小孩儿，岂不早就遭了毒手，又去何处伸张正义？当下心情安定了些，又道："只是那老龙扬言明日便要上天奏明玉帝，弟子实在不知如何是好。"

太乙真人诡谲一笑，说道："你把衣裳解开，为师为你画一道隐身符。"他便在哪吒胸前画了一道符篆，凝神一算，又道，"你即刻动身到西昆仑去，在宝德门前等候敖广前来……"

哪吒抓了一把土，撒向半空，身化遁光，疾射往西昆仑。

❧ 9 ❧

远远望去，天庭胜景雄伟辽阔，一如脚下万仞昆仑。层云穿行楼阁之上，沉香升腾宫殿之间，只是其中天神却并不多见，唯有雅乐清音随巽风[1]而来。

哪吒看了一会儿，见天宫各门未开，便在山麓处无人看守的聚仙门前等候。不过片刻，就见敖广穿着一身朝服落在门前，腰间环佩叮当作响，见天门未开，他喃喃道："来得早了些，还得在此稍候。"

一见敖广，哪吒此前在李府积压的怒火霎时便喷薄而出，暗自闪身至敖广身后。一伸手，便用混天绫缚住那老龙王，又一圈子将他打倒在地，踏在了他后心处。

---

[1] 《淮南子·墬形训》："东南曰景风。"即八风之东南风，又称清明风、景风。

敖广见是哪吒偷袭，登时大怒，大骂道："你这乳臭未干的小贼，不过凭借宝物之威，因口角之争，便杀死巡海夜叉李艮。我三太子与你有何冤仇，竟遭剥皮抽筋之罪，如今又在天门之外毁打兴云布雨之正神，如此凶狠顽劣，当真是将天庭、将玉帝视作为无物吗？你若有半分胆气，便与我一同前往天庭，去向玉帝求个公正！"

哪吒被他骂得怒火升腾，却因太乙真人吩咐，只道："那夜叉李艮无故欺我，因莫须有之事就想要置我于死地，被我失手杀了也是活该；三太子敖丙被杀，却魂归封神榜，乃是天道假借我手取他性命，他日封神，更当谢我才是。你这蠢物不晓天道，只因此等小事便要上奏，若非见你年老，定然将你也一道打死，看看封神榜上到底有无你的姓名！"

老龙王在天门之外被哪吒欺辱，勃然大怒却无计可施，仍然大声骂道："好小贼！怎敢如此欺我！"只是天门依旧紧闭，仿佛对此视若无睹。

哪吒也怒道："你要讨打，我便成全你！"

哪吒虽扬言要打死敖广，到底还是知道利害，便把乾坤圈抛在身边，抡起拳头仿佛犁地一般，在敖广身上一通乱砸，打得敖广在地上翻滚，嗷嗷直叫。哪吒将他的朝服扯烂了一角，便露出肋下之鳞来，哪吒双手翻飞，转眼便揭下四五十片龙鳞来。

龙怕揭鳞，敖广连忙求饶道："饶命！饶命！"

哪吒这才停手，道："你若答应不再上本参我，同我去陈塘关向我父亲赔罪，我便答应饶你一命！"

都言神鬼怕恶人，敖广如今落在恶人手中，只得无奈应了："愿随你去。"

哪吒这才冷哼一声，抬起脚，道："你若是中途变卦，我便一圈打死你。"

敖广正要起身，未防又被哪吒一脚踹趴下，道："龙之大小变化由心，你便变作一条老泥鳅，也方便我携带。"

敖广满腔悲愤却无可奈何，屈身变成了一条头顶长角的小蛇，被哪吒收在袖中，而后离开宝德门，化作一道遁光往陈塘关飞去。

～ 10 ～

李靖很焦虑，焦虑到今日都未曾前去演练兵马，只是在帅府之中来回踱步。殷夫人卧在病榻之上，哪吒惹下滔天巨祸后又迟迟未归，若是那个看起来极不着调的太乙真人叫他避而不出，却又如何是好？

正胡思乱想间，就见一个家将匆匆进门，报曰："小公子飞回来了！"话音刚落，便见哪吒进了前厅。李靖急忙拉住他，问道："我儿，如何去了恁久才回来？"

哪吒笑道："孩儿去往宝德门外，将那敖广拦了下来，他答应我不再上本参奏了！"

李靖攥紧哪吒胳膊，不肯相信，道："宝德门乃天庭门户，你非神非仙，如何能去得？"

"你弄疼我了，"哪吒道，"敖广就在此处，你问他便知。"

哪吒一倾袖口，从袖子里倒出一条青蛇来。那青蛇一落地便现出真身，李靖见敖广一身破衣烂衫，满身伤痕，不由得大惊失色，关切道："敖兄为何这番模样？"

敖广见李靖在场，底气便足了，怒骂道："李靖！你纵容儿子行凶，在聚仙门前毁打天庭兴云布雨之神，待我聚集四海龙王前往灵霄殿取了玉帝法旨，定来拿你狗命！"说罢，便现出龙身，冲破屋顶高飞天际。

哪吒见敖广言而无信，当面反悔，正要撒开乾坤圈拿他，却被李靖攥着不放，施展不开，只得眼睁睁瞧着敖广逃走。

"好哇你，一波未平一波又起，如今祸事累积，想我李家满门，此次定然在劫难逃了！"李靖撒开哪吒，一脸苦相，颓然坐在一片瓦砾当中。

哪吒急忙安慰道："师父说我所为乃顺遂天道，父亲不必忧心。"说罢，便纵身而起，才飞出关外，就见那条青龙已经扎入东海，掀起一股巨浪。

"东海乃是敖广地界，我孤身前往，恐怕不敌，此番便就此作罢，看他到底想要怎样。"哪吒缓缓飞回陈塘关，城楼在他眼前逐渐清晰。楼上卫兵推开楼门，阳光斜照，却见楼中一物反射出一道红彤彤的光芒来。那道光芒凌厉非常，但射入哪吒眼中，却是全然不同的感受。直到很久以后，他才想明白，那种感觉，叫作宿命。

宿命者，如同生老病死，皆是由天所定，就在漫漫人生中的某一处等待，不可捉摸，也无法逃避。

哪吒落在城楼上，对满脸惊骇的卫兵问道："城楼之中所放的是何物？"

卫兵战战兢兢道："是，是一副弓箭。"

"哦？弓箭？"哪吒生出好奇之心，走进城楼，见那楼中空空如也，只在正中摆着一条长案，案上横放着一张长弓，弓旁箭筒中只插着三支长箭。哪吒忽然心血来潮，心道："这硬弓看起来十分威猛，我修习道法之后膂力大增，也不知能不能拉得动，且去试他一试。"

正要伸手拿弓，那卫兵大着胆子上前阻拦，满头大汗道："公子不可，这弓箭名曰'乾坤弓、震天箭'，乃是总兵大人上任之初，昆仑高士所赠的镇关之宝。自打送来，便一直放置于此，并无人能够拿得起啊！"

哪吒闻言更喜，笑道："既然无人能拿动，你又怕什么？最多我也提不起来就罢了。"卫兵听了觉得有理，这才闪到一旁，见哪吒运足力气，想要拿起那把乾坤弓。

但出乎哪吒意料的是，这乾坤弓居然出奇的轻，轻到他只用区区一根手指，就可以从弓架上将它拿下。弓很长，长到将它立起时，竟比六尺的哪吒还要高上些许，长到用正常的姿势根本就无法拉开。

哪吒将乾坤弓在空中轻松地甩了几圈，在卫士震惊的目光中，从箭筒中取出一支震天箭。箭搭弦上，臂短，则以身拉满之。弓拉满月，哪吒想了想，左脚在地上转了半圈，直直对准太阳的方向。

"老天有眼，便叫我这一箭射死那条言而无信的老泥鳅！"哪吒心头默念，随即放开双手，松开了这支宿命之箭。长箭尾羽颤动，翎羽下"镇陈塘关总兵李靖"几字闪着红光，紧随其后，云篆写就的"骷髅山白骨洞"六字一闪而逝。

在令人心悸的震天尖啸中，利箭没入天边红日正中，然而日红依旧，待到隅中，又是一日的酷暑难耐。

宿命之箭离弦而出，仿佛坎坷崎岖的遥远路途，一旦踏足其上，就注定永难回头。

哪吒放出那箭，心中仿佛有种完成某种期待的解脱感，深深的疲惫随之而来。他撇下弓箭，便像是失了魂一般，城楼卫兵叫了许久，他也不理，两只眼半睁半闭，穿街过巷回到帅府，把自己扔在了床上。

这一睡，便睡到了日薄西山。

殷夫人的侍女将哪吒叫醒之前，他还在做梦，梦到他骑着敖广龙身飞往西昆仑。玉皇大帝端坐在灵霄宝殿上，威严肃穆地道："你这蠢货，不知天道，当叫玉虚门下弟子李哪吒再好生将你痛打一番才是！"哪吒举起乾坤圈，正要遵玉帝指令将那老龙打杀了，梦境却忽然在此时破碎。

哪吒揉揉眼，正待埋怨，那侍女急忙道："老爷、夫人请三公子去前厅！"

"娘的身子好些了吗？"哪吒伸了个懒腰，精神便已恢复了大半，这才懒懒散散往前厅走去。此时天色已暗，厅中灯火将李靖的身形映上窗壁，在窗户上摇摆不定。

哪吒走进屋中，先向殷夫人问安，殷氏一脸惊惧，并不答话。李靖面色如常，向哪吒问道："我儿方才七岁，便已能打败敖广，神勇非常，若加以训练弓马兵器，他日定然无人能挡，莫说先锋，便是当个元帅也绰绰有余啊！"

这几日连番闯祸，连累父亲跟着受气，哪吒心中有愧，此时见父亲主动示好，便也有意讨他欢心，道："父亲说得极是。今日我回关之时，在城楼上听说有副昆仑得道高人送来的弓箭，无人能够拿起，便运足力气试了一试，谁想到轻松得很，便搭弓往天上射了一箭……"

哪吒说话间，却见李靖面色蓦地由红白转紫，哪再有半分好脸色，随即他便被李靖一把揪住衣领，怒道："果然又是你这逆子！你杀三太子、打龙王已是万死，怎敢又惹下这尊煞神！"

哪吒疑惑道："孩儿……孩儿射完箭便在帅府中睡着了，这一日并不曾惹祸啊。"

李靖气冲冲地道："那乾坤弓、震天箭乃是轩辕黄帝大战蚩尤时所用之物，箭若射出，例无虚发。你在城楼搭弓，箭却射到了骷髅山白骨洞，射死了石矶娘娘的弟子。"

"那石矶娘娘的骷髅山白骨洞所在何处？父亲又从何得知她弟子之死的？"哪吒问道。

此时殷夫人肿着两个泪眼，哭诉道："今日你随龙王爷出关不久，天上便飞来几个金甲力士，将你父亲五花大绑，凭空便摄了去，待到刚刚方才归来。只因你射出的那支震天箭上刻有他的名讳，才叫那石矶娘娘找上门来。我俩一猜，便知又是你闯祸了！"说罢，眼泪更是如雨滂沱而下，李靖慌忙关切地将殷氏揽在怀中。

哪吒闻言怒道："那石矶是何等人物，竟敢将父亲掠走！非得让她尝尝我乾元山的手段，方能解我心头之恨！"

"如果不是你又闯祸，石矶娘娘远在百里外，又怎会无端找我麻烦？"李靖眼看殷氏身子骨更弱，心中怨恨哪吒牵累，便是听出哪吒话中暖处，也只冷哼道，"那石矶娘娘乃是通天教主座下弟子，论辈分与你师父同辈，你有何能耐能叫她见识你的手段？"

哪吒听出李靖话中恨意，忽然一愣，却听李靖又道："为今之计，只有依我诺言，带你前往骷髅山白骨洞，找石矶娘娘当面对质。"

哪吒瞧出父亲这是要放任自己不管，不由得黯然神伤，也不做多考虑，便道："父亲此言在理，我随你一道前往骷髅山白骨洞中一探究竟便是。"

李靖安慰殷氏一番，却全然无用，便狠下心来不看殷氏。李靖看着哪吒，心头愤懑又起，一把将他拉过来，出了帅府，搓一把土扬在天上，二人化作两道遁光，便往骷髅山飞去。

冷风吹在脸上一片冰凉，却叫哪吒心如死灰。

11

山阳森冷，山阴更甚。

二人到了骷髅山下，李靖便收了遁光，往白骨洞走去。

夜月照在骷髅山上，山无草木遮挡，直照得满地惨白，不时便有人头兽骨骨碌碌地滚出来。有鸟在山间恻恻阴鸣，间或夹杂着几声骇人的食腐之声，饶是一镇总兵李靖，也不由得头皮发麻。

哪吒却全无惧色，只是心道："那石矶娘娘若是通天教主弟子，又怎会住在此等妖邪之地，全无半点儿仙风。定是父亲不智，又不能力敌，叫别人捡了支刻他名字的箭，便要讹诈他一番。"

正思虑间，二人已到了白骨洞前。李靖拦住哪吒，只道："你先在此等候片刻，我去找娘娘求情，待娘娘传唤，你再进入。"

正欲推门而入，那门扉却忽然打开，李靖扑了个空，"哎哟"一声，一头栽进了白骨洞中。

"父亲！"哪吒急道。

李靖失声道："先别进来。"

哪吒听出李靖言语中的袒护之意，想着原来父亲叫自己来此，并非要对自己弃之不顾。他心中更加焦急，担心李靖安危，却只能依父命，在洞外踱步。不过片刻，只听洞中脚步匆匆，走出一个极为瘆人的女童。

那女童仗剑而来，剑雕骷髅，发插白骨，浑身骨瘦如柴，仿佛童鬼夜行一般，一见着哪吒，便举剑指道："就是你这男不男女不女的小子，杀害了我师妹？"

哪吒接二连三遭人说他女装打扮，不由得怒火中烧，冷声道："似你这等不人不鬼的，便是多杀几个，又有何妨？"

那女童闻言大怒，道："你这鼠辈，竟敢在我骷髅山白骨洞前撒野！"说罢，便仗剑向哪吒杀来。

哪吒早纵起乾坤圈，绕到女童脑后，此时趁其不备，只一圈便将她打倒在地。随即便见洞中红、白二色闪烁，有一柔媚女声满是愤怒，道："又是乾元山金光洞中之人！"

那光芒闪毕，哪吒只待再见一副骷髅架子现出原形，谁知那石矶娘娘竟身材凹凸有致，容貌美艳而不可方物，却是个世间罕有的绝色美人。单她此时这满脸的愤懑，也是诱惑丛生，倘若意志不坚者见了，便是连项上人头都肯送上的也不在少数。

哪吒甩起混天绫，晃动乾坤圈，大喝道："你这妖物，胆敢迷惑我父亲，栽赃于我，今日定不饶你！"

石矶娘娘"扑哧"笑道："我倒要看看，你乾元山法术究竟有多厉害，竟敢纵容门下弟子三番两次找我麻烦，真当我石矶是泥捏的不成！"

二人在白骨洞前战了几遭，石矶也不施法术，只拿起那女童之剑，架住乾坤圈，这边一扯，那边便夺了混天绫。哪吒心中一慌，学艺不精的道法就施展不灵，随即便连乾坤圈也落入了她手。

石矶笑道："不要饶了我,你便再施展几样法宝,让我瞧瞧你乾元山的厉害。"

李靖被石门挡在洞中，拍着洞门大叫："娘娘且饶了小儿！"

洞门随即大开，李靖扑倒在那女童骷髅似的尸身前，石矶冷哼道："你这儿子纵宝行凶，可是厉害得很呢，哪里还需要我饶他！"

李靖这回亲眼见着哪吒杀人，再也无法以误会解释，只能将言语尽数吞回肚里。

石矶又道："此不干你事,乃是我与乾元山宿怨未消,你且回你的陈塘关去。"

李靖面如死灰，被腾起的妖风吹下了骷髅山。

哪吒见李靖消失在夜色之中，心中道："石矶诬赖我，可恨我不是她的对手，当回乾元山找师父主持公道才是。"心念一转，他就突然施展土遁，对石矶大喊道："你若要看，便同我一道往乾元山去，见识厉害！"

石矶浅笑嫣然，道："好啊，好啊，若非师尊阻拦，早八百年我就想去寻那臭牛鼻子的晦气了！"

石矶一路紧随哪吒，极尽挑逗嘲讽之能事，哪吒打不过她，法宝又都被她收了，只能任她戏耍，也不还嘴。一到乾元山，他便急匆匆钻进金光洞，扑倒在碧游床前道："师父，石矶诬赖哪吒杀她弟子，收了我的混天绫、乾坤圈，一路追过来了！"

太乙真人正待起身，却听一女声酥麻入骨，叫道："太乙道兄，何必着急起身？"

太乙真人急忙出了洞，哪吒与金霞童子一同待在洞中，等不过片刻，哪吒便急道："阐、截二教皆属道门，师父管通天教主叫师叔，石矶娘娘管天尊叫师伯，也不知我那混天绫和乾坤圈还能否要得回来。"

金霞童子则问道："师兄若未做过，那石矶如何平白污人清白？"

哪吒愤愤道："我不过是在陈塘关城楼之上往天空射了一箭，只因箭上刻有'镇陈塘关总兵李靖'字样，被她捡去了，便迷惑我父亲，要讹诈我的法宝。"

金霞童子闻言，忽然愣住，随即问道："那弓箭是否是乾坤弓、震天箭？"

"你如何得知？"哪吒心中焦急，并未发现金霞童子面上的异样，急不可耐道，"不行，我得去看看师父，倘若不敌，也好搭把手。"

将到洞口之时，哪吒隐约听见二人争吵之声，不由得放慢了脚步，方才听见太乙真人说道："……乃灵珠子下世，便是杀你徒弟，也是上奉天命……"

"居然又是你那孽徒灵珠子干的，这回我定不饶他！"石矶言语之中已无半分媚意，随即便闻刀兵骤起。

哪吒快步想要出洞，却见太乙真人一闪身回了洞中，不知拿了何物，但往东方一拜，口中念道："弟子今在此山开了杀戒。"理也不理哪吒，旋即再次出洞。

哪吒一出洞口，便见两剑交架，宝光翻腾，将他又打回了洞中。正激战间，石矶从怀中取出一方手帕往空中一丢，便见八卦流转，云光顿生，手帕于云中隐现。哪吒不由得提醒道："师父小心！"

石矶见了哪吒，心中大怒："两世仇怨，皆是因你而起，看我不杀了你这混账！"又把八卦云光帕使来，欲夺哪吒性命。哪吒两手空空，却也不怕她，体内法力流转，掌心化雷，击向云光帕。

太乙真人望空喝道："疾！"便见手中宝剑脱手而出，将那八卦云光帕斩落在地，随即手中又托起一物，道，"事已至此，当有了结。"他手中的九龙神火罩随即升起，石矶想要躲避，却为时已晚，被罩在罩中，无法逃出。

哪吒出了金光洞，走到九龙神火罩旁。此时天边已然放明，昨日箭指之日，今日依旧彤红。

太乙真人见那红日，凝神一算，忙道："敖广已然奏明玉帝下旨拿你，如今聚齐了四海龙王，已经到陈塘关外了！"

哪吒闻言大惊失色，连声言语都不曾说，便使遁光往陈塘关去了。

太乙真人犹豫了片刻，浮在半空的手终究还是拍了下去。九条离火神龙在罩中怒吼，太乙真人轻声叹道："封神……终于要开始了吗？"

～ 12 ～

李靖很焦虑。

青、赤、黑、白四条天龙显出本相，在云间翻腾。虾兵蟹将踏浪而来，海浪翻涌，将陈塘关以东近数十里土地全部淹为河泽。

天空层云密布，云中雷电闪耀。

殷夫人被那青龙握在爪中，李靖只觉得仿佛自己的心肝被人捏在手里，疼得死去活来。

敖广的龙吼震怒天地："李靖，你今日若不将那畜生交出来，我便发起大水，将你这陈塘关收入东海！"

"龙王，你要怎样都行，只是请先放下贱内，她……她恐高！"李靖满头大汗，急道，"哪吒昨日误伤石矶娘娘的弟子，已被娘娘捉去了，我实在无法交出啊。"

"你我总归朋友一场，李夫人既然恐高，那我这便放了她。"敖广作势欲松，吓得李靖面色惨白。

"不，别！"李靖急道。

"哼！"敖广怒哼一声，陈塘关便降下一阵暴雨。四海龙王齐施法力，天空中云彩便往陈塘关移来，瓢泼大雨在关内连绵不绝，打烂屋顶，泡塌房屋，在城中肆虐，百姓哀号一片。

"你若依旧执迷不悟，想要包庇那畜生畏罪潜逃，便叫这陈塘百姓全都与你一家陪葬！"敖广声震天地。虾兵蟹将得令，驱使海浪翻涌，海浪就往陈塘关排山倒海而来。

"我没有逃！"

那声音虽稚嫩，却至刚至强，冲破暴雨云层，震慑四海龙王，便连那连绵暴雨，似乎也稍停了停。哪吒张开双臂，以孩童之躯挡在城门前，自东海而来的滔天巨浪，便在城门外止步不前。

"敖广！你放下我母亲，三太子敖丙是我所杀，与我父母无关，与陈塘关百姓更无关系。你若是在此滥杀无辜，即便玉帝，也定然不会饶你！"

敖广扔下一把剑，道："身体发肤，皆是受之父母。你若自刎于此，这一关百姓，我皆可放过，只是你父母……"

"一人做事一人当！今日我便在此削骨还父，削肉还母，从父母处得来的，便全还给他们。你若是伤我父母，我便是做鬼也要你来偿命！"

自始至终，除在白骨洞前愤怒所杀的彩云童子之外，李艮、敖丙，还有那被震天箭射死的碧云童子，都像是排着队自己往他手上撞一般。哪吒没想过要杀他们其中任何一个人，但他们无疑又都是死在了他手下，这种感觉莫名非常，如同厚茧缠身，让他无可挣脱。

哪吒反手握剑，利剑加身的痛楚，已经足以令常人痛彻心扉。但假如那剑柄是握在自己手中，那份痛楚恐怕是要更痛上十倍吧。

心中的决然，令哪吒强自撑着，不曾倒下。

他双目圆睁，眨也不眨地看着白白的肉，一片一片从自己身上剥离；看着红红的血，一滴一滴从自己身上流下。哪吒想哭，但是眼泪也是父母所给，冷冷的冰雨打在脸上，透过空洞的皮肉，穿过森冷的白骨，直直击在心上。

但那缠身之茧，却连半点儿松动的迹象也没有，就好像连他此时的动作，亦是在它操控之中一般。

他从来没有这样讨厌过雨天。

因为，在纣王九年，一个暴雨交加的夏日，他死在了陈塘关前的泥地里。

他的母亲殷夫人，在一条青龙之爪里哭昏了过去，他的父亲李靖站在城楼之上，愣怔望着这片他生活了七年的土地。他短暂的一生，在纣王九年的雨里画下了句点。

哪吒望着散作一摊的鲜血骨肉，哂然一笑，他感觉自己轻飘飘的，像是两日前第一次随着混天绫起飞那样。他飘在空中，杳杳冥冥，浑浑噩噩。

天空中阴云未散，却有一道清脆的铃音，穿透层层云翳，一个熟悉的声音在天边呼唤着他的名字。他忽然想起，在他出生那日，一个身着道服的白胡子老者抱着他，轻声呼唤他的名字："哪吒……"

第二章　凤鸣岐山

❧ 1 ❧

李靖仿佛老了十岁。

当殷夫人死在他怀里的时候，堂堂一镇总兵竟在一众家丁面前号啕大哭，像个丢失了心爱之物的孩子一般。

在殷夫人死后的半年里，李靖常常会睹物思人。偌大的李府之中，承载着他们二人记忆的东西实在太多，大到条案长桌，小到玉器摆件，都足以让他两眼无神，陷入呆滞之中半天。

直到这一日，李靖从香房的床上醒来，怔怔望着空空如也的身边，突然想起殷夫人死前一个月，有一次梦中惊醒跟他说，哪吒刚刚给我托梦，说要让我在翠屏山为他建一座哪吒庙，他受香火牺牲祭拜，便可……而后话题便被李靖粗暴地打断。

那孩子实在死得太过震撼，震撼到李靖一想起他，就是一地化不去的模糊血肉。但那悲痛，随着殷氏两眼之中大雨一次一次地冲刷，也终究恢复了平淡。

李靖对殷氏说，你的身体变成了现在这般，都是他做的孽，他闯下弥天大祸，差点儿让整个陈塘关沦为河泽，使一关百姓为他替罪，他有何功劳能够受飨牺牲？

殷夫人闻言，咬着嘴唇躺回床上。但李靖知道，那夜之后，殷夫人就开始心事重重，每夜睡得都不安稳。她的身体似乎也一天不如一天，李靖专门请了大夫上门来为她调理身体，每日汤药不断。终于在一个月后，殷夫人柔弱的身体即使无病无灾，却还是没能撑住。

李靖从床上起来，穿好衣甲，便率领士兵出关演练。等他带兵回程时，日已西斜，远处青山含翠，山下到处是绿油油的庄稼。李靖很疑惑，要知道这半年来，或许是东海龙王无意打了几个喷嚏，才叫陈塘关下了几场零星的雨，附近百姓仅凭九湾河水灌溉农田，几乎颗粒无收，而此地距九湾河极远，却反而丝毫未受干旱影响。

李靖向田中施肥老妪问道："老人家，此地是何地界，为何庄稼长势如此喜人？"

那老妪喜滋滋地说道："此地乃翠屏山，今年陈塘大旱，全凭山中哪吒庙保佑，庄稼才有这番长势。最早乡民都不肯信，我因见过哪吒腾云驾雾，所以最先去的那庙中祈福，谁承想哪吒显圣叫我心愿达成，后来一传十十传百，人人都去祭拜，才在大旱之中，留下了翠屏山这么一块福地。"

时隔半年之久，李靖再听到"哪吒"二字，仿佛晴空炸雷一般，顿时拨转马头，沿小路上了翠屏山。随行大军虽不知为何，也只得拖着一身疲惫，跟随李靖上山。进山数里，相隔甚远，便见林木之间有袅袅青烟升腾而起，李靖拍马疾行，只见那青山之中，现出一座朴素庙宇，庙前香炉烟火鼎盛，庙上匾额写着三个大字——"哪吒庙"。

李靖咬着牙，握着马鞭踱步进了庙里，前来进香祈福者，皆被随行军士轰出。李靖面色阴沉如水，站在庙宇正中，借着夕阳之光，看着庙中泥塑神像手拿乾坤圈，身披混天绫，浑身散发着淡淡的红光，分明就是哪吒模样。

"定是你这逆子,死后亦不安生,日夜骚扰夫人,才叫她落得个英年早逝的结果!"李靖高高举起马鞭,又重重落下,将那令他不安、愤怒的泥像,一鞭子抽得粉碎。但半年来蓄积在心里的悲愤,在那满地泥坯中,却似乎一点儿都未曾减少。

2

金霞童子手中捧着一物,进了金光洞,见太乙真人面色愁郁地站立洞中,便将心中疑惑问了出来:"灵珠子师兄就是因为杀了石矶娘娘的弟子,才被天尊惩罚下界投胎,可师父为何又要用我亲手送入陈塘关的乾坤弓、震天箭,再度给师兄招惹麻烦呢?"

"天机不可泄露,岂是你能得知的?"太乙真人皱起眉头,问道,"你手中所拿何物?"

金霞童子闻言,连忙将那物放在太乙真人面前,原来是一朵出水白莲。那莲花洁白无瑕,通透玲珑如同玉制,虽离池水淤泥,花叶却依旧随洞中凉风微动,仿佛此花已经自成性灵,正在呼吸吐纳一般。白莲正中更有一颗纯白莲子,散着温润的光。昆仑天池里那一池白莲与此相比,皆黯然失色,唯有承载灵珠子出世的那朵红莲,方才能与之相媲美。

饶是太乙真人阅宝无数,也不由得一惊,回想起许久之前,灵珠子出世的奇景,不由得一怔,才问道:"如此天地灵物,你是从哪儿得来的?"

金霞童子惴惴道:"乃是弟子今日下山游玩之时,有一怪人在山下洗心池中抛下一物后,便扬长而去。弟子上前观看,便见那池中突然长出了这朵花来。"

太乙真人长长呼出一口气,叹道:"恐怕,那道人是为你师兄而来。"

便在这时,一阵阴风吹入洞中,带来满洞香火气息,那魂魄在风中飘荡,停在了太乙真人面前,"扑通"便下拜。

3

哪吒白日里去了昨日来祈求生子的山下樵夫家里。

不孕不育这种小事情，无非是山中游魂已尽，又无新死之人趁那夫妻大行好事之际，进入妇人肚中。哪吒神飞三十里外，在风中游魂之中，寻了一个面善的鬼，塞进了樵夫婆娘的肚中，便拍拍手，看着脚下风景，飞往翠屏山哪吒庙中。

那碎了一地的泥胳膊、泥腿，隐隐与陈塘关前那一摊模糊的血肉重叠，虽然没有感觉到一丝疼痛，但哪吒觉得自己像是又死了一回。

哪吒忽然恨起了李靖。

他在无知之中所犯罪孽、所惹祸患，已随那一死尽付流水，况且之前死时，已将骨肉皆还与他，他却为何要下这般狠手，来阻自己借着神道重生？哪吒想不明白，那疑惑便化作无边的仇恨在他心头积聚。

如今神道之路既灭，哪吒拜在太乙真人面前，已然心如死灰。心怀诀别与不甘，一头磕在半空，悲痛道："弟子神道已毁，无缘侍奉师父左右，是弟子不孝！"

太乙真人摇摇头，安慰道："此前要你去修神道，实在是无计可施，只是今日或许是上天感应，为你送来了这朵白莲，又使你有了新的机缘。"

哪吒奇怪地问道："白莲，又有何用处？"

太乙真人并不回答，大袖一挥，便将哪吒的魂魄裹起，又取出那朵奇异白莲，取花瓣以铺三才[1]，将花梗来做骨节，而那仿佛自有魂魄的白莲子，则被置于

---

[1] 中医名词，对应人身体的上、中、下三个部位。《扁鹊神应针灸玉龙经·标幽赋》："天地人三才也，涌泉同璇玑、百会。"百会在顶应天，主气；涌泉在足应地，主精；璇玑在胸应人，主神。故称三才。

正中，以定心魄。太乙真人袍袖再抖，将哪吒三魂七魄尽数置于那颗莲子之中，大喝道："哪吒不成人形，更待何时！"

太乙真人低喝一出，哪吒就觉得自己空洞的魂魄，瞬间便被膨起的莲花、莲梗、莲叶、莲子充满，他伸展躯干，浑身便发出一阵爆豆之声。重生的感觉太过美妙，以至于哪吒融进这莲花化身之后，竟未第一时间拜谢太乙真人，而是抬起有些麻木的双腿，走到洞中积水池前，想看清自己的模样。

哪吒怔怔望着那水中倒影，觉得陌生又熟悉。

这半年来的一切，像是做了一个长长的梦一般。在入梦之前，哪吒还只是一个七岁的童子，而梦醒之后，他已然长成了一个身形伟岸、丰神俊朗的青年人。大抵所有的成长，都是先由身体的发育开始，因此，哪吒猛然觉得自己的心智，相比片刻之前成熟了许多。但还有一股刻骨的恨，在他胸口的莲子之中生根，等待着开出一朵奇异的花。

太乙真人透过水中倒影，影影绰绰看到弟子心中的郁结，不由得皱起眉头。心中只想着不可任由哪吒杀心暗长，否则待大战开始，他若仍如前世灵珠子那般，恐怕终究会将自己的杀劫变成死劫，再度沦落神道歧途。

太乙真人板起脸来，对哪吒道："李靖打毁你神像之事，着实叫人伤心啊！"

哪吒回头惊异地望着师父，旋即便想起游魂如风中飘絮之时，自己是那般孤独与无助。天地之间有形的、无形的一切，似乎都可以轻易便伤害与摧毁自己。他不由得攥紧了拳头，感受着这具莲花化身之中蕴含的别样力量，沉声对太乙真人道："李靖为父却全无情谊，弟子这便去找他做个了断！"

既然做父亲的都肯抛弃他的儿子，甚至不惜亲自动手，差点儿使亲子魂飞魄散，那么做儿子的释放心中仇恨，即便杀了那无情无义的父亲，恐怕也无可厚非。哪吒已经下定了决心，无论太乙真人以何缘由劝阻，都必须得叫李靖尝尝神游物外，无所寄托的无边孤寂感。他低下头，期待着师父的反应。

但出乎他意料的是，太乙真人居然点头认同，说道："李靖愚忠殷商，却对亲子毫无情义，这等小人，正如当今这殷商朝廷一般，合该一并毁去。从陈塘关回来以后，恐怕玉虚宫也该降下新的符命了。"

"不知天尊那里又有何指示？"

"凤鸣岐山之上，乃是大吉之兆，岐周生有明主，自当取朝歌城那暴虐无道的纣王而代之。我玉虚门下上顺天道，定要鼎力相助才是。"

哪吒早就听从朝歌逃出的人说过那殷纣王炮烙谏臣，造酒池肉林穷奢极欲之事，此时听闻师父不但同意他去杀李靖，还大有要他相助明主，讨伐无道昏君之意，顿时生出无穷快意与豪气。但胸中那颗白莲子却猛然一跃，像是要从哪吒喉咙里跳出来一般。哪吒干咳一声，莲心却又恢复了原状，毫无异样。太乙真人对哪吒说道："你且随我到后山桃园中去。"

那园中桃树虬曲蜿蜒，桃花却生得美艳，每有微风掠过，就有遍地落英随之而起，在园中蹁跹而舞。太乙真人招手呼"来"，便有一杆火尖枪飞至哪吒手中，再一招手，又有两团疾风将烈焰吹至他脚下，现出一对滴溜溜转动不止的风火轮来。

风火轮将哪吒带至太乙真人面前，真人只在他眉间轻轻一点，便道："此两件法宝，皆是你前世在此间之时所惯用的。"说完，又将一个豹皮囊交与他，囊中装有混天绫、乾坤圈，另有法宝金砖一块，道，"你既心存仇怨，此去报了便是！"

哪吒手持火尖枪，脚踏风火轮，混天绫缠臂，乾坤圈套身，金砖藏在腰间，运用之法已随真人指点如成竹在胸，凛凛神威霎时冲天而起。他向太乙真人行了拜礼，郑重道："弟子这便去了！"

金霞童子眼见哪吒踏着风火轮，倏忽便消失在天际，便向真人狐疑问道："师父，师兄此去，莫非真会杀了他的转世之父吗？"

太乙真人神游物外，眼观天道走势，却摇摇头，道："恐怕将有灾祸。"

4

哪吒驾着风火轮，在天上使了几回火尖枪，便已到了陈塘关外。

这一路上，他刻意不去想一个问题，就是自己真的要杀死李靖吗？即便李靖将他送上骷髅山，放任他在陈塘关前自杀，甚至跃马扬鞭，打碎了自己重生的希望，但当他落在城门前身死之地，向城楼守卫喊道："叫李靖出来受死！"他却释然了，或生或死，自有天命，即便自己狠下心来戳了那一枪，那也是天道假借自己之手，杀了当死的李靖。

其声仿佛利箭穿心，守城将官被这一声吓倒在地，连滚带爬跑至李府，向李靖禀报："关外有个持枪的少年，要叫老爷出去……出去受死！"

李靖闻言大怒，登时起身道："你可看清那少年是何模样？"

将官唯唯诺诺道："那少年隐约与三公子有些相似，身上还带着三公子的红绫与金圈！"

李靖喝道："胡说！人死岂能复生？"

但他早年于西昆仑度厄真人处学道，知晓一些神仙神通广大的本事，心中已然信了几分，立刻披了衣甲，挎剑持戟，骑上青骢马，点起关内将佐，大开城门，却见长大了几分的哪吒满脸轻慢之色，正在城门前站定了等他。

想起夫人死时的悲戚，李靖开口骂道："你这畜生，生前祸害父母、百姓，死后亦不安生，竟敢来此骚扰！"

哪吒冷笑一声，道："为保父母、百姓，我已将骨血发肤全都还与你们，你却为何又到翠屏山打毁神像，断我神道重生之路？李靖，你那颗狼心实在太毒，今日我定要取你狗命！"

哪吒话音刚落，手中枪尖已然到了李靖面前，李靖慌忙举戟来挡，但哪吒乃莲花化身，自有无穷神力，即便存着戏耍之心收了几分，但也并非身为三流修士的李靖所能抵挡的。顷刻之间，李靖胯下的青骢马便七窍喷血，跪死在地，手中画戟亦折成两截儿。李靖一击之后自知不敌，眼看哪吒要下杀手，因此撒腿便要逃跑。

哪吒见状大笑道："李靖，你果然是个懦弱小人！"便举枪追来。

李靖在度厄真人处学道三年，难入仙道正途，却也学了几手五行遁术，当即从地上搓起一把土，施展土遁，慌忙往东南逃窜。哪吒踏上风火轮，一路追着李靖急行。

李靖虽身化遁光，可哪里比得上哪吒脚下的风火轮迅疾。哪吒存心想叫李靖吃些苦，追在他身后，叫道："我要刺你左臂！"李靖慌忙之中刚抬左臂，便觉火尖枪呼啸往左臂刺去。他又听哪吒叫道："我要刺你屁股！"便慌忙往高一飞，一股热风随即便燃至屁股底下。

哪吒便这般，一路时近时远地戏耍着李靖。李靖心中时时提防，暗暗叫苦，只怕等哪吒玩够了，一枪刺过来，自己这一镇总兵就得一命呜呼了。

哪吒觉得玩得差不多了，便故意放远了些，准备一枪结果李靖的性命，但前方那处山下忽然现出一个身穿宽大道袍的俊俏童子，将李靖拦在身后，道："父亲休怕，孩儿在此。"

哪吒见状心中随即一沉，隐约感觉到不好。

那道童见哪吒落下轮来，便上前一步，怒喝道："你这畜生，怎敢行此杀父忤逆之举！趁早滚回去，我便饶你不死！"

哪吒听说过李靖另有二子，皆是一出生便被高人收徒带走，却不知这道童是哪一个，见他口出狂言，心中怒火烧得愈发炽热，强忍脾气问道："你是何人，也敢如此口出狂言！"

那道童道："我乃九宫山白鹤洞普贤真人门下木吒是也。"

哪吒才知是他二哥木吒，但他既已削骨还父，又追杀李靖至此，自然没有叫哥哥的道理，只是心想这位二哥同为修道之人，便把翠屏山之事说与木吒听，要他做个公道。谁知木吒听完，却怒喝道："你这畜生，竟全不悔改，还欲行杀父之举！"

他便举剑向哪吒杀来，哪吒往边上一躲，劝道："我单找李靖，与你木吒并无仇怨，你赶紧让开！"

木吒不听，又施展九宫山仙术，与哪吒战成一团。一时之间，只见枪剑交击，五行术法肆意轰击，打不着人，却将这方圆数十丈搅得烟尘四起。

混战之中，却不知李靖趁机逃到了哪里。哪吒心中一急，再不留手，从腰际豹皮囊中取出那块金砖来，趁木吒不备，暗自施放，一砖就将把木吒拍倒在地。哪吒旋即登上风火轮，朝李靖消失之处追击而去。但追了许久，除了山川河泽，并不见一个人影。而哪吒心中的杀念却随着追杀与拦阻，愈发坚定。他站在半空之中，望着天空喊道："李靖，你便是逃到天涯海角，我不杀你，也难泄我心头之恨！"

山林之中有群鸟受惊而起，却不见龟缩的李靖。哪吒不由得泄气，却见脚下那山钟灵毓秀，乃是如乾元山一般的洞天福地，便落在山中灵气最为浓郁之处。李靖已经不见踪影，只有一个穿着一身水合长袍，绾着双抓髻的道者静候在前。

哪吒一字一顿，念着那洞府名号："五龙山云霄洞。"随即向那道者拜道，"您可是文殊师伯？"

见那道者点了点头，哪吒便诉苦道："弟子乃是太乙真人门下哪吒是也，因李靖毁我神道，险些叫我魂飞魄散，今日非得得他首级方能罢休，师伯可曾见过李靖？"

却听文殊广法天尊面沉似水，冷哼道："你前世便十分顽劣，闯下大祸方才投胎下界，谁知今日怎的竟要手弑生父，不知太乙真人如何教育，竟教出个如此大逆不道的弟子！"

哪吒听他口中训到太乙真人，亦全然不听自己的苦衷，稍压住怒火，道："你这泼道人，我问你可见过李靖？"

文殊广法天尊哈哈笑道："李靖方才进了我云霄洞中，你要怎的？"

心头业火化作一朵盛开的红莲，登时翻腾而起，将那颗月白的莲子烧得滴溜溜直转，把双眼直烧得赤红，哪吒一挺火尖枪，大怒道："你若交出李靖，我便与你干休；如若不然，就算你是我的师伯，也别怪我失手在你身上留下几个窟窿！"

"哦？"文殊广法天尊受了小辈侮辱，面色骤冷，道，"不知太乙传你何种能耐，竟敢如此猖狂！"

"看枪！"哪吒飞身而起，举枪向文殊刺去，枪尖烈火却全是来自心中。

谁知那文殊广法天尊说得厉害，见哪吒来势汹汹，却转身就跑，全无半点儿风度。哪吒追赶了几步，文殊却忽然回身，也不知他做了什么法，四周顿时狂风大作，升起浓浓烟雾，将哪吒迷倒。再醒来时，他已经深陷遁龙桩中，浑身套着金圈，丝毫动弹不得。

文殊广法天尊唤道："金吒，取我扁拐来！"

金吒连忙取来，但文殊并不接拐，反而对金吒说道："替我狠狠地打这畜生。"

哪吒看着这未曾谋面的大哥，想叫他一声，却又想起在木吒处所得的冷遇，便仰起脸来，不看金吒。金吒不敢违抗师命，便拿起扁拐将哪吒一顿痛打。

金吒打一拐，文殊便问一句："你可知错？"

哪吒从头到尾连哼都没有哼一声。但他心中的痛，却没人能够知晓，正如他对李靖的恨，从不曾有人愿意试着理解一般。哪吒感觉，做成自己心脏的那颗莲子，即便遭受心头烈火的炙烤，却也在这一下一下的痛打之中，逐渐没有了温度。

文殊见他打不还手骂不还口，觉得无趣了，便叫金吒停了手，进了洞去，将哪吒留在了洞外。山中冷风"嗖嗖"地从哪吒脸上吹过，吹过他没有温度的皮肤，吹进他没有温度的心脏。他的身体里没有血液流动，但他的心里，愤怒的火焰却燃烧得愈发炽烈。

心火熊熊燃烧之时，太乙真人驾鹤而来。

哪吒被缚在遁龙桩上，无法行礼，却向太乙真人呼救道："师父救我！"

太乙真人理也不理他，径直进了云霄洞。

⚜ 5 ⚜

云霄洞虽说是洞，穿过洞后却别有洞天，乃是一处幽静山谷。谷中溪水潺潺，另建有亭台一座，茅舍几间。

"真人，真教得好徒弟啊，连我这师伯也丝毫不放在眼里！"文殊广法天尊似乎料到他会来，因此一见太乙真人进洞，便坐在亭中阴阳怪气道。

太乙真人无奈地摇了摇头，向文殊打个稽首，见李靖与金吒父子在茅舍中谈话，便道："若非如此，燃灯先生又怎会向天尊求情，转而差他下界，去做这引火烧身之事。"

"上次未完之局，今日且再下几目。"文殊一挥袍袖，面前桌上便现出烂柯残局[1]，他一捋胡须，落下一子，淡淡说道，"只是我曾查哪吒之命，当在死后于翠屏山成就神道，以成神之身辅佐姜尚，如今距他身死方才半年，照理说连神体都还未曾凝聚，可怎就得了你这许多法宝，追着李靖不说，还到我九宫山逞凶？"

太乙真人见他落子之处，正合枯木逢春之笔，叫一盘死局重焕生机，遂面色凝重，沉声道："李靖逆天而为，捣毁哪吒泥塑金身，再塑本是小事，但在哪吒魂归乾元之前，却有个奇人悄然而至乾元山中，在我山下莲池中种下一株莲花……"

太乙真人当下就把早晨所遇之事，说与文殊听。

---

[1] "烂柯"为出自《述异记》之围棋典故，意指岁月流逝，在此是指二位仙人千百年前未了残局。第六章最后一节即借烂柯典故，使小说时间由孙悟空出生一百年（孙悟空约莫与老子同时代），过渡到孙悟空三百余岁，由花果山渡海至灵台方寸山拜师学艺（详参《西游记》）。

当初灵珠子是从昆仑天池里的一朵红莲之中化生之事，文殊早有耳闻，当下闻听此言，不由得惊疑道："莫非……"

太乙真人点点头，道："正如道兄所料，贫道正是借那株莲花，铸就了哪吒如今这莲花化身。"

文殊啧啧称奇道："假借外物以为肉身，即便托身神器，也难免要功力大减，但像哪吒这般更甚己身，不光功力不减，反而更进一步者，着实闻所未闻。"

太乙真人举棋不定，只道："仙道即为向天问道，可如今天命竟失，贫道真不知此子将来又有何遇。"

文殊深吸一口气，对茅舍内金吒轻声道："放哪吒进来。"

金吒闻言出洞，文殊眼望金吒背影，怅然道："想我玉虚门人向天求索，却不知自己杀劫为何，也不知收了这些弟子，又能否成功脱劫。"

太乙真人落子无悔，道："既不知命，便以己愿代替既定的天命即可。"

哪吒随金吒穿洞至府，见李靖躲在茅舍内，杀心虽盛，却仍向太乙真人拜了一拜。太乙真人宽慰道："今日你挨这打，实是因为你杀心太重，为师方才请你师伯磨磨你的性子，切不可怪罪你文殊师伯！"

哪吒心中业火忽然摇曳，自己杀心真的太重了吗？这念头在心头一闪而过，他方才醒悟过来，向文殊施拜，道："弟子怎敢怪罪师伯。"

此时文殊正应付太乙方才落子所带来的如潮攻势，因此专心思虑，不理哪吒。金吒连忙在旁边提醒道："师父，您看我父亲与三弟之事……"

文殊才道："叫李靖过来。"

李靖到了亭边，躲着哪吒，躬身向文殊广法天尊拜道："多谢仙师救命之恩。"

太乙真人当先责备道："翠屏山之事，全因你心量太过狭小，才致使父子参商，差点儿使我弟子行了大逆不道之事。"

李靖心中一痛，欲言又止，微微低下头，道："仙师教训的是！"

太乙真人又道："从此父子不许再犯颜！"

李靖当先应了，拿眼瞧着哪吒，哪吒心中虽不忿，终究师命难违，也点头答应了。

文殊广法天尊此时方在诸多变化之中寻到求存图变之路，便催李靖道："你且下山去，莫打扰我们两个下棋。"

李靖如蒙大赦，行了礼，急忙出了洞。

哪吒见此情景，想李靖此番出洞，必然不敢再回陈塘，再要寻他可就并非易事了。哪吒眼看那二位仙人对局之慢，心中更加急切，但又不敢在师父、师伯面前明说，站在原地留也不是，走也不是。谁料这时太乙真人像是明白了他心意一般，漫不经心道："你且先回乾元山去，好生照看洞府，我下完这局棋便来。"

哪吒道了声"是"，装模作样慢悠悠出了洞，才急忙踏上风火轮，去追寻李靖踪迹。

文殊广法天尊抬起头来，望了太乙真人一眼，声随子落，攻后瞻前："你想顺遂他心意？"

太乙此子落得也快，弃子取势："自有天命。"

却与开局慢棋不同，二人愈下愈快，不过片刻，眼看黑白二色便将棋盘占满。

"李靖死不了。"文殊明说，却击左视右。

"为何？"太乙疑道。

"有人看上了李靖，想要收他为徒。"文殊落下最后一子，偌大的棋盘之上，拼杀了数回之久，却落得一个"和"字。

"碧游宫无故死了一个石矶，即便教主勒令，但封神如果真的开始，此种事情定然会多不胜数，即便无人挑拨离间，截教门下也必然不会一直坐视不理。无论杀劫、死劫，眼看马上便要临头，便是那位道者也不得不多加小心。"

太乙顺着文殊的眼神望去，悠长的云霄洞中，一盏灯火燃得正盛，将洞口照得透亮。

∽ 6 ∾

燃灯道人在玲珑宝塔外问道："哪吒，你可认你父亲？"

从他心中盛开的红莲业火，借着塔中真火，一道在他新生肌肤的每道纹理之中蔓延、弥散。正如半年之前，他手握敖广之剑，看着生长七年的鲜血皮肉，在剑下一寸一寸剥离。

鲜血是他灵魂与李靖所赐肉身的分界，业火是他难以消解的恨，血与火化生的红莲，炙烤着胸中白莲子，那难言的痛苦，是游魂无边的孤寂与不解。

莲花没有眼泪，露水在滴出的刹那，便被那血火吞噬殆尽。哪吒用尽全身的力气，向玲珑塔狭小的窗外吼道："我不认！"

"求上仙饶过小儿！"李靖"扑通"跪在地上，以头抢地。

燃灯道人动容道："你要我放过他？"

"是！"李靖抬起头，沾染污泥的血，从炸开的额头绽放出一朵绚丽的花。

"这逆子竟然枉顾父子之情，一路追杀于你，你又为何要为他求情？"燃灯道人面色森冷，眉头紧皱。

李靖也不说话，只是死命磕头，血泪流了满脸，燃灯不忍直视李靖惨状，只是用无人能听清的声音喃喃自语道："为父的这般讲情义，为何生出的儿子却这般狠毒？莫非因今日我托金蝉子送往乾元洞的那朵白莲之中有异样？"

心中红莲烧得绚烂，哪吒坠落地上，无声的霹雳在他脑海中轰然炸裂，世界仿佛初生之时的混沌般寂静无声。这里没有李靖，没有燃灯，也没有什么玲珑宝塔，只有天上白云幻形，化作了一个身着莲裙的女子，一脸温婉的模样，轻声叫道："红莲……"

那声音飘散在山谷绿林之间，渐渐失散，哪吒忽然捂住脸，身子蜷缩成虾球一般，脑袋仿佛大锤一般一次次重重砸在地上，山岳震动，鸟兽飞散。

但莲花不会流泪，他躺在这静谧之中，听到云中那女声在他心中喃喃低语，轻声叫道："红莲……"

哪吒坐起身来，问道："你是何人？"

山谷空旷，无人作答。

⎗ 7 ⎘

乾元山山光秀丽，尽管金霞童子已在山中度过了无数甲子，却总有看不尽的山中野趣。

转世前的师兄灵珠子，常会带他一起在山中玩耍；但转世后的师兄哪吒，却只会待在金光洞中最阴暗的角落里，淡然道："一切都是早已注定的，无须争取，亦无须挣扎，只要等待，该来的便终究会到来。"

在漫漫的长生之中，金霞早已忘却了"父母"这两个字所包含的意义，因此当太乙真人告诉他，哪吒只是在等待一场大战的开始，想要发泄心中的郁闷，让他别去打扰哪吒时，金霞并不能完全理解。

终于有一天，师父令金霞童子将哪吒叫到身前，太乙真人还未曾言语，哪吒却先问道："要开始了吗？"

太乙真人摇了摇头，道："救了黄飞虎后，便随他一家往西岐城去见姜尚吧。"

"这么说来，我是能见到天命圣主与天尊钦点的封神之人了吗？"哪吒兴奋地问道。

太乙真人背过身去，看不清面上的表情。

❦ 8 ❦

镇国武成王黄飞虎的大名震慑八百诸侯，哪吒久居陈塘，自然久闻其名。但他不承想过，与这位王爷的首次见面，竟是在黄飞虎沦陷囚车之中时。

此时，太乙真人口中的伐纣事业还未开始，但早在尚且懵懂的哪吒丢出乾坤圈打死夜叉李艮时，封神之战实际就已拉开了序幕。而在这仙凡同在的修罗场上，哪吒遇到了他的第一位对手，来自截教旁门的七首将军余化，以及押送黄飞虎一家老小的三千士兵。

余化法力不强，派头却很足，身骑火眼金睛兽，手握一杆方天画戟。刚一交手，余化手中画戟就被乾坤圈打断，他立马从腰间取出戮魂幡，战场之中顿时鬼影重重，黑雾弥漫。被那鬼影黑气沾染到丁点儿，无论押送士兵，还是囚车中的黄家老小，都如同失魂一般，口吐白沫晕倒在地。

哪吒见余化施展邪魔外道之术，眼看就要伤及黄飞虎，也顾不得自身安危，便挡在几十辆囚车前，心中业火从枪尖喷薄而出，烧得戮魂幡中百鬼哀号逃窜。哪吒掏出腰间金砖，一砖将余化拍下坐骑，挺枪就要结果他性命。

当时火尖枪枪尖距离余化后心不足三寸，余化色厉内荏，鬼叫道："我师尊乃是蓬莱岛一气仙余元，你若敢伤我，定叫你不得好死。"

火尖枪停在三寸的距离处，哪吒呆立原地，余化趁机翻身上了火眼金睛兽，头也不回地向东海逃窜而去。哪吒突然住手，并非因为惧怕余化口中的蓬莱一气仙，只是在余化即将死在他手下之时，他被燃灯关进玲珑塔的那日，曾出现在他心中的女声忽然出声拦阻道："红莲，不可！"

"你究竟是谁？"哪吒失声大喊道，商军数千人将他团团围住，并无一个人上前，更无一个人回答。

哪吒眼中喷火，不过片刻工夫，商军便被他一人打得溃不成军，四处奔逃。火尖枪染了血，更显红艳。七世忠良的黄家，满门尽因于眼前囚车之中。

哪吒茫然四顾，不知哪个才是威名盖世，却阖家折在余化手上的黄飞虎，便大声问道："哪位是黄将军？"话音刚落，自己便笑道，"你们都是黄将军。"

黄飞虎蓬头垢面，在车中问道："小兄弟是何处高人，黄飞虎感激不尽！"

"吾乃乾元山太乙真人门下，"哪吒稍稍一犹豫，才道，"姓李名哪吒，今奉师命，特来搭救将军。"

他打开囚车，放了黄飞虎等人，却才思虑道，太乙真人命他将众人带往西岐，但这些人皆是凡夫，不能飞天更不可遁地，自己便打个头阵，取了氾水关，再往西岐便是一路通畅。于是哪吒嘱咐了黄飞虎一番，便踏着风火轮，飞往氾水关。

氾水关城楼之上早已布满重兵把守，哪吒刚从云中现身，便有眼尖的士兵朝他射箭。哪吒横枪扫飞箭雨，落在氾水关城楼之前，心中忽然生出无限豪气。

战场，似乎是他的归宿。

在这里，无须考虑其他复杂、凌乱与烦心，只需放纵自己去杀戮，尽情欣赏鲜血绽放出的红色莲花。

唯有这时，哪吒沸腾、不安的心中，才能有些许平静。但为何会有那些不安呢？哪吒不知道，胸中业火托着月白莲心猛然摇曳。

刚刚出现过，又突然消失的女声仿佛是在抽泣一般，带着哭腔痛骂道："红莲，你究竟为何会对这些毫无抵抗之力的凡人产生这么强烈的杀心？他们皆有父母兄弟与心爱之人，你身具法力，难道就是用来干这些欺凌弱小，使人妻离子散之事的吗？"

那女子之言好似当头棒喝，字字如刀，刀刀穿心入腹，将哪吒的胸膛剖得稀烂。自己这是怎么了呢，竟在杀那些无力反抗之人时，还心生舒畅之意？

哪吒满头大汗，呆立在氾水关里一片血泊之中，成千上万具毫无生气的尸体，躺在他的周围。几万只空洞无神的眼里，永久地留存着这近万人临死之前千万种复杂的心绪：怨恨、愤怒、恐惧、忧虑、痛苦、悔恨……

9

哪吒是玉虚门人当中第二个踏足西岐城中的。

他在小金桥相府之中,见到了提早来此打基础的师叔姜尚。那时姜子牙给哪吒的第一印象,不过是个满脸晦气的小老头儿。

姜尚见到哪吒的第一反应则是屏退旁人,随即立马现出见到救星似的欣喜若狂:"天尊说我有七死三灾之劫,还说会有三十六路兵来伐西岐,姜尚下山数载,不敢忘天尊嘱托,眼看即将有多路大军借黄飞虎叛国之名来讨伐我西岐,果然就有贵人前来相助!"说着话,他不由得搂住哪吒肩膀,使劲儿摇晃,"姜尚仙道不成,年事又高,封神重任山高路远,还需靠你们这些年轻人多加帮助,才能圆满完成啊!"

下山之前,太乙真人嘱托哪吒,姜子牙虽修为不精,却智计卓绝,又是他师叔,要他以尊师之道尊奉姜尚。但哪吒没想到,这位玉虚同门的师叔竟然如此没有架子,心中虽稍有不适,暗自挪开了点儿位置,却依旧对姜子牙表决心道:"哪吒既奉师命,定当鼎力协助师叔,任凭师叔驱使!"

直到许多年后,哪吒才明白,姜尚之所以对他那般热情,全因知道自己既定的命运后,由此产生了强烈的怀疑与无可适从,终于在受挫之后得到同门之人登门相助,自然兴奋过头了些。而当时因为无助而方寸大乱的姜子牙,亦逐渐在往后残酷却早被预言的征战之中,再也望之不见。

眼看姜子牙又要再靠过来,黄飞虎却推门而入:"听说当日相救黄某的少年英雄是在相爷这里?"

姜子牙不动声色地端坐席上,却掩饰不住嘴角笑意:"正在姜尚府中,乃是姜某师兄太乙真人门下高足!"

黄飞虎立马上前，拉着哪吒说了一堆真心的恭维话。

哪吒到底年少，当着姜尚之面得了黄飞虎一通夸奖，也不禁有些志得意满，觉得斩敌首级立下功勋，才是我辈当为。

～ 10 ～

哪吒坐在下首，望着大殿正中的大周王姬发。

西伯侯姬昌素有贤名，长寿九十有七，长子伯邑考孝行感天，为救父侯而惨遭纣王杀害，还被做成肉饼，却为何偏偏是这位邻家大哥模样的人，成了天命明主呢？看到座上的姬发衣着朴素，长相也不甚出众，哪吒心中不由得闪过一丝疑虑。

姬发自然不知哪吒心中所想，端起酒杯，朗声笑道："众卿与我一同举杯，共同敬谢哪吒道兄，为我西岐迎来武成王大驾！"

宴上一片欢乐祥和，满朝文武听黄飞虎幼子绘声绘色讲述着哪吒单枪匹马击溃商军，将他们救下，又独自取了汜水关的事迹，看哪吒的目光都仿佛见了天外飞仙一般。

哪吒坐在席上百无聊赖，又被他们盯得头皮发麻，只觉得还不如在乾元山面壁舒服。听着众将推杯换盏，心中却一片死寂，丝毫不为所动。此时，却有一只手在他毫无知觉的情况下，搭在他肩上，哪吒心中一惊，回头一看，才发现原来是姜尚。

姜尚把哪吒拉出殿外，面色沉静，说道："今日借你之力迎回了武成王。但天尊说过，黄飞虎归周之后，五关守将定然要发书朝歌，请来能人，到时三十六路刀兵一起，时刻会有人头落地之事。封神事宜，恐怕即日便需报备天尊，请求定夺。"

此时西岐之中，除却姜尚，便只有哪吒这一位玉虚弟子，因此，这番话便只有趁无人之时，才能对哪吒一人讲述。哪吒会意，便道："西岐交给哪吒定然无虞，师叔大可放心往玉虚宫去。"

"我已与周王请示，今夜就前往！"姜尚点了点头，起身欲走，却又转身向哪吒问道，"听黄家那小娃所讲，以师侄本领，今日交战之中要取那余化的首级并非难事，却为何在将取敌命之时，放其逃走？"

哪吒怔了怔，觉得自己身上发生的事儿实在玄奇，姜尚乃是以智闻名，见识自然广博，说不定能解释一番，便道："实不相瞒，全是因为弟子要下杀手之时，心中突然有一女声出言阻拦，我一心想要探查她的究竟，因此才叫那余化趁机逃了。"他便把情况一五一十告诉姜尚。

姜尚闻言眉头紧锁，一副欲言又止的模样，哪吒以为他心中已有答案，却听姜尚说道："我在昆仑山随奉天尊之时，曾闻天尊论及西方教义时，口吐'心魔'二字，当时虽不解何意，却记在心里。不知你所闻之声，是否由'心魔'而来，只是无论如何，我等尊奉天命，助有道以诛无道，无论前方有何物拦阻，也定要将之杀灭方可！"

能被选来主持封神之事，看来这位师叔并不寻常。望着姜子牙身化遁光，仿佛一颗流星，划破静谧的夜空，哪吒心中却有一股莫名的兴奋在胸中涌动。

助有道以诛无道，方是大丈夫所为！

他闭上眼，就听见数年前在岐山顶上传出那声清脆的凤鸣，在他心中响起，升腾而起的红莲状火焰，炙烤着胸中青白莲子，莲子呜呜作响，仿佛在啼泣。

"小小心魔，若敢再乱我心智，便连你也一并杀灭！"

꒰ 11 ꒱

看到姜子牙迎回封神榜的那一刻，哪吒依稀明白，围绕着这个连师父都不肯说明来历的神秘物件，随之而来的巨大动荡，恐怕很快就要展开了。

哪吒捧着展开的封神榜，望着群星之中明晃晃的三个名字，原本坚若磐石的心却猛然颤抖了起来。死在乾坤圈下的李艮封大祸星、敖丙封华盖星，而在乾元山前九龙神火罩中化为灰烬的"石矶"二字之前，赫然写着封号月游星。

哪吒忽然想起，那日他在陈塘关城楼之上，对着天边红日弯弓搭箭之时，心中如同蓄积已久的火山一般，不吐不快的憋闷。而他射出那一箭后，随之而来的仿佛虚脱一般的疲惫，是因为宿命的不可逆转呢，还是因为所谓的宿命是早有预谋呢？

哪吒忽然觉得，这具莲花化成的身子在一寸一寸地血肉分离。那种痛到极致的痛苦，普天上下，无论神鬼，恐怕再也没有哪一个人能够体会到了吧。但奇怪的是，每每回想起那种白刃加身的痛苦，他的心中却没有丝毫的不满抑或躁动，反而是如同死水一般的平静。

姜尚似乎未曾发觉哪吒的神色变幻，他将封神榜小心翼翼接了过去，吹去并不存在的土，意气风发道："只待良辰吉日一临，便驱使五鬼行搬运之事，协助清福神柏鉴在岐山开造封神台，封神大计便算是正式开始啦！"

姜子牙意气风发了足有小半年。这半年里，哪吒领西岐兵马迎击来犯之敌，晁田、晁雷被打得归顺西岐。张桂芳来袭时，还有西岐将领不服哪吒抢攻，请命出战，却被张桂芳使了左道之术尽数击败，最后还是哪吒出马，才叫他落败而逃。

张桂芳领兵再至时，身边又多了四位长相凶恶的截教妖道。那四人号称九龙岛四圣，还未动手，单凭座下狴犴、狻猊、花斑豹与狰狞四只凶兽，便把姜子牙所骑的青鬃马吓软了腿，害他在阵前跌份。不得已，姜子牙又往昆仑山跑了一趟，请了打神鞭与中央戊己杏黄旗，降服了龙须虎，骑着四不像又神气活现地回了西岐城。

可是就连不精命数天途的哪吒都能看出，姜尚印堂之上似有黑云压顶一般，姜尚自己却好像浑然不觉似的。只是哪吒打一相见，便觉得这小老头霉运压身，灾劫无数，因此也不曾提醒。任由姜尚骑着四不像一马当先，冲在两军阵前。

阐教处事历来光明仁厚，此时虽然互为敌方，但哪吒却不敢轻易伤了这几位截教门人，只是护着姜尚与黄飞虎，同九龙岛四圣激战当场。

两军将士眼看阵中恶兽翻飞撕咬，王魔等人浑身弥漫阴森黑气，使出左道法宝，将此处化作森森鬼域一般。姜尚仗着打神鞭厉害，逐渐脱离战团，和王魔在云中斗法。因此，姜尚被王魔使开天珠一珠子打死，骨碌碌滚下山坡之时，哪吒还护着黄飞虎，被李兴霸、高友乾、杨森缠在正中，无法脱身。

眼看王魔便要斩下姜子牙头颅之时，曾经痛打过哪吒的文殊广法天尊却带着金吒及时赶到，也不知二人在山前说了些什么，哪吒赶过去时，正见金吒持剑与王魔缠斗，文殊却在背后掐起法诀，祭起此前困住哪吒的遁龙桩，将王魔束在桩上，让他不得动弹。金吒手起剑落，哪吒只觉得脖颈一凉，王魔便已身首异处。

自己这位貌似忠厚的大哥与那九龙岛四圣下手竟都如此狠辣，全然不顾阐、截二教同属道门之谊。风火轮在空中飞转，带起炽热的风吹在哪吒脸上——自己又是何时变得这般优柔寡断、畏首畏尾，做事还要思前想后了呢？

哪吒不知道。或许是因为，当他每每对那些左道之士欲起杀心之时，便在心头烈火炙烤之中，响起那声哀求似的"红莲，不可"吧。

他在文殊脸上瞥见杀戒已开，一闪而过的狠辣，但那把滴血的剑却握在金吒的手里。

⟲ 12 ⟳

既然掌教天尊预言，会有三十六路兵马因黄飞虎而来讨伐西岐，姜子牙在得了天尊助力之后，显然没把眼前区区的张桂芳与九龙岛四圣放在眼里。这位玉虚门人显然为自己的轻视而付出了惨痛，但却终究要付出的代价。因此，姜尚死而复生之后的第一句话，并不是感谢坐在身边的师兄文殊广法天尊，而是捂着脸苦恼道："七死三灾，何时是个头啊！"

在哪吒莫名的怅然与等待中，张桂芳所领兵马在两战后便溃败而回。姜子牙杀了高友乾，金吒又杀了杨森，便连黄飞虎的四儿子黄天祥也挑死了一个风林，而哪吒却只是斗逃了李兴霸，使张桂芳自刎于战场。

当晚二哥木吒身背两口吴钩[1]，提着李兴霸的头来到营中之时，哪吒隐隐觉得，前几日还对自己知无不言的姜尚，却仿佛忽然之间便和自己产生了深深的隔阂。

哪吒坐在大殿的角落中，夜晚清冷的月光透过空洞的窗棂打在他的脸上。正在失神之时，女子又在他心中说道："破杀戒，临死劫。"然后又如前几次一般，再度消失，并不与他直接对话。哪吒觉得，再这般下去，总有一日自己真有可能是会失心疯掉的。

姜尚似乎喝醉了，在席上举杯，遥祭岐山之上造起的封神台，说道："人之不死，如何成神？"

哪吒走出小金桥相府，走在西岐城的夜色之下，思考着这二人的话，飞到封神台前，望着半空招展的封神榜，两军阵前新死之人已化封神榜上名。

哪吒闭上眼，想，有朝一日，等到有朝一日，金吒、木吒，还有我哪吒，我们的名字，应当都会在这块宿命的布上，落下轻描淡写的一笔吧。

阳光刺目，哪吒睁开眼，一座座全新的敌营已在西岐门外驻扎。

佳梦关魔家四将领兵十万，在西岐北门之外安营扎寨，双方见阵，姜子牙还欲多说些冠冕堂皇的场面话，那四位说他不过，当先便有魔礼青背着青云剑，挥舞长枪来取姜子牙的性命。

无论岐周抑或商军阵中将领，大约有三类：一类是如同黄飞虎这般，人中龙虎，有万夫不当之勇；二类是如之前所遇张桂芳、风林之流，身健体魄，曾往仙山洞府访仙问道，却不得仙道，只学了几手防身杀敌的道术或是左道旁门的法宝，突然使出，敌将纵勇亦得着道；三类便是如金吒、木吒、哪吒等人这

---

[1] 《封神演义》中普贤真人赠予弟子木吒的武器。

般，玉虚、碧游门下弟子，天资卓绝，身负超群法力，又有师门所传的厉害法宝，杀前两类人其实不难，唯有同样修道之人，才可匹敌。

但眼前这魔家四将，却并非此三类中的任何一类。他们并无师承，却自有法力，听黄飞虎所言，他们手中法宝皆厉害至极。因此，魔礼青领兵袭来之时，南宫适、武吉等将领刚欲冲上前与之交战，便被哪吒三兄弟拦下。

两军兵马厮杀一阵，眼见四将周围已死伤无数士兵，哪吒三兄弟便同姜子牙找上了魔家四将。双方斗法，法宝散射光华，竟在数万兵马乱战之中形成了四个绝对的真空。

魔家四将中有魔礼青、魔礼海两个使枪的，但哪吒挺着火尖枪，下意识便对上了手持方天戟，却身背混元珍珠伞的魔礼红。

火尖枪上纹路玄妙，哪吒身上纯正的玉虚法力源源不断注入其中，枪、戟交击之时，便有丛丛烈火从枪尖喷出，即便魔礼海燃起澄黄明正的法力护身，却也架不住这无形烈火，而无从见缝插针。

二人交战不过片刻，魔礼红便已被那烈火烧得怒发冲冠，满头红色须发在烈火之中尽数化作灰烬。那火兀自不散，仍在魔礼红脑袋上腾腾燃烧着。魔礼红拿画戟将火尖枪一架，怒道："你这小儿怎敢欺我！"

他便将背后混元珍珠伞撑开，伞上祖母绿、祖母印、祖母碧急撞之下叮当作响，夜明珠、避尘珠、避火珠、避水珠、消凉珠、九曲珠、定颜珠、定风珠各放毫光。

哪吒只觉得眼前一暗，便从豹皮囊中取出乾坤圈，急旋而击向魔礼红手中之伞。但那伞也不知是何方宝物，一经展开，便发挥出装载乾坤的威力，乾坤圈没打着魔礼红，却反而被那骤起狂风裹挟起的西岐士兵与飞沙走石，一道儿被收进了混元珍珠伞中。

算上骷髅山白骨洞那次，这是乾坤圈第二次失却了。

哪吒心中猛然一紧，魔礼海的琵琶声就在此时伴随着魔礼红混元珍珠伞叮当之声，铿锵奏起。那弦乐纯属胡拨乱弹，毫无乐感可言，四弦之声或尖锐或浑厚，仿佛利箭与重锤齐发，轰击在两军将士心中。商军早就备有布团，一见魔礼海取了玉琵琶，便将布团塞在耳中紧紧捂住，否则此时皆已七窍流血，不得动弹。而西岐士兵毫无防备之下骤然闻听此音，就似镰刀割麦一般，围绕着魔礼海一茬一茬地倒下。

金吒、木吒、姜子牙等修道之士，亦捂住耳朵。金吒祭出遁龙桩，姜尚祭出打神鞭，二宝却落得和乾坤圈一样的下场，全被收入魔礼红的混元珍珠伞中了。魔礼青驾驭着青云剑，来往飞腾，收割人头；花狐貂一出魔礼寿怀中，迎风便长，生出双翅，飞在空中，张开血盆大口，吞噬西岐将士。

此时近似屠杀的战场之上，唯有哪吒丝毫不为所动，仿佛痴傻了一般，踏着风火轮呆立半空，双眼空洞，望着魔礼红伞中乾坤，愣愣出神。魔礼海不成曲调的拨弄，听在哪吒耳中却仿佛来自远方熟悉的仙音。魔礼红的伞中却藏着一池澄清碧水，水中倒映出一个身着奇异服饰的沙门道人，向水池之外慷慨激昂地讲述着什么。俄顷，便见一个眉目俊朗的少年，从池边冲出，一跃而起，将满池碧水搅得波纹阵阵。水底升腾起一红一白两朵莲花，亦随波摇晃。

而在那波纹散开的前一刻，哪吒却分明看到，有一只宽厚的手掌从池边伸出，那是在阻拦呢，还是在挽留？

"红莲，醒一醒！"从心底月白莲子中传来的娇弱女声，又在他心头跳跃不熄的业火中响起。

哪吒圆睁双目，望着魔礼红紧握混元珍珠伞的手，同那水池边的挽留之手完整地重叠在一起。而那跃入池水的少年，却仿佛直直冲入哪吒眼波之中，唯有那张脸始终模糊不清。那少年愈发扩大，仿佛下一刻，便要从哪吒眼中破眶而出一般。

哪吒霎时觉得眼、耳、鼻、口皆刺痛不已，他大叫一声，顿时七窍流血，跌下半空。呼啸而来的青云剑，斩在哪吒方才所停之地，带起一阵凌厉的剑风。

❧ 13 ❧

攒心钉从魔礼红心口贯胸而出，鲜红的血液激射在哪吒的脸上。哪吒怔怔望着突然冒出的年轻道人，手摸在脸上。血尚有余温，但人已死透。

大屠杀的战局是在片刻之前，那位玉虚弟子出现之后，才开始产生转机的。

杨戬来时，哪吒还呆立在半空。他头戴扇云冠，身穿合水服，腰束丝绦，脚登麻鞋，一副道人打扮。见到战局纷乱，魔礼寿放出花狐貂，却似凶兽饕餮一般，张开血盆大口，直欲吞食天地。杨戬摇身一变，变成了一个顶盔披甲的士兵模样，蹚过满地残肢断臂的尸山血海，来到花狐貂大口之前。

花狐貂虽有灵性，却不知杨戬厉害，只当作普通士兵一般，将他吞入肚中。杨戬破它肚腹而出，将魔礼寿看得眦眦欲裂，当即弃了即将落败的金吒，挺直长枪，便和杨戬战成一团。

魔家四将法宝俱是凶恶，但身上法力却是异常纯正浑厚，散发着正气凛然的明黄之光。杨戬身无法宝兵刃，魔礼寿长枪袭来，他却只用肉身抵挡。枪击之处，处处都有"卐"字透光，枪枪有梵音鸣响。杨戬臂挡之处，只见鲜血迸射。

一旁金吒见杨戬处处皆伤，奈何被收了法宝遁龙桩，口中只道"道兄小心"，却干着急帮不上忙。

杨戬仗着八九玄功变化之能，行移花接木之功，使周围大地塌陷，自己实际毫发无伤。他欲摸清魔家四将底细，因此除了救下同门，并未全力对战。越战到后，杨戬却越是心惊："这四人究竟是何来头，分明并非阐、截两教所属，但所使本领似乎并不在两教道术之下？"

收去见识之心后的杨戬，掏出怀中杀人利器，顿时就变成了这修罗场里最为恐怖的杀神。攒心钉约莫七寸五分长，散发着夺目的焰光，对着御剑而去的魔礼青后心打去。

攒心钉疾射而出，在半空之中爆发出骇人的尖啸，在哀鸿遍野的血战之地，穿破魔礼海的琵琶声，没入魔礼青的后心。攒心钉再从魔礼青的前胸透胸而出时，已然失去耀眼光华，中钉后的魔礼青一路坠落，躺倒在尸骸的海洋之中。

魔礼海放下琵琶，悲愤道："你这黄口小儿竟使暗器伤人，实在辱没你手中双锤！"

哪吒从伞中所见乾坤，便是在此时被满池涟漪所没，魔礼红的手和那池边之手在他脑海中渐趋融合。

青云剑穿过一名商军头颅，插在地上，嗡嗡震颤。剑身斜照，杨戬再从锦囊中取出一枚攒心钉，取了魔礼海之命。紧接着是失了花狐貂，就如同断了一臂的魔礼寿。

哪吒仰望苍天，看到举着混元珍珠伞的魔礼红眼中有无边战意，最后一枚攒心钉便是在此时发着焰焰华光，穿透了魔礼红的胸膛。

哪吒游离在战场之外的心神，仿佛此时才回归胸膛，他猛然伸出手，像是要抓住些什么一样。杨戬修长的四指在他眼前晃动，抖开空空如也的锦囊，耸耸肩，对哪吒说道："没了，正好四根，也用不着第五根。"

❧ 14 ❧

与魔家四将一战，西岐城外留下尸骸何止万具，便连周王姬发的兄弟都死了六位，但西岐终究是胜了。

"两军阵前新死之人，已化封神榜上名。"哪吒双目无神，喃喃自语着，从尸山血海里站起身。风火轮在面前飞起，哪吒踏在其上，倏忽便飞往岐山封神台。

清福神柏鉴藏身台中，见哪吒来了，才在烈日之下现出身形，向这个常来此地的少年问道："打完了？"

哪吒淡然地点点头："神魂不往这儿飞了，便是打完了，你又何必问我？"

"你此番是来查谁？"阳光透过清福神虚无的影像，将他脚下的封神台照得透亮。

"魔礼……魔家四将。"

柏鉴摊开封神榜，新入的人名在榜上闪闪发光，而哪吒的心却随着清福神的话语再度狂跳不已。

"榜上没有魔家四将。"

风火轮转得快时，便会在空中留下"呜呜"的鸣响，好似烈火烹油，划破长空。

黄飞虎归周，姬发称王尚且不久，西岐城外便已被战火犁遍。从城中缓缓拉出的木架牛车，在战场停留片刻，便满载阵亡将士残缺的尸体，排成血淋淋的长行，驶向西岐三十里外的乱葬岗中。

魔礼红双目紧闭，硕大头颅挂在城楼之上。

哪吒茫然地站在慢慢前行的牛车之中，待尸体拉尽，便会有一场恰逢时节的大雨瓢泼而来，将北门外这骇人血海冲得一干二净。哪吒这样想着，却忽然觉得一阵寒意透骨而来。

那是一阵向西的风。

哪吒仿佛轻若鸿毛，被那风吹起，飞过西岐上空，落在西南一座荒山脚下。那山无草木，只山麓处有一圈老树，树林随风轻轻摇曳，露出其中一座朴素草亭。草亭中有一人背向哪吒，一对大耳垂几乎垂到了肩上，那人身披一件奇怪的曳地黄衫，竟和他在魔礼红伞中所见之人的穿着极为相像。那人身前明明空无一人，手却不时指指点点，似是在训诫别人一般。哪吒远远看见只觉得他不是凡人，便下了轮，慢慢走近草亭。

此时正值顺风，哪吒依稀听见："尔等四天王甘为佛种，自离七宝林，投身八德池，转世道治之下为人，却倒在心魔业障之前，惨遭屠戮。罢罢罢，这便随吾回去吧！"

山麓林叶婆娑作响，哪吒细细一听，却仿佛听见"我佛慈悲"。待他回神儿再看时，却哪里还有什么草亭？只有一个大耳垂肩、宝相庄严的面容，不透过他的眼，而径直出现在他的心中。

"心魔业障，我佛慈悲……"哪吒淡淡念诵，在心中问道："心魔为何物，佛又为何物？"

四下无人，却有声起："夺慧命，坏道法功德善本，是故名为魔。心中自生之魔，即为心魔。至于佛嘛，你刚见到的那位，便是一尊未来的佛。"

哪吒浑身一紧，又骤然放松，无声道："此番我并不想建功杀人，你怎么出现了？"

"只因我受了封印，修为不够，又需时刻抵抗你心中业火，所以每次只能在关键时刻才能出声拦阻。"那女声又道，"直至今日，我引你心中业火烧去封印，才能与你畅快交谈。"

"封印？"哪吒皱起眉头，道，"既然封印已除，你何不现身在我面前！"

哪吒心中响起一声苦笑，只觉胸口吹起一阵凉风，在身前三丈外旋转着，几乎要凝聚出一个女子婀娜婉转的俏丽模样了，却又突然溃散。

那女声疲惫地道："不行，我还无法在身外凝聚身形。"

哪吒忍耐良久，终于暴怒，心中火起，冷声道："小小心魔，怎敢戏耍于我！"

那女子仿佛被骤起的烈火灼伤，顿起尖啸，浑身都在火中焚烧，仅余下几句不成声的话语，凄厉却关切道："切莫傻傻为在劫之人顶了死劫！封神之事，背后另有隐情，并非你所想的那般简单！"

哪吒心中一动，但红莲不息，心魔之声亦再未响起。

杨戬从远处飞来，怪道："师叔召集门人，你怎么一人躲在这里，叫我好找。"

第三章　十绝惊魂

◎ 1 ◎

　　姜尚最初下山时，不知是否是为了知己知彼，曾在朝歌卖卦为生，后来还做了纣王的下大夫。因为力阻纣王建造鹿台，纣王扬言要炮烙了他，被他提前知道，才狼狈跳下九龙桥，借水遁逃到了西岐附近的磻溪，后来被西伯侯姬昌奉为上宾。直到姬昌死后，姜尚才现出玉虚特派的身份，露出心中的小九九，将姬发尊为周王。

　　姜子牙在商为官时，太师闻仲一直在北海平叛，直到此前黄飞虎逃出朝歌时，闻仲才从北海平叛归来不久。他追了黄飞虎一路，却被元始天尊派弟子撒黄沙变幻的黄家人马引回了朝歌。所以直到今日，姜尚才是第一次见到这位威震四海的大商太师、截教金灵圣母的得意弟子。

　　闻仲身跨墨麒麟，手执一对蛟龙金鞭。

　　四不像载着姜尚，打神鞭虚握在手中。

　　哪吒站在姜尚身后，颇为玩味地望着这番景象。

金吒在一旁低声说道："若是算辈分，那闻太师也就是和我们一辈儿的。"

杨戬则道："若是论法力，十个金吒也抵不过一个闻仲。"

金吒心中不快，冷哼了一声。

哪吒也惊讶地望了杨戬一眼，此人凭借一己之力扭转战局，叫魔家四将尽数死在法宝之下。但相比他的法力，哪吒忽然觉得，杨戬最可怕的或许是智谋与见识才对。

正在此时，阵前两方的太师与丞相撇开了仁义礼智信，撕破脸皮破口大骂，催动胯下坐骑，挥鞭战成一团。

姜尚的身先士卒无疑给了西岐士兵莫大的鼓励，数万士兵远离中央战阵，兵戈交击之声骤然而起，浴血厮杀无止。

哪吒喃喃道："姜师叔还真是不怕死啊！"

"假如是你被罩上了七死三灾之命，我相信，你也不会怕死的。"杨戬苦笑一声，想要上前助阵，却看见风火轮在低空划出一道长长的火红焰道，带着骇人的尖啸，倏忽便至姜、闻二人身前，哪吒大喝道："休要伤吾师叔！"

火尖枪直戳闻仲额间第三目，闻仲双鞭急架，再有火起，却有二蛟自鞭中跃起，将那烈火吞了，在空中爆散为星星点点。

姜尚捂着肩头，在四不像旁边打滚，辛甲前来救他时，见他一脸欲哭无泪，口中念念有词，只当他在诅咒闻仲，将他扔回四不像身上，便迅速回到后方。

哪吒却听得清清楚楚，姜尚离去之时，嘴里说的分明是："为何不叫他一鞭抽死我！"

"从没见过这般将生死视作儿戏的人。"哪吒嘴角一抽，心中不免腹诽这位有严重被杀倾向的师叔，但闻仲的双鞭此时却像是一阵猛烈至极的暴雨一般泼在了他的心头。

哪吒不喜欢雨。

那暴雨瓢泼而来，瞬间将他淹没，让他仿佛回到了陈塘关前，重新变成了那个决绝而无助的七岁孩子。他感到胸中熊熊燃烧的红莲状烈火，突然被月白色的莲子疯狂地吸收着，而这具身体中生生不息的蓬勃巨力，随之被迅速抽离而出。

面对战场之上身体的突然失控，哪吒惊骇莫名，但他却无法控制这一切的法身，只能坐视法力流失，眼看着红莲业火烧向莲心。

枪尖不再燃烧，只剩徒劳招架。混天绫紧紧缠绕，乾坤圈挡在身前，但法力莫名流失的变故，让哪吒根本无法及时反应。闻仲的蛟龙雄鞭鞭身重重抽击在乾坤圈上，鞭尾与混天绫纠缠成一团，将哪吒从半空抽到了尘埃里，带起飞扬的尘土。哪吒在地上滚了近百丈，在血火混乱的战场上，突然画出了一道鲜明的分界。

金鞭抽身的剧痛，远不及胸中灼心的业火。这具金刚不坏的身体，似乎是将所有身体遭创带来的痛苦，全都转嫁到了他的心上。无论是忧愁还是难过，悲伤抑或疑惑，全都化作灼心的红莲业火。

哪吒赤红着双眼，看着金吒、木吒接连倒在闻仲鞭下，唯有杨戬能够顶住凌厉攻势，使大军在陶荣聚风幡召起的狂风之中，狼狈逃窜回西岐城中。

三日之后，姜尚整顿士卒，再同闻仲一番大战。哪吒没伤，但姜尚却让他和金吒、木吒等受伤诸将一道，留在相府之中养伤。而等捷报传来之时，意气风发的姜尚已经决定："闻仲蛟龙金鞭既已被我打神鞭断了一根，便说明他乃榜上有名之人，必有一死，今夜趁胜追击，定可大获全胜！"

虽然闻仲法力高深，算到了姜尚趁夜劫营的计谋，但西岐兵来得太过突然，他只来得及稍做了些准备，就被杨戬、哪吒等人团团围在垓心。其余兵马进攻各大营，木吒趁乱烧了商营粮草，以扰乱闻仲之心。闻仲见败局已定，无心恋战之下，差点儿挨了姜尚一记打神鞭，仓促领兵败逃岐山七十里。

稍待天明，又有一面相凶恶的道童振风雷之翅而来，自称燕山雷震子，乃文王第一百子。见过周王后，便与姜尚同归相府，会见玉虚同门。

当夜同门欢宴，哪吒饮酒数杯，不醉而睡。心头之火暂熄，但莲子心魔深埋体内，居然不靠言语蛊惑，而是开始直接夺取这莲花化身的控制权。心魔一日不除，就始终是心腹大患。

❧ 2 ❧

闻仲大败而归，不过半月，便又卷土重来，而这次与他同来的还有另外十名截教门人。大军安营不过一日，便在西岐城外摆下十座大阵。阵曰十绝，姜尚协同哪吒、黄天化、雷震子、杨戬四人前往观之，方见这十绝阵乃是：天绝阵、地烈阵、风吼阵、寒冰阵、金光阵、化血阵、烈焰阵、落魂阵、红水阵、红沙阵。

那十天君在两军阵前傲然自陈，说阐、截两教同属道门，阐教虽然无理杀害截教门人，但为了不伤和气，因此摆下十绝阵，希望只凭借这阵法来见高低，了断两教恩怨。

姜尚上前见阵时只觉得两眼一抹黑，对面十座大阵，他居然一个都不认识，只是输人不输阵，因此在两军阵前嘴硬，还与十天君约好了时日说要前去破阵。但是一回城中，就登时愁眉苦脸现了原形，众将商议之时，他也不发一语。

杨戬心细，出门之时，他低声问哪吒："你可察觉出师叔有些异样？"

哪吒自来西岐之后，因为体内隐患，时常神游物外，自顾尚且不暇，又哪里能注意到姜尚有什么问题。因此听了杨戬的话，他愣了一下，反问道："此话怎讲？"

"上天封神，师叔承运。玉虚法旨既言，师叔有七死三灾，西岐有三十六路征伐，如今十天君摆下十绝阵，这才到了几路？往日里师叔智计卓绝稳若泰山，今日在席间却坐立不安，无谋无策，便连容貌看来似也有了许多不同。"杨戬皱起眉头，在额上写了一个"川"字。

哪吒心间疑惑，却并未多言，只道："师叔吉人天相，杨兄何必多虑，待明日议事之时，我等亲口问他便是。"

"吉人天相……"话一出口哪吒就反应过来，姜尚从来都霉运当头，跟这四个字完全不搭边。

"只怕你问他，他也不知。"杨戬也是无语了一阵，才凝眉轻叹，"但愿是杨戬多虑了。"

第二日哪吒再来相府厅堂，就知道杨戬所虑不虚。因为一向勤理军务的姜尚，尽管已经日上三竿了，却还在房里捂着被子酣睡不醒。金吒、木吒前去卧房相请，姜尚才半睁睡眼，蹒跚而出，叫他卜算吉凶，他也是颠三倒四地说无风无雨，但话音未落，城中就风雨大作。

西岐因姜尚之故守城不出，而闻仲大军却也按兵不动，如此一连过了二十余日，众人清晨相聚之时，竟然发现堂堂天尊弟子、天命封神之人，居然就这样一觉睡死在了被窝里，联想到城外商军行止，众人才发现其中端倪。

周王姬发闻听此讯，慌忙来到姜尚榻前跪倒，顿时涕泗横流，大哭不止。

哪吒曾为游魂，有过死亡经历，便宽慰姬发道："人死有魂，方才我觉有一股阴风往封神台处去了，定是师叔魂魄未散，我这便去往观之。"

杨戬在姜尚胸前摸索了一阵，两道剑眉才舒展了些，道："丞相胸前还热，定能还阳复活，大王不必忧心。"

不过一炷香工夫，哪吒便从封神台归来："封神榜上并无师叔姓名，柏鉴说师叔魂魄的确曾至，但被他推往昆仑山去了。"

杨戬说道："你去封神台时，恰好赤精子师伯拿着一个葫芦，把姜师叔的一魂一魄装了回来，原来是闻仲妄图施术害死姜师叔，才用城外那座落魂阵作怪。"

"怎么只剩下一魂一魄，"哪吒疑惑道，"师伯人又去哪儿了？"

金吒答道："师伯孤身闯进落魂阵，想要救出姜师叔其余魂魄，后来似乎狼狈不堪，从阵中逃了出来，又去昆仑山请法宝了。"

哪吒大为震惊："这阵究竟是什么来头，师伯在我阐教仙人之中也是名列前茅的高手，却不光无法破阵，反而从阵里狼狈逃出？"

哪吒有些不敢置信，赤精子修为几乎与太乙真人相差无几，但面对这十绝阵之一时竟然落荒而逃，那岂不是说，就算在他眼中几乎无所不能的太乙真人到了这里，也只能如同赤精子一样？

法力通玄的仙人都无法破除的高深阵法，在西岐城外足足有十座之多，单凭城里这些人又怎么能够破除呢？从杨戬的眼里，哪吒看到了同样的忧虑。

赤精子从八景宫借来了老君的太极图后，又往落魂阵中去了一遭，虽抢了阵中封印姜尚魂魄的草人回来，却为了自保，而把太上老君的太极图落在了阵中。

姜子牙魂魄归位之后，还当自己是大睡了一觉，此时才醒。周王姬发大喜而泣："多亏这位师父，相父才得以复活。"

明明有赤精子前来相助，自己又成功死而复生了一次，但姜尚却开心不起来。

尚未入阵，他便被人害死了一次，听赤精子说闯阵又那么困难，看来要破这十绝阵，定不容易。一朵沉甸甸的阴云，压在了姜子牙的心头，让他就连简单的呼吸都困难不已。而黄龙真人的到来，更是让他不祥的预感达到了极致。

二仙山麻姑洞黄龙真人入了银安殿，便对姜尚道："且在西门外搭一芦篷，以迎诸位同门。"

芦篷不日即成，仙圣不绝而来。

哪吒守在芦篷之外，见到了不少熟面孔。除去先来的两位之外，此番来的又有九仙山桃源洞广成子、夹龙山飞龙洞惧留孙、崆峒山元阳洞灵宝大法师、普陀山落伽洞慈航道人，以及金吒之师文殊广法天尊，木吒之师普贤真人，韩毒龙、薛恶虎之师道行天尊，黄天化之师清虚道德真君，杨戬之师玉鼎真人。自然，还有经年未见的太乙真人。不过半日光景，元始天尊玉虚门下的十二金仙，居然尽数会聚到了西岐城外。

太乙真人立于群仙之间，定定望着哪吒。哪吒低头一拜，恭敬地叫了一声："师尊。"

乾元山秀美的风光仿佛一张画卷，摊开在他脑海之中，然而十绝阵的腥风，却在十二金仙身上罩上了一层淡淡的血色，将那画卷扯成了碎片。

太乙真人的白须在风中飘摇："封神既然已经开始，你为何不破这屡在的杀戒？"

哪吒望着他的眼，太乙真人眼中平静的狂澜，好像一阵漩涡将他吞没。哪吒想告诉太乙真人，关于那莲子心魔之事，但这念头刚刚兴起，在沉寂了许久之后，那个轻柔的声音便再度于他心中响起："我只是想让你活下去，亲眼看到这个结局，在这个局中，没有任何人值得你信任。"

"那你呢，你不是人吗？"

"我只是八德池里的一株白莲。"白莲轻声说道。

"哪吒？"哪吒怔怔地站在原地，还想再问，但太乙真人略带冷意的声音，却将他从这场久违的对话中拉出。

不知为何，哪吒忽然觉得，这些师叔、师伯都有些不太对劲儿，就连师父太乙真人似乎也……

定是受了白莲蛊惑！

哪吒心神猛然一荡，"扑通"跪在地上，对太乙真人说道："实乃玉虚门下人才济济，不须弟子出手，便足以克敌制胜。"

❧ 3 ❧

玉虚门中最后那位来时，先闻半空呦呦鹿鸣，那位道者随一阵香风倏忽便至。这人面貌古怪，气质独特，并非寻常意义上的仙风道骨之貌。

哪吒看到燃灯，便想起那段不甚愉快的回忆，灼心的红莲火焰，似乎正是在他的玲珑宝塔之中才燃到最烈的吧，诡异的白莲也是在那之后才开始在自己心中时隐时现。

燃灯道人踏足芦篷之前，众仙便早早上前相迎，先有广成子拱手笑道："吾等正寻破阵指挥之人，仙师便巧来了。"

姜尚正忧心自己法力低微，资历又浅，恐怕难服众位金仙师兄。而他又无计破十绝阵，因此先前便已百般推脱，见广成子搭好梯子，当即顺势将玉虚符印捧出，恭敬有加道："老师既来，合该居于主位。"

燃灯道人见是众望所归，也不推脱，只道："贫道此来，正是为助诸位度此临头杀劫而来。"

众仙纷纷前往芦篷之内，哪吒低头候在门外，燃灯道人行经之时，似乎投来两束饱含深意的目光，叫他浑身都不自在。

哪吒抬头看时，燃灯道人已进了芦篷，而白莲在听见鹿鸣之后，便已再度消失。

闻仲手下大将邓忠，却捧战书随后而至："尔等龟缩不出，太师特命我来下战书！"

哪吒见这人道行低微，却狐假虎威，忍不住冷哼一声，接过战书："他日交战，吾必先取你首级！"

邓忠身处周营，强忍住怒火没有发作。

姜尚恭敬地将战书交给燃灯道人，燃灯看也不看，就"唰唰"写了回复，说道："去告诉闻仲，三日后我等自当前去破阵。"

邓忠在芦篷之外，依稀看见了芦篷里一众玉虚金仙，心中大惊，顾不得和哪吒意气之争，拿了回批便速回闻仲大营报信。

两军相安无事，待三日期满，西岐城门大开，哪吒跟随在燃灯道人、阐教十二仙、姜尚之后，与一众三代弟子、西岐将领领兵而出。闻仲兵马出营，铁青着脸望着燃灯道人。不待他说话，当先便有布下"天绝阵"的秦完从阵中飞出。

燃灯道人骑乘白鹿本在最前，此时却回身望向十二仙身后的那群弟子将领。不知为何，被燃灯道人阴鸷的目光扫过时，哪吒心中隐隐涌起一阵不安之感。所幸，燃灯的目光并未在他、西岐将领与三代弟子中停留多久，便有一位拎着一杆方天画戟的仙人从云中落下，对众仙道："师尊特命吾来破此阵。"

燃灯道人点头默许，那仙人便上阵去。

雷震子探过脑袋来，问杨戬："你见多识广，可认识这位是何方神圣？"

杨戬面露疑惑，似乎也未见过，就听那仙人对秦天君道："吾乃玉虚宫第五位弟子邓华是也。"

二人阵前叫骂一番，邓华动了真火，便被秦完引进了天绝阵。

此时杨戬才道："我听师父说过这位师伯，入门虽早，道行却不甚高明。以赤精子师伯之能，之前持太极图入落魂阵，都险些失陷。这天绝阵同列十绝，与之相比绝对不会差多少，不知燃灯先生叫邓师伯去破阵又有何深意？"

雷震子挠了挠背后的羽毛，说道："说不定这位邓师伯这几年道行大为精进，有破此阵之法，故被天尊派来也未可知呢。"

哪吒疑惑道："我看不像，你看众位师叔、师伯里，哪有提着方天画戟的仙人？"

杨戬面色不善，摇摇头，道："总而言之，明明有我教最强的十二金仙在此，却让邓师叔前去破阵，实在非智者所为。燃灯老师此举，我看不懂。"

听了杨戬的话，再想起方才燃灯道人的目光扫过时，那种汗毛乍起的不安，某种莫名的猜测在哪吒心中升起。但自己与谜底之间，似乎又蒙着一层浓雾，叫他看不清，也道不明。

哪吒望向太乙真人的背影，真人青玄道袍不染纤尘，直直垂至地面。在他目光落在师父身上的刹那，他似乎看到太乙真人动了一动，仿佛下一刻就要回望向他。

哪吒猛然低下头，他怕看到太乙真人的眼睛。白莲在他心中种下了怀疑的种子，又由燃灯与众金仙的怪异举止而引申出的所有猜测，或许都隐藏在那双饱含沧桑又有生机涌动的眼中。

哪吒想知道那个答案，但是他又怕假如白莲的暗示成真，而亲手揭开谜底的又是他无比尊敬的师尊太乙真人，他又该如何去面对太乙真人？

太乙真人似乎只是站累了，换了个姿势而已，并未回头，哪吒这才稍稍平静了些。

从西岐城外望去，居中而布的天绝阵外罩先天清气，除了邓华入阵时带出几团混沌之气，便再无动静。两班人马全都屏气凝神以待，一时间万马齐喑。

就在此时，忽然从天绝阵里传来秦天君狂妄的笑声，半炷香前还挥舞画戟斥责秦完的邓华，此时却只剩一颗血淋淋的头颅，从天绝阵中高飞而起，骨碌碌地在西岐阵中滚了好远，正好落在哪吒、杨戬等人跟前。

三代弟子见状，皆大惊失色，自打封神事起，这可是头一位死去的玉虚门人！

"你看这邓华，他的眼神里似乎……似乎并没有一般人面对死亡的恐惧，反而……"杨戬密语传音道。

经杨戬提醒，哪吒才发现："反而是解脱，与夙愿成真？"

杨戬点头赞同。

邓华轻易便死在天绝阵中，燃灯道人却只是轻叹了一声，便转过身来，对文殊广法天尊说道："你可前去破了此阵。"

文殊领命入阵，此番阵中激斗，冲破阵外清浊两气，无边法力爆散向四面八方。只听文殊广法天尊在阵中喝道："秦完，今日便拿你来全吾杀劫！"

这一声怒喝满场皆惊，便连燃灯道人脸上也现不喜，转身回望广成子、太乙等人一眼。天绝阵布在西岐城外已有月余，今日却随秦完之死，仿若长烟消、薄雾散一般，无声无息。文殊收去法身，提着秦完的头，面上所带的喜色，似乎并不只是因为秦完之死。

秦完一死，那边便有赵江怒不可遏跳出阵来，喝道："文殊既破天绝阵，何人敢来会吾之地烈阵？"

哪吒心中一紧，果不其然，燃灯道人回首往三代弟子中扫了几眼，却把目光停在了道行天尊的弟子韩毒龙身上，道："便由你去破此阵！"

韩毒龙眼见己方目光全都落在自己身上，却凛然不惧，似乎早有准备，向燃灯道人及道行天尊一拱手，便随赵江入了地烈阵去。此时青天白日，万里无云，却忽现声声炸雷惊响，随即而起的灼热气息，便连阵外的众仙诸将亦深为所动。

赵江出阵，不看燃灯，只对他身后众仙叫道："阐教道友，再莫叫这些法力低微之人前来送死了！"

哪吒闻言，心头巨震。他转过头，身边的杨戬也用同样的眼神看着他。

雷震子在一旁嘟囔："是该叫厉害的直接上去嘛，这韩毒龙还不如我呢！"

✿ 4 ✿

昨夜哪吒踏着风火轮在城中巡夜之时，看见道行天尊从韩毒龙房中出来，远远瞥见他，道行天尊也不搭理，只是低头飞回了芦篷。而今日韩毒龙入地烈阵前，明明已见一位玉虚二代弟子殒命十绝阵之中，依他法力根性，自知必死，却依旧凛然不惧。

这世间并非没有不怕死的人，比如姜尚身为周王相父，每每交战却一定要身先士卒。不过那是因为七死三灾之命，如同罩在姜尚头上的无边黑云，他除了去面对，别无他法。而韩毒龙呢？亦是如姜尚一样，得知了自己无可改变的命运之后，便从容赴死的吗？

世人一生所遇种种，早已在天道之中有了定数，天命既出，无可改变。世人要做的，便只是等待。只需等待，该来的便终究会来。

哪吒躺在西岐城楼上，望着夜空中群星闪烁，孤云破月，把清冷的月光照在被惧留孙破阵后吊在芦篷上的赵江身上。他在等一个人的到来，告诉他："明日就该轮到你了。"但直到第二天日出东方，那个人却都没来。

黄天化抱怨道："这燃灯先生真是奇怪，放着那么多能人异士不用，偏让散宜生和晁田这俩凡夫俗子去九鼎铁叉山八宝云光洞借定风珠，这不，差点儿让人劫了去……"

哪吒问道："怎的最后却无事？"

黄天化才道："幸亏我父亲督运粮草路过，才收服了那俩叫方弼、方相的强人，拿回了定风珠。"

哪吒点了点头，此时城中号角声声，大军集结，众仙也已从城外芦篷中翻然起身。董全早已在风吼阵外等候多时，燃灯却一挥手，叫刚随黄飞虎归周的方弼前去破阵。

此时便连金吒、木吒都察觉到不对劲儿，皆道："那方弼虽然孔武有力，却只是一凡俗莽夫，怎能破得了此阵呢？"

而昨日里发了诸多议论的杨戬，此时却一言不发，雷震子和黄天化点头附和，不知燃灯何意。

董全自阵中将方弼尸首抛出，其弟方相悲愤不已，便要上前为兄报仇，燃灯道人却道："你若欲报仇，且稍待时候，此阵还须慈航真人前去，才可破阵。"便叫黄飞虎把方相拉住了。

慈航入阵，便有漫天遍野的狂风大作，残风吹出阵来，将两方将士吹得人仰马翻。但不过片刻，那狂风便归于沉寂，只见阵中飞起慈航道人的法宝清净琉璃瓶，瓶口朝下，只听董全一声惨叫，便随整座大阵一道飞入清净琉璃瓶中。慈航道人蹑步而回，向燃灯道人拜道："弟子幸不辱命，风吼阵已被吾所破。"

哪吒转过头，望了望脸色与自己一般铁青的杨戬，转身坐到了西岐城墙边儿上。寒冰阵主袁角叫阵之声透过重重人墙而至："阐教门人，谁来探吾寒冰阵？"

哪吒抬头望着天上流云，变幻随意，无所定形。他想起七岁那年，混天绫与乾坤圈带他飞上天空，在层云之间与太乙真人相见的场景。

一道人影挡在他和白云之间。哪吒偏过头去，淡淡问道："这次燃灯先生又派了哪位去送死？"

杨戬让开已无形状的白云，坐在哪吒身边，叹了口气，道："薛恶虎死了，普贤师伯前去破阵。"

哪吒愣了愣，随即冷哼了一声。当初西岐为魔家四将所围，苦无粮草，乃是韩毒龙、薛恶虎二人奉道行天尊之命，持宝斗前来西岐送粮，可才不过数月，这对玉虚同门便已双双殒命，魂归封神台上。

"你说，燃灯老师这般行事却是为何？"杨戬突然问道。

隐约有个答案自心中浮现，但哪吒却并未明说，而是看着杨戬。此人法力见闻，皆可称作阐教三代门人翘楚，无人能出其右者，便连哪吒自己自问也无把握能够胜过他。哪吒觉得，自己心中模糊的想法，定然早就在杨戬嘴边遣词成形，造句成音。

"杨某亦只是有几点猜测：其一，燃灯老师先派去的，皆是法力低微、根性浅薄，在仙道之途外不得其门者，如此类者，即便以死助其成神道实乃善事；其二，先有门人死于阵中，后才有师叔伯破其恶阵，此十阵既然名曰十绝，或许是说，要有十人命中注定绝于此……"

哪吒突然哈哈笑道："杨兄可信天命吗？"

杨戬一怔，沉默良久，才憋出四个字来："天命难违。"

哪吒笑了笑，道："那么你说，我们两个是否会有人命绝于这十绝阵中呢？"

二人对视一眼，哪吒没从杨戬眼中看到一丝一毫的恐惧，他眼中有的只是海一般的平静，只是不知平静的海面之下，是否潜藏着澎湃汹涌的暗流。

"天命自然难违，只是仙道即顺天之道，唯有成仙道方可测天道，你又怎知你所知的天命不是何人胡诌的呢？"

"他们毕竟是我等师长啊！"哪吒一脸惊讶地看着杨戬。

"太乙师伯可曾来找过你？"杨戬问道，哪吒摇摇头。

"如果他来找你，你可千万要小心些。"杨戬白皙俊美的面上带着和善的笑容，眉间仿佛有道光芒闪过，让哪吒觉得自己内心深处的某种念头已被此人看破，"自封神伊始至今，你便不肯轻易破了杀戒，恐怕早就对此有所顾虑了吧？"

这时黄天化和雷震子急急跑来，哪吒便低下头去。黄天化面色难看至极，道："刚又来了一名叫作萧臻的师叔，失陷在金光圣母的金光阵中。"

"谁去破了阵？"杨戬问道。

"广成子师伯。"雷震子答道，"又有位武夷山白云洞的散人乔坤请命入化血阵，被孙良杀了……"

"哼，"哪吒冷哼道，"有人不愿死而为神，有人却巴不得能入天庭。"

黄天化却道："燃灯先生又派太乙师伯前去破阵了。"

哪吒闻言，急踏风火轮，只一眨眼，便闪到了仙班之后。却见太乙真人在阵外与孙天君斗了几剑，便脚踏青莲，随之入了化血阵。

明知师父法力高深，又有九龙神火罩等几样厉害至极的法宝，但这十绝阵诡异莫测，哪吒莫名还是对那位他最尊敬的老者，带有无尽的担忧。

但当那熟悉至极的"砰"声从化血阵中轻轻传出时，哪吒便放下了对太乙真人的担忧，孙良应当与他的同门石矶一样，已然在九龙神火罩中化作一抹飞灰了吧？

"燃灯应当早就知道了十绝阵破解之法。"但是哪吒心中，却提不起丝毫兴奋。因为，十绝还有四阵尚存，而燃灯阴鸷的目光也正好落在了他的身上。

哪吒的心仿佛被燃灯道人揪在手心，骤然提起，他正等着那个时刻的到来，燃灯却只对着他怪异地笑了笑，便转过身去，看到黄龙真人驾鹤前去，阻拦怒发冲冠的闻仲追击太乙。

"姜尚！待吾明日再与你决一死战！"站在仙班之首的明明是燃灯道人，闻仲却单对姜尚放声怒喝。

哪吒心头才猛然一松，仿佛失魂一般，跟随杨戬等人之后，回了西岐城。

他不知道这一晚，他要等的那个人会不会来找他。

❧ 5 ❧

太乙真人终究是来了。

在乾元山时，他终日听太乙真人讲经说法，但太乙真人除了初至时说的几句话，却再未对他发过一语。哪吒不知，师父是否是在怪罪自己。

"你我皆如逆流之鱼，唯有拼死一搏，方可求得一线生机。"

太乙真人一说话，哪吒耳中便仿佛钟磬长鸣，轰鸣不止。

"杀劫只可勇往直前，你若要躲，可是躲不掉的。"太乙真人平素红润的面上，似乎也多了几分忧色，"你须知，此杀劫应劫之人乃是为师，你身为我门下弟子，也难免为我所累，以致生死难测。无论如何，你切要小心行事。"

"哪吒甘愿代师父应此杀劫！"前尘往事历历在目，太乙真人对自己的恩情，哪吒丁点儿也没有忘怀。

"如若杀劫能有这般应法，我阐教满门又何须忧虑？！"太乙真人一笑而去。

望着师父的背影，哪吒沉默不语，但白莲心魔忽然轻声叹道："还真是当局者迷啊。"

ᥡ 6 ᥡ

但与此前不同的是，那声音并非来自心中，而是切实出现在了他的耳边。

哪吒猛然转身，右边民居墙壁在清冷的月色下反射着惨白的光，但并无人在此。哪吒摸着胸口，惊奇地发现，就在方才听到白莲心魔声音的时候，胸中那颗莲心却忽然停止了跳动。

这具化身究竟是怎么回事？哪吒恨不得剖开心腹，看看那莲子到底有什么诡异之处。一阵凉风突然从街道拐角传来，带来一股熟悉的淡淡清香。

"这香味……与当初魂归乾元时闻到的那莲花好像！"哪吒捂着没有心跳的胸膛，循着风中香味转过街巷。

西岐清冷的月光照耀着平坦的砖石，油亮的砖石尽头，有一双纤纤玉足半沐浴着月光，忽然出现在转角的街口。

哪吒抬起头，望着那突然出现的女子。

月白的长发如同柔顺的丝绸，直直垂落在肩头。臂膊仿佛密实紧致的莲藕，从透着粉红的白莲裙角中伸出。产自哪吒心头的红莲业火，在女孩儿黑宝石一般通透的双眼中摇曳。女孩儿黛眉紧蹙，似乎在忍受着极为难熬的痛苦。

红莲业火映在哪吒眼中摇摆不定，只是哪吒再也不会觉得心痛："你是谁？"

女孩儿的脸上绽放开人畜无害的微笑："我是你的心啊。"

哪吒在她眼里跳动的火中，看到陈塘关前的暴雨。七岁的自己握着长剑，将周身的皮肉寸寸剥离，手指撕裂胸膛，掏烂肚肠，所谓的心，只不过轻轻一握，便激射淋漓的鲜血，坠入满地面目全非的烂肉之中。

"我早就没有心了。"

"我就是你的心啊，红莲！"女孩儿张开虚无的怀抱，将哪吒抱在怀中，"放下你经历过的所有痛苦，将你心头的烈火熄灭吧。我把你疑惑的一切，全都告诉你。"

自从得到法力之后，各种事件就层出不穷，从不停息，而哪吒也再未感受过像七岁之前那样被人拥抱的滋味了。因此，即便白莲轻盈若无的怀抱无比冰凉，他却还是从那怀抱中感受到了即使太乙真人、殷氏也未曾给过他的刻骨关切。

哪吒不由得点了下头，说道："好。"

他看到白莲眼中的红莲业火猛然一缩，几乎微不可察，而白莲紧蹙的双眉这时终于舒展开来，如同一朵傲世孤立的花苞，在哪吒眼前绽放，成为天地间最美艳绝伦的莲花。

哪吒几乎看得痴了。白莲微微一笑，朱唇在他耳边轻启，吐出几个自带芳香的句子："在这封神之战里，你切莫相信任何人的言语，因为它背后的局远远超出了你的想象。"

"你说的任何人，可包括我师父吗？"哪吒感受着怀抱的温暖。

白莲点了点头，刚要继续说，略微透明的脸上却忽然变得无比苍白："他来了！"

"谁来了？"哪吒疑惑道，随即就察觉到了周遭的变化。

西岐城中四处穿行的风，在这一息之间骤然停止，第一滴雨便在此时落下。

远远望去，街道尽头的燃灯道人静立雨中，并未骑鹿的身形似乎并不如何高大。但他的目光穿透浓稠的黑夜，穿透密实的雨帘，仿佛冷冽的剑，刺进白莲的后背，穿过与她拥抱着的哪吒的心口，哪吒"砰"的一声撞在几十丈之后的墙上，坐倒在废墟之中。刚刚还抱在怀中的白莲，却仿佛幻影一般烟消云散，完全不见了踪影。

燃灯倏忽便至哪吒身前，冷哼道："心魔业障，竟使幻象蛊惑人心，倘若不是我及时发现，恐怕你就要被那心魔给迷惑，失去心智了！"

哪吒讨厌雨，但雨滴滴落在他的面颊之上，丝丝冰凉，让他仿佛如梦初醒，他睁大眼睛，向燃灯问道："你是说，方才我是落入了心魔制造的幻象之中？"

燃灯道人点了点头，说道："你心智不坚定，在这心魔的蛊惑之下，竟然对两世为师的太乙真人都心生怀疑。"

燃灯之语仿佛洪钟大吕，在西岐冰冷的夜雨之中，哪吒猛然醒悟过来。是啊，那心魔的话仿佛有魔力一般，一次次蛊惑之后，自己居然对师尊都不再信任了。而且，她说的可是"不要信任任何人"！

见哪吒若有所悟，燃灯道人适时说道："心魔久居你心中，倘若不除，定然会对你的修行以及为人产生极大损害，甚至有可能叫你入魔，成为六亲不认、残忍嗜杀的魔头。"

燃灯说得这般严重，哪吒听得后心一凉，急忙问道："那老师可有办法除去心魔？"

燃灯道人面色凝重，缓缓摇头道："要除心魔只能凭借自己，无法假借外物，我能做的也只是帮助你暂时将她封印。你心中莲火乃是至纯神火，能够焚灭一切妖魔，因此，你务必保持心中那团红莲之火旺盛不熄，百日之后，心魔自然会被焚化。"

哪吒只觉得在这雨中自己的思维仿佛泥浆一般迟滞难行，他从残砖断瓦之中站起身来，向燃灯道人拜道："求老师帮我封印心魔！"

在雨夜中燃起的金黄色焰光，于西岐的街角一闪而过，一盏熊熊燃烧的灯烙印在哪吒的心口。通过内视，可以看到原本莹润如同明珠一般的月白莲子，在胸中莲火之中逐渐褪去光华，白莲绝望的痛呼声在哪吒胸腔之中响起。

如削骨肉一般的痛苦，像潮水一般涌来，哪吒在剧烈的痛苦之中昏迷过去。他像是一具没有心跳的死尸，倒在西岐颓圮的雨夜之中。

⌒ 7 ⌒

哮天犬的舌头落在哪吒脸上时，就注定了西岐城中一场事故的发生。杨戬来得迟了，只看见自家细犬呜咽哀号着化作一道黑影，撞毁了整条街道的房屋。

哪吒面无表情，从灰尘浮土中走出来："管好你的狗。"

杨戬摇摇头，道："闻仲又请来了新帮手。"

他话音刚落，城北塔楼上"呜呜"的号角声便已响彻全城，不熄的战火再次在西岐城外燃烧起来。二人飞在空中，却见众仙已经灰头土脸回归芦篷之中。金吒、木吒飞上天来，道："此番来了个厉害的人物，乃是峨眉山的赵公明，黄龙师伯被他抓走了，赤精子、广成子等几位师伯也受了伤。"

哪吒冷哼一声，无神地道："无妨，有燃灯先生在，又何惧之？"

姜尚如愿又在赵公明手中死了一遭，燃灯道人在赵公明手中的二十四颗定海珠下，也只能落荒而逃。后来燃灯带着曹宝归来时，那定海珠不知被曹宝用什么方法夺来，落在了他的手上。赵公明携金蛟剪再来时，燃灯道人干脆逃回了昆仑山，不知从何处找来了一件极为厉害的咒术法宝——钉头七箭书。

他在岐山摆下钉头七箭书，如同当初落魂阵收走姜尚的三魂七魄一般，饶是赵公明神勇，也不由得在此种邪术之下日渐失魂。闻仲闻讯派人来盗走此书，而哪吒的封神杀戒，便是在与杨戬一道夺回钉头七箭书之时所破。

那晚过后，包裹在胸中莲火里的月白莲心便不再跳动，但哪吒的脑海中却时不时还是会浮现出白莲俏丽的容颜，柔声地跟自己说道："红莲！不要相信他。"随即他摇头将那声音驱除："这心魔竟然厉害至此，不过百日之后，恐怕你就再也无法干扰我了。"

"杀吧！"红莲状的业火在他眼中燃烧，在风火轮的尖啸声中，姚少司还未及反应，便被火尖枪穿心破腹，好像只穿透了一层腐朽的木板一样。陈九公也已死在杨戬手中，二人将钉头七箭书送还岐山之时，杨戬在阵后对他说道："原来那些教外之人入十绝阵前，竟已皆被众位师叔伯收为弟子了。"

哪吒若有所思，却一言不发，与杨戬一道儿回了岐山。姜尚等在封神台前，见他俩拿回钉头七箭书，大喜过望道："只消再过三五日，赵公明定然魂归此处！"

临走之前，哪吒又去看了一眼封神榜。那榜飘浮在封神台上，历经数次大战，已有数十人名姓罗列其上。在这些人中，有与他一起并肩作战的同门，也有亲眼见证死亡的敌人。杨戬忽然说道："不知我俩有无活着见到这封神榜写满姓名的那天。"

哪吒哂然一笑，强自道："生死既有天命，你又何必纠结于此。生不能成仙，则死而为神，掌管天地秩序即可。你看这无数西岐将士，本来男耕女织乐在此间，如今魂游群山万壑，伺机投胎，才叫作无可奈何！"

"既已摸到仙道之门，你就真的不想进去看看，他们告诉你的一切，究竟是不是真的吗？"

哪吒原本无神的双眼突然直直望着杨戬，从他眼中爆发出熊熊战意，斩钉截铁道："我们便去看看，什么才是真正的天意！"

封神榜在月色中飘荡，榜上神名在月光下闪闪发光，那光芒照着杨戬和哪吒，直如灯火吸引飞蛾，杨戬却蓦然将封神榜卷起，说道："我多日来猜想，恐怕是因玉虚宫奉天道封神，也就必然会有无数人死在玉虚门人手下，而这些人及其背后人物的反扑，恐怕即是所谓的杀劫。"

"你是说……"哪吒迟疑了一下，说道，"通天圣人？"

杨戬点了点头："尤其十绝阵前，截教门人已经死伤众多，而我教之人就连一个身死封神的也没有，依着'他'的脾气，恐怕早就要怒火冲天了。所以十绝阵决十人生死，或许能叫'他'的怒火稍稍平息一些。"

"但既然受命封神，封神榜上还留有大片未显名姓，恐怕……恐怕之后还将有更多的人死于此战之中，这般用我们这些门人之血平息怒火，又有什么用处呢？"

"拖延！"杨戬眼中放出精光，"或许天尊有所准备，但还未万全。"

"既然我俩都已破了杀戒，接下来要做的便是不遂老天之意，努力地活下去，一起看到这结局。"

两人的手在封神榜前紧紧握在一起。

哪吒胸中莲火微微跳动，烧得更加旺盛。

8

雷震子挥舞黄金棍，振动风雷翅，仿佛成了传声筒一般，来回飞翔，传递战报。

"燃灯先生居然未使人祭阵，而是亲自去破了白礼的烈焰阵！"雷震子大喜过望，往来更勤。自十绝阵摆在西岐城外以来，这还是破天荒的头一遭。

杨戬点点头，低声道："这也就是说，其实要破十绝阵，并非一定要有人死在阵中。"

"赤精子师伯破了姚宾的落魂阵，从阵中取回了老君的太极图，但是方相无辜先死在了阵中。"雷震子垂头丧气，战战兢兢，"你说，下一个会不会是我啊？"

"不会的，死的大多是些无用之人，你很有用，不会让你白白去送死的。"哪吒、杨戬坐在城墙底下的阴凉里，安慰雷震子再去查探。

之前相助燃灯道人从赵公明手中夺得定海珠的曹宝，却被燃灯派去红水阵中送死，而后清虚道德真君才出马杀了王变，破了红水阵。至此，叫姜尚无比苦恼的十绝阵仅余红沙这一座孤阵。

而赵公明也终究是死了。

周王姬发亲自出城督阵，欲要亲眼见证十阵之破。哪吒等领兵在后，整肃军容，以待周王阅兵。但当周王下马行至燃灯道人身前时，燃灯却忽然道："此红沙恶阵，非得贤王亲往，方可破之，若叫别人入阵，恐怕徒劳无益。"

哪吒看着邻家大哥一般的周王，忽然觉察到了他的可悲。可以说，是阐教将他推到了这个位置，并尊他为上天所选之明主，一力保举，但这一切又是这位王子真正想要的吗？在他周围和对面，处处皆是法力高强之辈，只需心念一动，便能叫他身首异处，他虽是周王、天命圣君，却又怎能违背这些人的意思呢？

姬发摘带，脱袍子，任燃灯在他身上贴上符印，穿好衣物便欲入阵去，燃灯道人却忽然阻道："贤王且慢。"

当他的目光再往一众三代弟子身前扫过时，哪吒只觉得仿佛那夜穿心的利剑再次透体而过，使红莲之火飘摇如风中败絮，仿佛置身冰窟之中。

"哪吒、杨戬保周王入阵！"

二人对视一眼，似乎从对方的眼里看到了心底的话语："终于，到我们了吗？"

哮天犬呜咽一声，拿脑袋在杨戬腿边轻蹭，杨戬拍拍它的脑袋，轻声道："乖乖在此等我，去去便来。"

❧ 9 ❧

彼时十天君齐来西岐城外，摆下十绝阵，那是何等威风凛凛不可一世。但如今十阵已破九，除却挂在芦篷上生不如死的赵江与这红沙阵中的张绍之外，其余八位尽已魂归封神台，成为榜上几撇写就的神名。

张绍身穿一袭黑衣，头戴鱼尾冠，赤髯环鬓，面如冻绿，提着两口宝剑在阵前悲愤叫骂。周王见那道人情绪激动、面貌凶恶，胯下战马登时驻足不前。哪吒心中忽然兴起一股恶趣，假如让这位天命圣主死在西岐城外十绝阵中，该是何等有趣？到那时阐教满门，该当做何解释，又要以何等名义去伐商纣？

张绍大喝道："姜尚老贼又遣何人来我阵中送死？"

哪吒脚下风火轮嗡嗡鸣响，毫不示弱道："此乃我大周王，天命圣主，今日亲自前来破你这红沙阵。"

张绍面露喜色，拂袖进阵："入得阵来，也好检验检验你这位圣主的成色！"

姬发不敢向前入阵，亦不能回头归城，正望左右，却被哪吒与杨戬一人抓着一边肩头，被迫从战马上起身，没入了红沙阵滚滚黑烟之中。

待入阵中，方见内里玄机。恶阵正中乃是一座高台，台上立一尊宝鼎，纹饕餮绘梼杌，鼎中红沙滚滚，仿佛沸腾的水，高台之下，又有大坑。张绍立在鼎前，怒喝道："此坑便是尔等葬身之所！"

哪吒与杨戬对视一眼，便知对方心中所想。

哪吒脚踏风火轮，纵身而起，先声夺人："先杀张绍！"

杨戬化身金光，持枪同去。二人飞在空中，却见张绍双手插入鼎中，抓起红沙一把，迎风一扬，身后便传来周王一声惨叫。二人身形稍一停滞，便见周王被红沙所缚，已然坠入深坑之中，鼻不能呼，口不能言。再回头时，红沙仿佛飞蝗，劈面打来。

乾坤圈罩在身前，混天绫绞在火尖枪上浑圆而舞，舞成红浪。红沙激射而来，好似金刚巨力，撞出轰然巨响，哪吒被那巨力撞得后退数十丈之远，却见红沙已然散作绕指柔，从他防御圈缝隙之中伺机而入，贴在他身上，好似烈焰加身，灼痛不已。再看那边杨戬，已被大片红沙压制，落往坑底。

杨戬满头大汗，急道："我有八九玄功护体，他奈何不得我，你快出阵去！"

说好了要一起活下去，又怎能丢你一人在这里？哪吒沉默无言，却抢起乾坤圈，将面前红沙尽数击散，风火轮在红沙阵中尖啸，哪吒冲向杨戬。

张绍手中不停，只此片刻，竟已将那宝鼎中的红沙扬出了一半还多，重重压在杨戬头顶，在哪吒到达之前，将杨戬压在了坑底，隆起一个顶天的人形。不过旋踵，那人形却已消失不见，沙人失去骨架，顷刻便塌。

"杨戬！"约定要一起揭开谜底的人，就这般化作尘埃，哪吒心中悲愤，大声惊呼。

张天君扛鼎而倾，鼎中红沙粒粒流尽，在阵中掀起无边狂浪。哪吒讨厌海浪，但那红色的海浪掀天而来，笼盖四野，将他包围。哪吒好像不会水的游人，被淹没在红色的海洋中，不能动弹，不能呼吸。唯一能动的东西，只有胸中跳动的莲火，以及停止跳动的莲心。

粒粒红沙在身上滚过，如同刀割，如同焰灼。红沙将莲花化身坚韧的皮肤烧得滚烫，尖刀轻易便划破那层软障，淹没在红海之中的莲花，花瓣一丝一丝被抽离，一片一片被拔去。也许这一生，就注定要经常与骨肉分离。

法力几乎耗尽，连红莲之火几乎都无力维持。此时未到百日，原本透着月白光华的莲心中，是他曾经一心想要清除掉的白莲心魔。

那夜的雨有些不对劲儿，燃灯说白莲用幻境蛊惑自己，但其实真正这么做的，恐怕是他才对吧！痛苦让哪吒的头脑更加清明，莲火微微一摆，顿时熄灭。

燃灯苦心至此，封印白莲不让她说出真相，还在自己身上留下烙印，为的应当就是今日吧！让自己为他顶杀劫！

哪吒轻声问心："白莲，你还在吗？"

时间仿佛在此刻沉寂，哪吒早在内外交加的痛苦之中麻痹，红沙割裂、融化了他的身体，待红沙退去之时，张绍看到的，只有空空的肚腹晾在空气里，而混天绫与乾坤圈却全部捂在他的胸口，仿佛那里藏着什么至关重要的东西一般。

张绍冷哼一声，心中的怒火却并未烧毁他的理智："你两世侵扰我教中石矶，使阐截两教产生裂隙，以致如今刀兵相见，究竟是受了何人指使？"

这一切在他心里明明早有答案，哪吒却依旧勉强一笑，嘴上道："一切皆乃天命如此，怎说我是受人指使？"

"冥顽不灵！天命中你该同杨戬一道葬身这红沙阵中，我却非要你遭受无尽的折磨！"张绍怒道，"我便要看看，你这位两世与我截教门人为敌的玉虚高徒，能够在我这截教散人手下撑多久！"

他抓起一把红沙，在阵中掀起大浪，哪吒没入红沙，如遭浪击。滚烫的红色沙砾，将他残缺的身体一寸寸焚化。哪吒在红沙阵绝望的等候之中，唯一能够让他撑到张绍前来的，就只有在混天绫、乾坤圈守护之下的白莲之心了。

白莲清丽脱俗的容颜时常在他脑海中浮现，而燃灯封印他之前，那冷冰冰的拥抱，在哪吒回忆起来却也是那般温暖。毕竟，那是除了母亲，第一个那样拥抱自己的"人"吧。

"三霄娘娘摆下九曲黄河阵，你教那所谓十二金仙尽数被困阵中，削去顶上三花，已与凡人无异，待明日，我便杀一两个金仙来，为我教中兄弟报仇！"

张绍撤去红沙再撒时，哪吒已经只留下半身，混天绫没了法力支撑，也无法再护住胸口。燃灯留下的灯盏烙印，在红沙之中一寸寸消失，而变化就在此时产生。

暴露出来的月白莲心原本黯淡无比，但在红莲熄灭、灯盏消失之后，她却再度爆发出前所未有的光亮，源源不断的生命气息从莲心之中涌出，来修补哪吒破败的身躯。

仿佛莲种发芽，寸寸生长，也让哪吒知道了，为何说成长的痛苦要比毁灭更痛苦百倍。

"我误会你是心魔，还一直想用莲火杀你，可你为何还要这般耗尽生命之力来救我？"他躺在红沙之中无法动弹，晶莹的泪水从他布满坑洞，却在不断修复的两颊缓缓滴落。

一个几乎透明的女子，身着月白的莲灯，仿佛遗世独立的天外仙子，温柔地擦去他两颊的泪水，痴迷地望着他的脸，说道："因为你是红莲啊！"

"你曾经为了我，抛弃天王之子的身份，跳入八德池中化为与我并蒂的红莲。你可知道，在那段无须言语，便能日日交心的时光里，我有多么快乐吗？"

白莲只是一道灵体，她将残破的身子拥抱在虚无的怀抱之中，哪吒感受到她彻骨的悲伤："后来燃灯将你从池中摘走，我不知道他把你送到了哪里，就只能日日夜夜盼望着能够与你再度相遇。我在池中等了那么久，听到他们一件件暗中谋划着封神之战的阴谋，一直无比担心你在外面的世界中能否不被牵扯进去。"

哪吒的脸只剩下一半，根本无法发声，就只能听着白莲泪流满面地讲述："直到后来我也被他摘下，谁想到居然真的再次遇到了你！我真的好开心、好快乐，好想每天和你说话谈心啊，但是莲子上的封印让我只能眼睁睁地看着你，红莲业火虽然给我带来了无尽的疼痛，却也让我能够切身体会你的痛苦。"

莲心上的光芒愈发黯淡，白莲的灵体透明到哪怕轻微的呼吸也能将她吹散。

终于，莲花化身恢复如初，而那清婉如莲的女子却也就此消失不见。

"白莲！"哪吒在痛苦的眼泪之中承受着每粒沙的轰击，直到有一粒温暖的沙子流过他身边时，叫着他的名字："哪吒！"

那是杨戬的声音！

那粒沙子又道："我在混天绫梢上，你将我送出红沙，我才好现出原形。"

身体修补好之后，哪吒的法力也恢复了许多，混天绫如臂听使，刚挤出红沙之海，杨戬便"砰"地变化，现出真身。他伸手探入红沙之中搜寻一番，拽着混天绫将哪吒拉出了红沙。

火尖枪从红沙之中跃然而起，落在了哪吒手中。二人正要去看周王如何，却听张绍在阵外慌乱道："道兄，你是为善最乐之士，恐怕并非破阵之流，还是……"

南极仙翁则朗声道："此阵今日该是我破，料你也难以久活阳世！"

二人便分左右，藏在阵门左右。不过片刻，张绍匆匆入门，方欲上那高台施法，却被混天绫翻浪裹住，乾坤圈打烂他的头颅，火尖枪戳透他的心脏。杨戬则在一旁拊掌叹曰："你可总算要大开杀戒了！"

哪吒一脚将张绍从枪尖踹下，看他被红沙淹没，顷刻便尸骨无存。南极仙翁此时入阵，见到他俩，不由得一怔，随即抚须笑道："本仙从不杀生，天尊却命我来破此阵，原来破阵之人早在阵中。周王何在？"

他二人这才从滚滚红沙之中翻找周王。饶是哪吒莲花化身亦不能在红沙之中留存，但周王虽已气绝，身体却仍旧完好无损，杨戬自责道："皆是我俩保护不力，才叫周王葬身于此！"

南极仙翁则淡淡一笑，道："天命圣主，又岂能轻易夭亡？"

红沙阵已如风中飘絮，陡然消散，二人背上周王尸首，跟在仙翁身后入了芦篷。燃灯道人早已等候在那儿，见到杨戬时还微微点头，但见到哪吒时却面色大变。他转身揭去周王身上符印，又将一粒丹药用水送服，说道："欲成大事必有灾厄，姜尚有七死三灾，周王亦逃不过这百日之劫。"

话音刚落，周王便在他身后悠悠转醒，慌忙起身，道："多谢老师施法相救姬发！"

倘若他不傻的话，就应当知晓其中关节，姬发当然不傻，却表现得仿佛全然不知，这就不能不叫哪吒对这位邻家大哥一般的凡人君主，第一次产生由衷的鄙夷。但这鄙夷不过片刻，随即而来却是完全的理解，毕竟在仙人强大的力量面前，他能做的也只能是无奈地顺从。

阐教二代弟子命中注定的必死之劫，终究还是生生度过了。

元始天尊与太上老君两位圣人为破九曲黄河阵，联袂而来，破阵之后便又双双离去，但他们留在这方天地之间的威压，却叫哪吒感觉到无比的压抑。在那两股威压之下，便连胸中的红莲业火也只能微微跳动。

姜尚从燃灯道人手中接过符印，大手一挥，便道："闻仲围城三年，今日十绝阵终于得破，我已命西岐将士今夜劫营，定要取闻仲项上人头！"又一指杨戬、哪吒，"你二人保护周王不力，此番前去围追闻仲，必要将他赶至绝龙岭，方才能消你二人罪责！"

哪吒纵起风火轮，落入城外闻仲大营之中，怒喝道："杀！"

那迟来的杀声震天撼地，吓破无数商军胆魄，火尖枪直入战阵，黑红色的业火从枪尖喷涌而出，不过一枪，便将阵中搏杀的彩云仙子戳翻在地。业火瞬间便包裹住仙子全身，彩云仙子凄厉惨叫，顷刻化作白骨骷髅，哪吒再送一枪，结果了她的痛苦。

既然两教注定恶战，那我也不会再有任何留手！

❦ 10 ❧

哪吒足踏风火轮，手握火尖枪，乾坤圈、混天绫缠绕身上，在这月黑风高之夜，静静望着那支败阵之军踏起烟尘，往黄花山逃亡而来。

此刻，他是天地之间渺渺一粟，却也是顶天立地的巨大战神！

败军足有数万，而哪吒独身一人。待那兵马临近，哪吒方才飞上半空，喝道："闻仲休逃，此处便是你归天之地！"

大军在此怒喝之下停滞不前，闻太师提着蛟龙鞭，纵起墨麒麟飞上半空，怒道："黄口小儿，怎敢欺吾！"

他身后有邓忠、辛环、吉立、余庆四人赶上，将哪吒团团围在正中。

哪吒凛然不惧，施展开法宝先阻闻仲，却持枪先至邓忠面前，道："当日你来下战书之时，我便曾说过，阵前交战，必先取你首级！"

邓忠悚然，纵身疾退，但乾坤圈弃了闻仲，却从邓忠身后一圈打烂他的左肩，哪吒长枪刺去，邓忠顷刻殒命，在红莲之火中化为灰烬。

此时吉立不知进退，悲愤而来，随即也化作哪吒枪下鬼。闻仲怒极，但短时间无法破开这两件法宝，而哪吒分明要杀光他部下才肯与他正面交锋，当即领辛环、余庆，夺路而走。

哪吒也不追击，只是纵身入他军中一番厮杀，截断中军，直杀得红莲烧心刺骨，才道："愿降者免死！"

商军早就被这一人杀破了胆，哪里还敢反抗，顿时丢盔弃甲，跪倒一片。

启明星将起之时，哪吒坐在西岐城楼之上，看到绝龙岭火光冲天，无数火龙升腾而起，喃喃道："闻仲终究是死了。"

红莲在他胸中烧灼，哪吒摊开沾满鲜血的手，问自己："你还在吗？"

月夜寂静，无人作答。

ᘓ 11 ᘔ

太乙真人离开西岐之前，哪吒去见了他。真人在九曲黄河阵中应了次杀劫，所幸三霄娘娘顾虑颇多，只削去十二金仙顶上三花，而未取他们性命，元始天尊与太上老君才能及时相救。

真人抚须苦笑，道："看到了吧？天命杀劫，是无人可替的。"

哪吒静静候了片刻，见太乙真人再未言语，他才喃喃自问道："当真是无人可替的吗？"

苦涩的笑容顿时僵在太乙真人面上，温度似乎瞬间就冷却了下来。

哪吒未停，仍兀自道："恐怕十绝阵中死去的，便有替你……"

"别说了！"太乙真人怒喝一身，须发爆散，浑身上下散发出绝强的气场，将哪吒出口之言硬生生逼回他口中。

十绝阵造成的裂隙，在这两世师徒之间造成了巨大的沟壑，哪吒望着沟壑那边的师父，如此陌生，那般遥远。他不由得又想起了曾住心中的白莲。

第四章　阐截万仙

1

火尖枪吞吐着烈火，将乾坤圈映得通红。圈上淋漓鲜血，登时干涸，化作袅袅血烟，弥散在西岐黄昏之中。

哪吒站在城墙之上，问杨戬："截教门人众多，其中有很多都成仙已久，他们自然应当知道天命难违，可为何还有这么多截教门人不知轻重，一波波前来西岐送死？"

杨戬眼神复杂地看着哪吒，沉吟一番，才道："原因有二。其一，便是因你而起……"

哪吒皱眉："因我而起？"

"不错。"杨戬笑道，"你前世为太乙真人座下灵珠子，闯下无数大祸，最后一件便是在封神榜将出之时，失手杀死了一名截教门人，还和她师父石矶大战一场。两教虽然屡有暗斗，但下手如此不知轻重之事，也是极为少有，因此天尊降旨，罚你转世投胎……"

"我既已一命相抵了，你为何还要把这烂账算在我头上？"哪吒愤愤道。

"且听我说。"杨戬失笑，"你难道忘了几年前又杀了石矶及其弟子之事了？"

哪吒闻言一怔，杨戬又道："你的所为乃是两教恩怨爆发之始，而封神榜初出之时，天尊破天荒收了两位弟子入玉虚宫，你可知是谁吗？"

"其一不是姜师叔吗？至于另一位，听说叫什么申公豹，是吗？"

"不错。"杨戬点头道，"姜师叔智计无双，于修仙一途却可称愚鲁，而那申公豹天资卓绝，一向自视甚高。天尊将封神大事交与姜师叔，申公豹自然心中不平。后来他二人之间生了一场摩擦，申公豹认为天尊偏帮姜师叔，便叛教而出，专行逆天而为之事。这些随商军前来伐我西岐的，不知有多少便是被申公豹巧舌如簧给说动的。长此以往，恐怕师叔命中三十六路兵伐西岐，定要应验啦！"

"莫说是三十六路，便是来了三百六十路，我也定叫他们有来无回！"哪吒冷笑一声，"你守北城，我去东城巡视一番。"

那个时候的哪吒，还只是因为白莲而对这时局产生了一丝怀疑，尚且不知，三十六路征讨西岐的兵马，究竟是如何成行的。正如千年后的猴子，不知八十一难是由谁来安排。他心中想的只是握紧手中尖枪，将阻在身前的人，一并杀死。直到，杀死那个用谎言误导他顶替杀劫，并且夺走了他心跳的道人。

风火轮嗡嗡作响，仿佛飞火流星，划破西岐喧嚣的黄昏。

这个一身杀气的哪吒，还是十绝阵前与他立誓要一起活到封神结局的少年吗？杨戬有些疑惑，随即便又释然，联想起他前半生与前世所为，或许此时此刻消失在他眼前的，才是真正的哪吒，真正的灵珠子吧。

杨戬赤手空拳，但他肩上担负着的是整座西岐城的安危。在他身后，西岐城无论高低贵贱、强弱老幼，尽在吕岳瘟毒之下，倒地呻吟不止。

夕阳在远去的哪吒身后，投出最后一抹血红的残光。

今夜，只有身负玄功的杨戬与莲花化身的哪吒，联手守护这座历经战火洗礼的城池。而这不过是过去无数次法力肆虐的大战微不足道的一个缩影而已。

⌒ 2 ⌒

自己是从什么时候起开始厌倦这一切的呢？或许是白莲第一次在他心中低语，抑或最后一次时，哪吒有些记不清了。

当他踏上风火轮，身披混天绫，手握火尖枪、乾坤圈，冲在疲倦的西岐军士最前面时，所想的就只剩下冲进从天边席卷至城下的商军阵中，杀死所有挡在他前行路上，命中注定的神鬼。截教门人光怪陆离的容貌、扮相，他早已见怪不怪，层出不穷的奇异法术，他也照单收了不少，他脑海中想的只有杀戮，手上在做的也只有杀戮。郑伦、吕岳、羽翼仙、殷洪、殷郊全都是他的手下败将，李奇、庞弘、张山、李锦全被他亲手送上封神榜留名。

他在血与火的厮杀之中，肆意释放着自己与生俱来的强大力量。

但杨戬不同。杨戬与哪吒的不同，在于他发现了一些不同寻常之人，不同寻常之事。

及至纣王三十五年，三十六路兵马俱被击退，姜子牙欲于三月十五日在金台拜将，正式从西岐出兵，讨伐无道商纣。十四日晚，杨戬来哪吒院中时，哪吒正在月光下，仔细擦拭着火尖枪上每道激战所留的细纹。他擦得很认真，就像是抚摸过情人娇美的胴体一般，全神贯注，细致轻柔。

杨戬面色凝重，轻声问道："你可听说过西方教？"

哪吒头也不抬道："前些日子，你变作孕妇，缚住那爱食人肉的一气仙马元，文殊师伯本要杀他，不是有个西方教的二教主准提圣人出现，说封神榜上无他名讳，师伯称赞了他一句'莲花现象，舍利元光'，便让准提轻易收走了马元吗？这不都是你亲眼所见告知于我，怎么今日却又问我？"

"你再想想，还有谁干过同样的事情？"杨戬似有所指。

哪吒忽然握紧火尖枪，抬起头来："你是说……燃灯？"

"是啊，燃灯老师收了那羽翼仙，又收了马善，封神榜上名数已定，他们收走几个截教的，咱们就得出力多杀几个，有名无名他们怎知？"

"哼！"哪吒冷哼一声，"走几个，再杀回来便是了，你又何必如此在意？"

杨戬欲言又止，顿了一顿，道："希望是我多虑了。"

"你怕是有三个脑袋也不够想这堆破事的，还不如在两军阵前捡件称手的兵刃，多杀几人来得稳当。"哪吒又取下乾坤圈慢慢擦拭起来，直到杨戬转身，院门"吱呀"一声关上，他也不曾抬头。但他的心里却并不平静，只因杨戬提到了燃灯，叫他又想起前日里再度见到的李靖。

自己还恨他吗？

哪吒心情有些复杂。孤魂千里随风飘摇的凄惨，永远是他心中诸多痛苦中最为难忘之一，那些旧事交织缠绕，化作心中莲火的燃料。哪吒摸了摸胸口，白莲之心在红莲业火中安静地旋转，白莲消散在红沙阵之后，他的胸中就再也没有了能够跳动的莲心。

业火燃烧着他内心的所有痛苦，将他变成封神战场上最为嗜杀的战神。

乾坤圈被混天绫映出一圈红光，照得哪吒面堂发亮，真正的大战还远未到来。

❧ 3 ❧

七死三灾之命多已应验，三十六路征伐也遭平定。

终于，在纣王三十五年三月十五日这一天，姜子牙于岐山上金台而拜诸将。元始天尊亲至芦篷饯别，十二金仙在旁陪侍。火尖枪被哪吒紧紧握在手中，眼望金台之上，众位金仙皆对门下弟子嘱咐再三。

哪吒一转身，就见太乙真人已站在了他的身后。纵然心中有千般疑惑、愤懑，哪吒终究颔首，开口叫了一声："师父。"

太乙真人把他的神情收进眼底，伸手递给他一个宝囊，说道："大军此去，凶险万分，务必小心行事。"

哪吒低头打开宝囊一看，却见金光洞中所有宝物几乎都在其中。再抬头时，半空响起鹤唳、呦呦鹿鸣，众仙皆已飘然而去，太乙、燃灯皆已不见。他将火尖枪戳在地上，听姜尚在台上朗声道："哪吒，为我大军先行官！"

"杨戬，为我大军头运督粮官！"

三军于大周十三年三月二十四日开拔，数十万兵马披坚执锐，扬起周家天子旗，从西岐城出发，直赴五关，征讨无道殷纣。

大抵改天换日之征，即便已过千重险，仍需历尽万般劫。大军开拔时日不久，还未至五关前，便有一队成汤兵马驻扎金鸡岭上，将大军拦住。

哪吒率领着后军至金鸡岭时，见前军不走，便入帅帐中，见众将齐聚，姜尚皱眉道："敌将孔宣背放五色光华，我等实在难以力敌，还好今日哪吒赶来，只待今夜劫营，必能一击溃敌。"

哪吒心中疑惑，前军有黄天化、雷震子等诸多门人，居然拿那孔宣无法，但他还是领命整军备战。到这夜二更时分，三军齐出，哪吒一骑当先，不顾万军拦阻，破了一路的营门，也不管身后兵马，直至中军帐前，一声怒喝令敌军胆寒："孔宣速速前来受死！"

十绝阵之后，哪吒屡屡在西岐城外大开杀戒，威名早在成汤营中传遍。而那孔宣独坐阵中，见哪吒来了也丝毫不为所动，只是大笑道："大胆哪吒，今夜劫营，定叫你葬身于此！"

自从白莲息声，那红莲业火便在哪吒心中烧得肆无忌惮，手中诸般法宝仿佛渴血一般，不知已往封神榜上送去了多少神魂。哪吒眼中燃着炽热的红莲，不顾攒射而来的千重利箭，风火轮在半空尖啸，不过眨眼便到了孔宣面前。

孔宣一挥袍袖，卷起风云激荡，两军将士无一能入战圈之中。

这绝对是自己下山以来遇到的最强对手！

哪吒浑身燃烧起一团红莲状的烈火，悍然攻向孔宣蓄积在半空之中、磅礴的五行之力。孔宣站在战圈正中，乾坤圈飞在乾坤之中，破碎千重，火尖枪喷吐血红之火，刺至孔宣胸前三寸。

那是一层天下至柔的水，却将哪吒心头最烈的火裹上冰凉，让哪吒觉得似乎戳在了世间最坚硬的盾上。胜负生死，往往只在这三寸之间，此前对战之中，哪吒能进三尺，因此能够屡屡得胜。但今日莫说三寸，便连短短一厘，也如同万重山岳一般遥远。

青、黄、赤、白、黑，五色光芒在孔宣身后氤氲成形，仿佛尾羽一般根根树立。自二人交手以来，一直是孔宣落于下风，但此时神光齐聚，孔宣怒喝一声："破！"那三寸至柔之水便冲破红焰，磅礴巨力直袭之下，竟连风火轮也无法助哪吒稳住身形，任由他翻出百丈。束发的红色头带断作蝴蝶，翩然飞落。

晶莹剔透的水滴从天空落下，哪吒浴血而立，浑身湿透。

他不喜欢雨，不喜欢在铺天盖地而来的雨中深深的无助。

大周的军队杀至中军，雷震子震动双翅，轰鸣的霹雳将夜空照得亮如白昼。孔宣背后黄光大盛，直奔雷震子而来。雨水早停，但哪吒心头的红莲却已经熄灭，他在漫天而来的白光中无所遁形，只能强行挣扎。

"我一定要变得更强！"在昏迷之前，哪吒想。

只有强者，才能实现心中所想，无所束缚。

"黄天化死了。"杨戬帮哪吒解去身上的束缚，雷震子闻言惊呼一声。哮天犬被五色神光收服之后，也被五花大绑着，在一旁呜咽。

杨戬又道："黄飞虎等诸多将领，亦死在了孔宣手中。"

"孔宣是何来头，竟这般厉害，此番又是谁出手制住的他？"哪吒才问道。

"我借来云中子师叔的照妖鉴照他，才知道他原来是只孔雀得道。后来燃灯老师携大鹏而至，联手将他击败，最后和大鹏一样，归降了燃灯。"

听到燃灯的战果，哪吒瞳孔猛然一缩。

ᗦ 4 ᗧ

没了孔宣兵马的阻拦，西岐大军越过金鸡岭，再度开拔讨伐朝歌。此去共有三路可行，向中须过汜水关、界牌关、穿云关、临潼关、潼关五关，向北则有佳梦关，向南有青龙关。

姜尚说，哪吒是一柄能够刺穿敌心的剑。剑有两刃，不光伤人，也会伤己。所以哪吒成了不领兵的先锋，孤身一人冲破汜水城门，在城中大开杀戒。是夜，汜水关血流成河，天未亮，城已破。

在浓浓的黑夜之后，刺破天际的第一抹光，并非东来红日，而是来自百里之外的界牌关前。

前前后后上百名弟子死亡之后，一早就勒令门人闭门清修的通天教主，终于无法安坐碧游宫中。

哪吒踏着风火轮飞上天空，远远看向界牌关。关楼在扭曲的晨曦之中朦胧不清，四把杀气凛冽的剑悬在界牌关前的一座大阵之上。

"诛仙剑！"哪吒看清当先的那把剑上所刻之字，一道惊人剑意透过那把剑从他身上急掠而过。

哪吒心惊肉跳，浑身被冷汗浸透："这是圣人级别的阵法！"

ᗦ 5 ᗧ

哪吒站在芦篷外，此时他距离芦篷内的燃灯道人不过咫尺之遥。那俊秀的面容被心中业火烧得扭曲，一只手探入豹皮囊里，另一只手却死死按着。莫说燃灯身边还有十二位师伯、师叔，即便只是燃灯道人一人，面对这样一个无限接近圣人的角色，他也绝非对手。

西岐雨夜之中，燃灯道人杀气凌厉的眼神，仿佛早将哪吒浑身看透，刺穿留在他心底的伤痕，直到此时亦未痊愈。没有完全的把握，千万不可意气用事，因为，自己还有同等重要的事情未完成。

诛仙剑阵摆在界牌关外，单只看了一眼，哪吒便感受到那四把剑上的杀气，更比十绝阵强上千百倍不止。他从未见过那几位天地至尊出手，而或许在这里，他能亲眼看到，那些能够创造天地的神通，又具有何种毁天灭地的能力。

哪吒静静地看着燃灯道人携十二金仙步出芦篷，刚刚放松的手，又紧紧握在火尖枪上。

燃灯道人明香引道，朗声天地："恭迎天尊驾临！"

十二金仙随声齐喊："恭迎天尊驾临！"

众声回荡，再看半空中仙乐齐鸣，异香缥缈，元始天尊坐九龙沉香辇从天空而降，随飘飘烟香入了芦篷。

杨戬站在哪吒身边，皱眉道："为何方才显露杀气？"

哪吒回首见是他，道："哦，有吗？或许是为诛仙阵所激吧。"

杨戬才放松了些，道："那诛仙剑阵，东有诛仙剑，南有戮仙剑，西有陷仙剑，北有绝仙剑。四剑皆凶，为天地间一等一的大杀器。想来即便是天尊要破，也绝非易事。"

哪吒点点头，道："圣人相斗，想必天地齐毁了，也打不出个结果来。"

待次日天明，阐教三代齐聚，满门皆到诛仙阵前，却见那边截教早摆好阵势严阵以待。通天教主骑奎牛，身后多宝道人、金灵圣母、无当圣母、龟灵圣母四大弟子法力通玄，金光仙、乌云仙、毗芦仙、灵牙仙、虬首仙、金箍仙、长耳定光仙亦全为得道之仙。

元始天尊乘辇上前，缓缓道："当日当时，我三人共立封神榜之时，你所说之言如何就忘记了？我阐教门人代周伐纣，乃是天命如此。今日今时，贤弟又为何摆此恶阵拦阻？"

通天教主闻言冷笑："助不成仙道者为神？你且说赵公明、三霄等，哪一个不成仙道？若念情谊，又为何纵容门下加害于他等？我勒令门下闭门不出，然截教教众无数，总有未断尘缘者在商为官，眼见无数同门惨遭屠戮，又怎能袖手旁观？如若公平行事也就罢了，可你教下不过死了几条杂鱼，若我截教对此熟视无睹，又入的什么门，修的什么仙？"

元始天尊面不改色，只摇头叹息："何苦执迷……"

通天教主一声冷哼，声如利剑劈空，一时天地变色，吓得元始天尊身后满门皆惊。

"执不执迷，入我阵来，以四剑问心便知！"说罢，通天教主一挥袍袖，卷散风云，胯下奎牛足下腾空，便入了诛仙阵。

元始天尊虽喜怒不形于色，却不待众人答话，九龙沉香辇腾空而起，便跟在通天教主身后进了那诛仙剑阵。

"你觉得天尊能破此阵吗？"杨戬低声问道。

哪吒苦笑道："圣人之威，能开天辟地，亦能毁天灭地，破不破阵，岂是你我能够得知的？"

杨戬面沉似水，点头道："是啊，静观其变便是。"

诛仙剑阵仅仅四剑悬空，便叫这些阐教门下的顶尖弟子感受到无穷的压迫力，那不仅是绝对实力上的差距，更是独立面对天地之时，不由得顿生沧海一粟的渺小无力。

无论是哪吒还是杨戬，都从不缺乏勇气，但面对这样一座圣人级别的巨阵时，无疑只有同样领悟了天地万物最深奥秘的圣人，才有可能破除。

勇气能轻而易举地成就一个人，更能轻而易举便毁灭一个人。

从一开始，杨戬就明白这个道理。而封神大战背后的奥秘，也只会在杨戬这种人眼中展露全景。至于哪吒……

哪吒站在杨戬身边，就像一团熊熊燃烧的人形烈火，向四周散发着滚滚热浪。那像是无声的宣言，宣告他再也不会被迷惑，再也不会退却，但这里显然并不是属于他的战场。

✆ 6 ✆

当太上老君骑青牛落在芦篷之外时，芦篷里的阐教众仙并无一个发觉他的到来。

哪吒百无聊赖地坐在一棵树下，一抬头，才突然发现眼前多了这么一个奇怪的老头儿。他从头到脚打量了一番，只觉得这就是一个普普通通的老人，或许久居山间，才使身上几乎没有半点儿凡尘俗世的烟火气。忽然仙乐齐鸣，异香阵阵，九龙沉香辇缓缓飞出芦篷，元始天尊在辇上起身，稽首道："恭迎道兄！"

哪吒心中一惊，连忙俯首向老君一拜："弟子哪吒见过老君！"

老君随元始天尊入了芦篷，没过多久，就听见界牌关内灵宝大法师连敲玉磬，召集门人。哪吒飞起看时，除却通天教主尚未现身，其余截教门人早已摆开了阵势，正望着芦篷之上的老君、元始二圣冲天的云气窃窃私语。

道门三位圣人，竟齐聚在这小小的界牌关下。

风定，云停，大军难行。

通天教主原本期望老君此来能在阐截二教之间斡旋一番，为自己门人主持一番公道，但老君初来便入西岐芦篷之中，此番当着两军之面，竟与元始天尊一样的说辞。截教门人一味受欺，如今通天教主又接连受元始天尊与太上老君之气，即便圣人也蓦地心头火起。

杨戬竖起耳朵听三位教主阵前之语，方听到些大而无当之辞，听得不明就里时，就见通天教主愤然道："你二人既然联手欺我，若有本事，便一道进诛仙阵来与我见个分晓！"

哪吒"嘿嘿"笑道："我看这诛仙阵声势骇人，天尊一人都未讨得好去，若无二人联手，恐怕还真难拿下。"

却听青牛哞叫，老君抚须笑道："不必拿言语激我，我这便来探探诛仙阵之虚实。"

哪吒在阵外观望，老君一入阵中，那四口宝剑便骤放毫光，揽四方杀伐之气，使天色为之一暗。一时间，狂风突起，雷霆闪耀，陷仙剑受召入阵，圣人的磅礴法力随即便在阵中骤然爆发，却无声消逝，竟无分毫逸散出阵。两教门人不知阵中状况如何，即便得道金仙亦心焦不已，不能自持。

青牛与奎牛在阵中遥遥相望，老君与通天，一个持扁拐，一个握陷仙剑，在陷仙门下激战。陷仙剑乃大凶之器，却无法伤害老君分毫。扁拐非利器，却含天道至理，起落不偏不倚，不可躲避。二人如同初学剑法的学童一般，直来直去，通天教主借阵法之利，虽不落下风，场面上却极不好看。老君扁拐高高举起，缓缓落下，却叫他无从躲避，片刻之间已然吃了三拐，又受老君言语奚落，通天教主不由得大怒道："称你几声道兄，你也莫欺人太甚！"

通天教主在阵中把手一招，阵外众人便见另外三口剑疾刺阵中，随即便有三团清气从阵中升起，在九天之上化开来，现出了三位道人。那上清、玉清、太清三位道人各穿红、黄、紫三色道服，仗剑笑曰："李道兄，吾等前来助你！"

三清道人入阵相助老君，正对上通天教主诛仙四剑，一时间横云万里，双方竟相持不下。截教门中大弟子多宝道人见通天以一敌四，当即飞剑而来，直取老君。老君轻笑一声，多宝之剑竟不能近身，老君祭起风火蒲团将之卷起，又召出几个黄巾力士将多宝道人卷往桃园。

通天心急，却不得脱身。又过一盏茶工夫，只闻三声清响，老君骑青牛纵身出了剑阵，而通天教主身在阵中，久久未出。

诛仙、陷仙、戮仙、绝仙四口宝剑，重又悬在空中，单凭凛冽剑光，便足以震慑天下。

哪吒低声道："就连老君也不能胜之吗？"

夜色临至，哪吒靠着芦篷外，元始天尊、太上老君与众弟子皆在篷内，燃灯匆匆从他身边走过，并未看他一眼。他侧过头，看见元始天尊说道："道兄今日探阵，占得上风，待明日我二人一齐出马，定然手到擒来。"

太上老君微微摇头："今日我使出一气化三清之法，虽然打了他几扁拐，却无法伤及他分毫，更遑论破那诛仙剑阵。剑阵四眼，入一门则其余三剑顷刻杀至，着实难以应付。"

元始天尊又道："你我二人各入一门，燃灯道友入一门，再叫一弟子入阵，可能破阵否？"

太上老君斜眼望了燃灯道人一眼："道友可认为，除了你我，其余门人还有能接那诛仙一剑者？"

元始天尊沉思不语，燃灯道人受圣人一瞥，顿生局促，欲出之言又在口中咀嚼了一番，见老君不再看他，才对两位圣人说道："此前征战之时，曾有西方二教主名曰准提道人的，度化了几位有缘之人前往西方。此人虽不修仙道，却有诸般法相化身，约莫也有圣人之能，与其闲谈间，得知他还有一位师兄，同在西方极乐。如今诛仙剑阵需四圣才可破，何不命人前往西方，去找西方教求援？"

太上老君忽然道："燃灯道友初入东土之时，应当便是从西而来的吧……"

圣人威压无与伦比，燃灯道人额上涔涔汗起，慌忙道："燃灯当初不过在东西交界蕞尔之地，修了数万年无为小道而已。直至二位老师教导，才知天道无涯，以窥至理。"

哪吒闻言，心中疑惑，才知这位在阐教之中地位特殊，在封神之中最为积极的燃灯道人，原来并非阐教本来之人。而从老君态度来看，似乎，燃灯还与那神秘的极乐西方之教有些关联……

元始天尊何等护短，燃灯入教以来，始终殚精竭虑相助于他，玉帝将封神榜交于玉虚宫后，亦是燃灯出谋划策，方才使诸多得意弟子至今无损，此时老君出言多有怀疑燃灯之意，他便拦道："天已降命，而事在人为。为今之计，乃是尽快破阵，否则大军寸步难行，何年何月才能伐到朝歌去？"

见元始出言相护，老君便不发一语。

元始只当老君默许，便问燃灯："既然如此，你便挑选一人前往西方求援，迎西方道友前来助阵。"

燃灯点头称是，二位圣人一人骑牛，一人乘辇，出了芦篷，便不见了踪影。十二金仙这才在燃灯身边议论纷纷。

哪吒正欲入芦篷去寻太乙真人，却听燃灯道人忽然指着他，对太乙真人道："迎接二位西方圣人之事，恐怕为太乙道友门下的哪吒最为合适。"

哪吒闻言一怔，眼望太乙真人，就见师父抚须笑道："哪吒风火轮轻快，理应他去。"

而燃灯道人嘴角的隐隐笑意，在哪吒看来似乎并不寻常。

在他以诛灭心魔为名，蛊惑自己杀死白莲的那晚，应当就是挂着这样的笑。

"我一定会杀了你，但不是现在。"他囊中有兵器，心中怀恨意。只是，那恨足以毁灭自己，器却难以手刃仇敌。

ॐ 7 ॐ

东方崇道尊神，三教之内，无论人妖精灵，个个论道参玄，以体悟天道，期望修仙成神，长生不老。

西方教远在渺渺西方，十万八千里之外，因此，哪吒对那教一无所知，只在征战之际，听闻杨戬提过几句："今日准提前来，度了某某有缘之人，前往西方。"

风火轮呜呜疾转，穿过千重云霄，越过万重山脉，载着哪吒飞翔在这片因未知而显得神秘至极的土地上空。

出发之时，燃灯并未指明西方教究竟在何处，只是意味深长地笑了笑。当哪吒踏足西土之后，心中茫然却忽然消失，只觉得此地景致似曾相识。正不知去往何处时，哪吒突然听到阵阵梵音自天际缥缈而来。

他飞在天上，远远望见灵山，仿佛天地间一粒沙土，在尘世飘浮。但不过眨眼工夫，灵山便突然巍峨耸立于面前，似昆仑一般，单看一眼，便生出此山无法逾越之感。

金蝉子身穿素色长袍，早已静候在山门以里的凌云仙渡之前，见哪吒落了地，才双手合十，问道："道友来自何处？"

哪吒不知他做的什么礼，打个稽首，道："自西岐而来。"

金蝉子又问道："所来灵山为何？"

"奉我阐教天尊之命，前来拜见西方二位教主。"哪吒嫌恶了一路，匆匆将燃灯所授书信交到金蝉子手上。

金蝉子见信上写着燃灯之名，拊掌笑道："准提祖师命我在此等候，既是阐教道友，便与我一道过八德池，往七宝林去见二位祖师便是。"

"这金蝉子性情变得好快啊。"哪吒心中嘀咕着，跟在金蝉子身后，乘舟渡往灵山深处。下船之后，金蝉子分明只往前踏了一步，但二人身边景致却骤然生变，芥子须弥，只在须臾。须臾之后，便有一汪净水现在眼前，澄清透明，毫无尘垢。

金蝉子合十道："道友须在此八德池中涤净尘垢，方可入七宝林。"

"这又是什么规矩？"哪吒凝神打量着，心中却惊讶不已，又细细打量着眼前碧水。池中上百片硕大的莲叶平铺开来，仿佛圆桌一般，却并无一朵绽开的莲花。

"灵山乃沙门圣地，自然有沙门的规矩。"金蝉子却背过身去，笑道，"放心，我不偷看！"

哪吒也不脱道服，就步入水中。水没过膝，又淹过口鼻。置身在八德池里，就像是与世隔绝了一般，但当年在魔礼红的混元珍珠伞中所见到的景象，却忽然在他脑海之中涌现。而胸中平息了无数时日的白莲子，似乎也有了些许躁动。

"这里就是白莲曾经置身之处吗？"哪吒抚摸着心口，在水中喃喃，就在此时，他忽然看到不远处的池底闪过三道血红的光芒。他迈步往前，从池底的淤泥中将那发光之物捞了出来，擦洗干净之后，原来是三颗色泽饱满、玲珑剔透的火红莲子。而在莲子上方只有同出一脉的并蒂莲梗，一红一白，极为奇怪。

哪吒正好奇时，金蝉子却在池边叫道："可以了，可以了，意思一下就好了，道友要是淹死在这儿，可就不好了。"

"你也是修道有成的，见过哪个修仙的在水里淹死过？"哪吒心中虽有疑惑，却还是收好了三枚红莲子，跃出池水。

金蝉子嘻嘻笑道："有心者自然无碍，无心者处处死地。"

哪吒心中一凛，正要追问他何意，金蝉子却又往前踏了一步。

此步须弥，一步既入七宝林。

哪吒看着这里，方知七宝为何物：金银铺地，琉璃做瓦，砗磲、玛瑙为装饰，珍珠、珊瑚放毫光。遍地七宝，因此称作七宝林。

八德池边尚无人影，此时七宝林中却已聚集西方教徒无数。更有马元、孔宣等曾在西岐拔刀相向的，此时列坐在旁，却面无表情，像是未认出哪吒一般。

哪吒看这四方怪异景象，分明是初临此地，却隐隐感觉熟悉。但端坐正中的接引道人，却将他从无边而莫名的回忆之中拉回到现实里。

"这位阐教道友，来此为何？"

哪吒这才回过神来，忙道："哪吒奉掌教天尊之命，恭请二位教主前往界牌关，共破诛仙阵。"

金蝉子随即将燃灯所写信笺交到接引面前。

"哪吒？"接引道人面色忽然一冷，两旁亦有梵音阵起，议论纷纷。

准提则问道："你是谁家弟子？"

哪吒低头答道："乃是乾元山金光洞太乙真人门下。"

准提闻言一笑："你师尊可曾说过，为何要给你起这个名字？"

哪吒据实回答："弟子不知。"

"你且随金蝉子退下，明日我二人便往界牌关去助阵。"接引道人正要问话，准提却抢先给了哪吒答复。

"是。"哪吒拱手一拜。

眼见四周皆散，不待接引相问，准提便笑道："师兄可还记得当初玉帝因何找到我教？"

接引目方金光，重演当日情景："你是说，那朵被燃灯种在天池的红莲？"

"穷因究果，皆是由这朵莲花而起。"

"难怪燃灯使他前来。"接引面露喜悦，"既然如此，该是我西方教出手之时了。"

九品莲台在他座下升起千条瑞霭，放出万道霞光，使林中七宝失色，叫池中八德无光。

❧ 8 ❧

金蝉子活泼好问，追着哪吒问道："神掌握天道秩序有何不好，为何你们两教拼个你死我活，非得送对面人封神呢？"

"神司职道之微末，仙可究道之根本；仙乐居山野，神困居天庭。叫你选，你选哪个？"哪吒觉得这人脑袋里尽是些稀奇古怪的想法，便没好气地答道。

金蝉子闻言，挠了挠头，笑道："我在灵山之上，虽有教规约束，却也自在悠然，或许让我往天庭为神，我也不会去。如此说来，你两教为封神而死伤无数弟子，实在是三界第一大恶事。"

哪吒又想起那些明知必死却毅然参战的道人，不由得耸耸肩，道："你乃接引教主弟子，正如我阐教列位金仙，修行路上前途无量，自然不肯。但除此，却有无数修道之人为使名列封神榜，甘愿引颈受戮，世事万法，千人千念，难以一言以蔽之。"

"世事万法，千人千念……"金蝉子喃喃道，"这说法却有趣得紧。"

灵山破晓之时，漫山金光四溢。

金蝉子前来送别哪吒："二位师尊已然先行出发，往西岐去了。你不妨多留些时日，我二人多讨论些心得如何？"

哪吒被他啰里啰唆"讨教"了半夜，早已叫苦不迭，哪里还敢留宿，连忙告辞，道："你这般勤学好问，我要是你师父，恐怕早就烦死你了。"

金蝉子丝毫不以为意："修行一途，正在求索，师父烦我，我也要问。"

哪吒哂然一笑，踏上风火轮，便离灵山，重归东土度万丈，再历封神百般劫。

当他再至界牌关时，日已西斜，诛仙剑阵之中，四口宝剑连声悲鸣，这场圣人之间四对一的战斗，业已接近尾声。

戮仙、陷仙、绝仙三剑斜插在界牌关前，通天教主手握诛仙剑，万劫不坏之身法力波动，气息不稳，显然已动了圣人根基。

既然已撕破脸皮，元始天尊便落井下石道："通天道友法宝无数，为何不尽数使出，让我等开一开眼界？"

听出元始天尊话中嘲讽之意，截教历代弟子手中早已亮出法宝，只待教主一声令下，便要使出千般术法，来招呼这位出言辱师，又纵徒杀自己师兄弟的所谓的师伯。哪怕对方有四位圣人！哪怕对方遵天命封神！

通天教主冷哼道："你若想看，我便再摆一座大阵出来，叫你拿命来看！"

虽然自己手上流着无数截教弟子之血，但此时此刻，眼见通天教主手握诛仙剑，以一敌四依然豪气干云，哪吒忽然对这位敌教之尊心生尊敬。

元始天尊闻言，哈哈大笑道："好！你若不服，再依你便是！"

通天教主将诛仙剑掷在面前，拂袖骑上奎牛，截教门人跟在他的身后，化作各色遁光，飞往碧游宫去。四剑于风中微颤，细听剑吟，尽是悲鸣。

当日元始天尊在芦篷之中设宴，款待接引、准提二位道人。仙露琼浆，从四海而来，香飘十里，入界牌关中。

哪吒望着在芦篷中乐而宴饮的燃灯，独自一人远远飞至一处无人的山谷中，将那三颗从八德池中的并蒂莲梗之下捡起的火红莲子，一口吞入肚中。

一股浑厚的巨力，顿时从哪吒肚腹之中顷刻爆发出来，随即便闻一声爆响，左臂下突然长出一只臂膊来。哪吒惊骇莫名，右臂下随即又伸出一只臂膊来。哪吒更加错愕，左右齐声作响，又长出了四只手、两个脑袋各一张口，三张嘴同时发声道："这……"

他从怀中取出点将台分别之时，太乙真人所赐的宝囊。八只手臂握住两杆火尖枪、一对阴阳剑、混天绫、乾坤圈、九龙神火罩、金砖，威风凛凛，仿佛天神下凡。

时至黄昏，哪吒独身入界牌关时，关口守将王豹大惊道："来者莫非哪吒？"

哪吒大喝一声，亮出三首八臂法身，左右士卒哪里见过这般怪状，顿时骇得连弓箭都拿不稳，便在乾坤圈一个来回下，化作阵前游魂。身后城门处两军方才交战，哪吒却停也不停，两手将火尖枪舞作轮转，一手持混天绫掀起万丈红浪，一手持乾坤圈致使天地倒转，两口阴阳剑下斩杀成汤将官无数。

哪吒一步不停，两行鲜血顷刻便洒至关中帅府，此时一朵金莲从芦篷之中升起，便到了哪吒身边。

说起来，哪吒早在魔家四将死时便曾匆匆见过准提道人背影一眼。准提见了哪吒三首八臂，面露惊异之色，随即微微一笑，双手合十道："帅府之中有个名叫法戒的头陀，与我西方有缘，此来正为度他。"

"阐、截二教激战，这准提却总来度人。"哪吒暗自腹诽，面上却恭敬道："任凭先生处置。"

界牌关主帅徐盖亲眼见着通天教主落败，又见哪吒挥舞八臂，恐怖到只一人便将关口攻下，此时早无战意。哪吒一入帅府，徐盖那头便往西方一拜，一意归顺。

被诛仙剑阵拦阻了数日的界牌关，如今竟只用了半日工夫，便尽归大周所有。

准提道人携法戒归芦篷之时，筵席也已将止。

接引似不经意地向元始天尊道："阐、截二教厮杀已久，早已至水深火热之境，如今我二人出力相助阐教，也与通天这尊煞神惹下因果。合该借我四人之力，早除后患才是，道兄今日却为何又平白放他离去？"

篷中欢宴霎时一滞，太上老君面色难看至极，元始天尊眉头一皱，燃灯道人却抢道："二位圣人毕竟与通天教主同期得道，两教厮杀至今，也只是弟子之怨，又怎能对通天教主痛下杀手？"

二位圣人面色这才好看了些，而十二金仙中却有不少直直望着元始天尊。

接引眼观席间景象，却叹气道："既然如此，种因得果，我亦无话可说。"

准提道人眼望接引，似乎有所不满，却欲言又止，而他刚收的法戒却要立功似的说道："掌教圣人走时，勒令众门人将碧游法旨四海传达，召门下徒众皆至临潼关下。"

黄龙真人惊道："召集门人，莫不是要在那里与我教决一死战？"

元始天尊面上阴晴不定，哪吒此时正至芦篷外欲传捷报，便听见芦篷里传来元始天尊阴森森的话语："他若寻死，便怪不得我心狠手辣。"

一股强烈的气浪扑面而来，话中浓浓的杀意，激得哪吒打了个冷战，直到西方二圣坐金莲而去，他还在想："情势竟已至这般境地，就连圣人也要拼个死活了吗？"

9

　　杨戬将新得的三尖两刃刀插在地上，两条眉毛挤成一团，眉心扭曲得像是多了一只眼睛："很有可能，阐、截两教已经到了有你没我的境地。若通天不死，恐怕阐教门下也必将一个难留。掌教天尊本就护短，封神之事亦是因此而起，如今又有西方二教主与老君相助，恐怕他是真对通天教主起了杀心。"

　　即便早就有了心理准备，但听到一向睿智冷静的杨戬也这般认为时，哪吒还是不由得倒吸了一口凉气。待心中稍定，才发现一向赤手空拳、身着麻衣的杨戬，竟换了一身淡黄袍，握着一柄三尖两刃刀。袍生光彩，刀放寒光，隐隐有蛟龙啼吼之声，一看便知，并非俗物。

　　杨戬则道："万仙阵将至，你得了三首八臂法身变化，我又得了这杆神兵利器，就算真是天降杀劫，你我又有何惧之！"

　　指尖缓缓掠过乾坤圈上凹凸不平的纹饰，哪吒忽然有感道："天命人间成血海，便把利器与顽童。"

　　思绪飘飞，远至七岁那年。天地之间所有的变化，都使自这乾坤圈显化之时。自那以后，乾坤翻覆，天下所有人的命运都不在自己的掌握之中。冥冥之中，高高在上的天意拨转仙凡血战，宿命之箭从陈塘关城楼上射出，深深插在哪吒的胸口之上。

　　此时月明星稀，天高地阔，但哪吒忽然觉得无比压抑，就如游魂不知归处之时，四面风吹。风往哪里，他就飘往哪里……

　　杨戬修长的手指在哪吒眼前晃了晃："你怎么了？"

　　哪吒伸手拨开："没怎么，只是忽然想起一个人。"

　　杨戬疑惑地问道："什么人？"

"一个曾经住在我心中的人。"哪吒指了指心口，说，"我身上有太多事情是我自己无力改变的。只有她，从一开始就劝我置身事外，不要相信任何人。"

"天地如棋局，局中棋子，唯有以杀止杀，使天地黑白同色，方可见光明。"

哪吒笑了笑："还记得我们曾经立誓，要一起活下去吗？"

杨戬点头："杀过这一场，生死自当了结。"

便连至高无上的圣人都已身入棋局，那下棋的，究竟是谁呢？

哮天犬睁开惺忪睡眼，望见杨戬还在身边，呜呜咽咽打个哈欠，又趴在杨戬脚边睡着了。

"这畜生却乐得糊涂，除了吃吃睡睡，就只知道你指谁，它便咬谁了。"哪吒哈哈笑着，像个孩子一样。

ご 10 ご

虽说圣人喜怒不形于色，但元始天尊此刻的脸色无疑是难看到了极点。芦篷里阐教众仙一言不发，气氛森冷，如同九幽寒狱。燃灯道人缓缓走入芦篷，到元始天尊面前站定，沉声道："接引教主使门下金蝉子传口信来，言此乃我阐、截二教之争，前番相助已属为难，劝我两教向善。"

"八景宫处可有回音？"

燃灯道人缓缓摇头："老君紧闭门庭，叩门良久，玄都大法师才出山门，说老君不忍同门相欺，天尊既已有西方二圣相助，便可破万仙阵。"

雷震子慌慌张张落进芦篷，拜道："启禀天尊，截教门人已在临潼关外布下万仙大阵，阵中妖仙遮天蔽日，成千上万！"

元始天尊不发一语，底下金仙便已乱作一团，惊怒不一，阴晴不定。

燃灯道人眼见这番情景，犹豫道："我阐教人丁单薄，截教门人众多，倘若天尊被通天教主缠住，恐怕……"

"恐怕什么？"元始天尊冷冷望向燃灯，忽然在九龙沉香辇上站起身。

不光哪吒，就连南极仙翁、太乙真人等修行数千年的仙人，恐怕也是第一次看到，元始天尊屈尊降贵，踏上玉虚宫外之地。

在满室惊异眼光之中，元始天尊从燃灯面前走过："尔等久在玉虚宫中听我宣讲。"

从南极仙翁面前走过："骄矜自傲，志得意满。"

从广成子、赤精子面前走过："自以为深明大道至理。"

从惧留孙、黄龙真人面前走过："久历千载，不能斩却三尸。"

从太乙真人、玉鼎真人面前走过："招惹此红尘杀劫。"

从慈航、文殊、普贤面前走过："吾尊天道。"

从灵宝大法师、道行天尊、清虚道德真君面前走过："为保三界秩序不失。"

在姜子牙面前停了停："从玉帝手中接过封神榜。"

又继续向前，从杨戬、雷震子面前走过，到门旁的哪吒身前时，忽然一指东方云中万仙，便见数十里外烟消云散，群仙坠落："那截教门下不过是些根器浅薄、不分品类一概滥收之辈。难道说，我元始天尊所授弟子还不如那些妖魔鬼怪、左道旁门之徒吗？！"

虽然元始天尊未曾明言，但众弟子哪个不知，掌教全是为门人命中杀劫，方才以圣人之尊踏入红尘浊世。此时此刻，更不惜在临潼关外与截教万仙决一死战！

平日里逍遥九天的阐教仙人，"扑通"跪倒了一片，个个热泪盈眶："只此一役，誓灭截教！"

元始天尊哈哈大笑："众弟子领玉虚法旨，往临潼关外，覆灭截教妖人，封神大业，在此一役！"

截教门人密密麻麻，站满山川河谷，脚下所踏乌云沉沉压坠，东方不见半点儿天光。所谓万仙阵，便是聚集截教门下万仙，与阐教在滚滚红尘之中，对赌两教气运。

胜者，西起昆仑，东至沧溟，逍遥自在为仙。

败者，身入天庭，化身作道，俯首称臣为神。

一决生死，永除后患，从此阐截二教，唯存其一。

元始天尊弃了九龙沉香辇，徒步走在最前。在他身后，十二金仙也难谈笑自若，燃灯道人与南极仙翁皆一言不发。身背七死三灾，曾一心求死的姜子牙，此时亦再无轻心。或许这次若再死，因主持封神而榜上无名的他，唯一的结果只能是化作阵前枯骨。

哪吒从来没有想过，封神的终点，会是这样一场注定将有无数仙圣陨落的修罗杀场。通天教主竟会这等决绝，元始天尊亦有如此豪情。

汇聚截教万仙的强绝气场扑面而来，让他每向前走一步，都无比艰难。在他身边，有杨戬、韦护、雷震子，有金吒、木吒、土行孙，这些人都是与他一路浴血，并肩奋战至此。哪吒看了一眼离他不远的李靖，忽然觉得那个骷髅山白骨洞前猥琐、懦弱的男人，不知何时也在厮杀之中脱胎换骨。

元始天尊消失在万仙阵扭曲的波纹中后，十二金仙亦无丝毫犹豫地步入阵中。

哪吒忽然长长叹了口气，白莲身份神秘未知，莫名出现在他心中时，便要他置身事外。如今看来，白莲定是知道一些封神背后之事，因此，即便每日遭自己心中业火灼烧，最后也不惜一死，要自己平安。

"你究竟是为何要以命保我？"哪吒驻足苦思，西岐城中、红沙阵里的惊鸿一瞥，白莲的清丽面容，早已深刻在他的心底。

在他身前，万仙阵流光溢彩，像一头无比巨大的妖兽，张开血盆大口，将阐教门人尽皆吞入。他回头远望西岐，身后已空无一人。

"我不知你是为何，但我师门、兄弟尽在死劫之中，倘若我此刻逃了，就算你再想我安全，恐怕也会瞧不起我吧。"哪吒淡淡一笑，踏步进了万仙阵，"倘若我能活命出来，定要寻到法门将你复活，哪怕代价，是换我去死。"

⁓ 12 ⁓

圣人举手投足，便能重开天地。

万仙阵显然出自通天教主手笔，割裂红尘，专为两教一决生死而开辟出这处广阔高远的至死方休之地。九龙岛、金鳌岛、蓬莱岛三座岛屿悬空，在层层乌云笼罩之中，隐现峥嵘。青萍剑化作山岳一般，直直插在大阵中央，云中骤起雷电数道，将剑上字迹映得清楚。

"元始天尊命绝于此！"哪吒低声念道。

森冷肃杀之气铺天盖地而来，阐教数十人在此间，恐怕就如滴水入汪洋，难以掀起风浪。

"通天教主还不速速现身！"元始天尊朗声天地，十字一出，满天乌云顷刻散去，现出三座浮岛全貌。

通天教主哈哈大笑，奎牛踏足虚空，从正中蓬莱岛上飞身而下，落在青萍剑山之巅，喝道："此地，便是你万载道行留恨之所！"

阐教奉敕封神数载，教众人人手上染血，杀死截教门人不知多少，但见此刻跟在通天教主之后，从三座仙岛上飞下的截教妖仙，便知万仙并非虚指。

奎牛一声怒吼，通天教主以手画圆，一指阐教数十人众，喝道："杀！"

杀声一出，天地变色！

元始天尊跃上青萍剑山，取出三宝玉如意，与通天教主在山巅大战起来。

哪吒怒吼一声，现出三首八臂，豹皮囊中八样法宝，通通执在手中，便欲冲进截教阵中，肆意冲杀一阵。杨戬却忽然喝道："敌方人数众多，我等结阵以待，切莫妄动，倘若失散，恐遭不测！"

李靖、雷震子等一众弟子依言行事，在原地结阵。

通天教主四大亲传弟子，多宝道人于诛仙阵前被老君所擒，此时有金灵圣母、无当圣母、龟灵圣母三位，领着乌云仙、灵牙仙、虬首仙、金光仙、金箍仙、毗卢仙等，将十二金仙纳入太极阵中，捉对厮杀。青萍剑山上，二位圣人交战返璞归真，好似武人交战，那太极阵中则打得光芒四射，五行之力汹涌澎湃，千种奇术层出不穷。

而截教众仙却是冲着哪吒等人汹涌而来。最先短兵相接的，便是九曜、二十八宿，三十六天罡、七十二地煞亦紧随其后，其余门人挤不进前来，只在阵外施法。

哪吒仿佛煞神一般，一人独战七煞，八只手臂连番挥舞，火尖枪、阴阳剑招架来人，趁人不备，又施展金砖拍翻一个，以混天绫缠，乾坤圈套，九龙神火罩随即罩上，飞出九条火龙，顷刻之间，便将七人尽数化作飞灰。

那七十二地煞同仇敌忾，见七人横死，其余人更将哪吒分出阵外，围得水泄不通。再看杨戬、雷震子等人，也俱是以一敌众，浑身浴血。而像龙吉公主、洪锦等，早在万千法术、异宝的齐轰之下，一命归天。

这无疑是开天辟地以来，最为恢宏壮烈的战斗。在这种对比悬殊的战争之中，即便平日高高在上的仙人，也须使出浑身解数，方能保命不失。

哪吒被重重围着，早在杀戮之中忘记杨戬嘱托。二十八宿、天罡、地煞这等级别不知杀了多少，其余无名之辈更是死了无数，但他四周截教妖仙却丝毫未少。这具莲花化身并非金刚不坏，大大小小成百上千道伤口中流出淡淡的白色汁液。

哪吒不知道自己还能像这样撑多久，他能清楚地感觉到身体的力量正随着乳白汁液滴滴流失，浑厚的法力也难以为继，混天绫、乾坤圈上的骇人红光闪烁不止，九龙神火罩中龙吟更似悲鸣。但风火轮依旧轮转如飞，火尖枪吐出心头红莲业火，只要他还没倒下，他就是这万仙战场上最为致命的杀神！

杨戬化作清风，拂过奎木狼面颊之上，斗大的头颅就骨碌碌滚下，鲜红血液稍待片刻才从脖颈之间的断口激射而出。玄功护体，使他刀枪不入，七十二般变化由心驱使，更叫他成为这修罗杀场之中最为诡异的暗杀者。

杨戬飞上半空，化作重逾万吨的山岳，将数十名躲避不及的妖仙拍成烂泥。没人能像杨戬这样，在万仙丛中游刃有余，能时刻关注同门其他人的情况。李靖、雷震子、韦护等人依他所言，紧紧站成一团，任凭数百妖仙万法冲刷，仍旧苦苦支撑。

杨戬没看到哪吒在哪儿，却清楚青萍剑山半空之中，被数百妖仙团团围着的肯定是他。除了三首八臂、身具各般异宝的哪吒外，阐教门人再无一个能以一敌百却仍不落败。

哪吒无疑是一把最为锋利的剑，但在万仙阵中，哪怕他能杀万仙，却依旧称不上致命。

无论山下万千人斗成何种模样，真正决定两教命运的，只有青萍剑山之上的那二位。

元始天尊顶冠歪斜，撇了三宝玉如意，通天教主红袍破裂，亦扔开渔鼓、紫电锤。两位天地至尊竟在青萍剑山上拳拳相击，以万劫不坏金身，轰击出道道天地至理。

二圣战至此刻，更是双掌纠缠，吸取源源不断的天地灵力，纯粹是斗法力，拼法理，赌气运。

万仙阵中充盈的灵气，顷刻之间便被消耗一空，两教门人早在激战之中耗尽法力，此时骤断续力，飞在天上顿时摔落地上，尽数抬头，望向山巅那二位。

哪吒奋力推开头顶上七八具妖仙尸首，终于露出身子来，张开三张嘴，大口呼吸着难得的空气。他仰起脖子，远望金鳌、九龙、蓬莱三座巨岛浮空，遮天蔽日，难见一丝天光。而此刻金鳌岛上骤然亮起一道金光，哪吒心中一惊，满阵随即尽是惊呼之声。

待哪吒看清时，那金光已落在青萍剑山上。通天教主身后，头顶三色舍利，现出多首多臂的法身，一挥宝杵，便重击在被元始天尊抓着、不能动弹的通天教主的背上。

洪荒巨力一击之下，奎牛登时惨叫一声，趴倒在青萍剑山上。剑山难堪重负，登时裂开巨缝，剑上"元始天尊命绝于此"字字开裂，通天教主生死未卜，从剑山坠落。只见奎牛身化遁光，载着通天教主疾射而出，霎时便出了万仙阵。

元始天尊分裂剑首一端，任由接引道人一敞乾坤袋，便将阵中截教残余三千有缘妖仙，尽数收入其中。

"就这么结束了吗？"哪吒在尸骨堆中捡起两条被砍下的臂膀，接回身上。

阐教满门，没人能够想到，阐、截二教万仙对决，最后竟是如此收场。

哪吒茫然四顾，却见一个身骑黑虎的道人，眼看要逃，他一撒混天绫，便将那人紧紧缚住，一手卡着他脖子，另一手扬起乾坤圈，便要将那人随手杀了。

那人吓得双眼圆睁，连忙道："你不能杀我，我乃天尊门下申公豹是也！"

哪吒愣了一下，随即冷哼一声，"申公豹？四处招揽截教门徒，扰乱封神之事，杀你万次也算是轻的！"

申公豹急得满头大汗，眼看乾坤圈要落在头上，慌了神儿，道："哪吒不可！我怂恿截教门人，乃是奉了……"

"申公豹！你这阐教叛徒，岂敢妄言！"姜子牙骑四不像急忙赶来，申公豹张口欲辩，刚开口叫了一声"师兄"，便被姜子牙挥舞打神鞭，一鞭子打死了。

哪吒皱着眉头，姜子牙气呼呼说道："这厮好生可恶，自从天尊命我封神，他便百般阻拦，今日死在鞭下，实在便宜他了。"

杨戬目睹这一切，与哪吒对视了一眼。

封神之战的背后存在着太多的疑点，隐藏了太多不为人知的阴谋，而每当哪吒看到一丝能够看清全局的希望之时，想要泄密的人便都要死。无论是白莲，还是申公豹。

"是时候结束这一切了！"杨戬长叹道。

哪吒无比疲倦，微微点头。

13

万仙阵破了之后，无数妖仙逃往人间，但通天教主本命法宝青萍剑裂为两半，自己更是生死不明，这些妖物又如何还能掀得起风浪？

阐截两教对赌气运的结局，则是十二金仙安然度过杀劫，世间从此再无截教。太乙真人临走前来见了哪吒一面，哪吒问道："封神榜上名姓未满，诸位师叔、师伯为何这般急着要走？"

太乙真人沉吟片刻，终究还是说了实话："截教残余不足为惧，为师此去，乃是奉天尊之命，务必要寻到通天真身。"

哪吒心知应当如此，便问道："师父何日回归乾元山去？"

太乙真人摇摇头，道："为师不知。"

哪吒默然，眼看太乙真人转身欲走，却又回过头来，对哪吒说道："无论你想做何事，至少也得先修成仙道，才能将你体内蕴含的无穷潜力彻底地激发出来。"

"哪吒谨记师尊教诲。"哪吒拱手，单膝跪地。

姜子牙领兵六十万，连克临潼关、潼关，取渑池，渡黄河而与天下诸侯会聚孟津。选吉日开拔，兵临朝歌城下，命阐教弟子偷入城中破门，大军不日即入城中。殷纣在九间殿前独战八百诸侯，落败而回，于摘星楼自焚而死。

属于哪吒的战斗早就结束，在此之间，他更多的是在等待与旁观封神最细枝末节的结尾。

杨戬说："我们活到了最后，却依然什么都没看明白。"

哪吒笑了笑："何为真实，何谓虚妄，清楚明白，唯有心之所向。"

杨戬也展颜一笑："那么，你心中所向是什么呢？"

"是一个人。"哪吒望着头顶的星空，"一朵盛开在我心间的月白莲花。"

次日，姜子牙欲往岐山封神台封神，命部下来寻时，哪吒、杨戬已然不在，李靖携金吒、木吒、韦护、雷震子前来请辞，求归隐山林。姜尚无奈，只得答应，即日代天封神，言周王为天帝之子，授商周之战中死者三百六十五位正神之职，过南天门，上西昆仑天庭为神。

周王分封姜氏于齐地，尊姜尚为太公，然封神之人不过凡人，终寿尽而薨。

大周定都镐京，周王励精图治，天子之位代代嫡传，至五代，由姬满继位，谥穆王。穆王十三年，姬满纵八骏驱驰万里，至西昆仑，与西王母于瑶池密会。

❧ 14 ❧

西王母五根青葱玉指，轻轻在白圭、玄璧的精美纹路上来回触摸。这两块凡间之器，在红莲模样亘古长明的灯火之中，泛着温润玉光，照清了玉上所刻花纹：白圭上，少年郎纵八匹宝骏纵身飞驰在巍峨山间；黑色玉璧上，则是天池汤汤，妙龄女子侧首立在瑶池宫旁。

西王母面上露出淡淡笑意。她无法忘记，在相聚的无数个夜里，姬满背着她偷偷在瑶池边上，借着清冷月光，轻描细刻的痴傻模样。

今日一早，西王母特意穿上凡间白绸裁剪的衣裳，去瑶池边见姬满。

姬满从背后拿出两件物事时，她明明早就知道，却还是感到一股莫名的惊喜，眼角泛出点点泪光。果然，姬满还是开口说了："前些日子，我收到国人传报，说徐偃王叛乱，所以……"

姬满背对着她，踏上昆仑之路时，她望着姬满斑白的头发，不由得悲从中来，抚摸着尚且平滑的肚腹，轻声唱道："白云在天，山陵自出。道里悠远，山川间之。将子无死，尚能复来？"

歌声柔美，在昆仑山间传响，姬满忽然停下脚步，回头望着昆仑天池的方向，唱道："予归东土，和治诸夏。万民平均，吾顾见汝。比及三年，将复而野。"

姬满歌中的坚定，却让无声的泪瞬间淹没了西王母绝美的容颜。悠远的何止道路，相间的又何止山川？她再度开口清唱之时，郎君的身影已经消失在昆仑漫天的白雾里，八匹骏马在山脚下嘶鸣，载着大周的天子远逝凡尘。

她瘫倒在瑶池边上，眼睁睁地望着日落西山，层云蔽月，轻轻抚摸着自己微微隆起的小腹。

唯有一座红莲灯盏，摇晃着温暖的灯火，在瑶池里映出粼粼波光。

第五章　昆仑天池

❧ 1 ❧

脑海中仿佛突然落下一道炸雷，滚滚雷声将那扇通往新世界的大门，微微敲开了一条缝儿。来自全新境界的天光从门缝中倾泻而出，哪吒饶有趣味地看着那光在八只掌心里来回跳跃、旋转，而后伸手，推开了那扇不知拦了他多久的大门。

天地间最纯粹的气包裹着他，三颗脑袋同时沐浴在和煦的光芒之中，哪吒舒服得说不出话来。那是一种玄而又玄，也因此难以描摹的奇妙状态，似乎有一道细不可察的丝线，将洞府里的哪吒和九天之上的一团幻光，若有若无地连接在了一起。

"这，就算是成仙了吗？"哪吒心中一喜。

太乙真人曾经告诉他，仙承天道至理，成仙即是明心，一切依循天道，则心中再无疑惑。他把这句话理解为，成仙之后便会与天道建立某种联系，通过这种联系，他便能知道自己一直以来孜孜以求的那个问题的答案。对他的理解，太乙真人也未置可否，如今仙道已成，哪吒也终将得以亲身证实。也就是说，他可以直接从天道处去寻得使白莲复活的方法了。

白莲即便屡遭他怀疑，在他心中承受了那么久的业火炙烤，却依旧选择牺牲自己，救助失陷在红沙阵中的他。哪怕，那后果是死生不明。

是时候去弥补曾经被欺骗而犯下的过错了！

但忽然之间，那道细丝却不见了。九天幻光仿佛是推门而入后所产生的幻觉，如果不是他对仙人的本质理解有所偏差，法力增长也证明他已经成仙无疑，那就是说："我和天道的联系，断了？"

哪吒心中猛然巨震，慌忙之间再想入定，只是积聚了许久的杂念汇在一起，便如星火燎原，熄灭百年的红莲之火，再度在他胸中燃起。莫说冥冥之中那道细丝，就是钢铁铸造的锁链，在这灼心烈焰之中也只有化为齑粉这一种可能。

哪吒隐没在完全黑暗之中的身子，止不住地颤抖着。

封神结束后，他便将自己关在岐山山腹之中，在孤寂的黑暗之中苦修，终于在今日达成夙愿，如愿成仙。而曾维系让他潜心修行，始终不曾动摇的目标，却在成仙之后的刹那就突然宣告破灭了。

现实与希冀的巨大落差，让哪吒几乎疯狂。

"不！"三个脑袋同时大吼，八只拳头如同暴雨落在身前的岩壁上，坚硬的石块在重击之下，顿时化为齑粉。刺眼的阳光仿佛利剑，穿透纷扬的石粉，从岐山突现的大窟窿中射了进来，照在了哪吒身上。

无边的黑暗笼罩着他的身体，更遮蔽了他的心。

再度踏上风火轮，山洞中经历的一切好像一场长达数百年的醉梦一般，乾元山的秀美风光又再度映入哪吒的眼帘。哪吒落在山脚下，山下莲池已不见踪影，他匆匆上山，原本幽静的小道，几乎被丛生的荒草、杂树完全遮蔽。哪吒心中突然生出许多慌乱，不祥的预感，在他一步步抵达金光洞的时候，终于应验。

半山上，原本金光洞所在之处，长满了必得经历千年才能长起的荒古巨树，而那座承载了他无数记忆的金光洞，竟然就这么不见了！

哪吒不敢置信地揉了揉眼睛。然而等了三天之后，他终于不得不接受这个现实，万仙阵之后，太乙真人奉元始天尊之命，与众金仙去寻找通天教主的下落，结果不知如何，竟连原本的仙山洞府也没了踪迹。

成仙的喜悦，迅速被接连而来的打击毁灭。

哪吒失魂落魄，仿佛行尸走肉一般，步入了这个完全陌生的时代之中。

2

收去三头八臂，隐在列国人间，那么神仙就与凡人无异。

也不知这样一直走了多久，这日哪吒正走在官道上，微微抬头，就从熹微晨光中远远望见一座关隘横亘在前，挡住了去路。城墙之上立着两座三层箭楼，南北各接山势，正夹在黄河与秦岭之间。

此时早有近百名挑着货物的往来商贩与驾着牛车的农夫等在关外，哪吒慢悠悠地走到关前时，牛车上一只雄鸡昂首高鸣，而后只听见"吱呀"一阵响动，就有一队执戈甲士打开城门，分列在道路两侧，挨个儿检查过往客商携带的货物。

入关的队伍缓缓向前，哪吒垂头丧气，也不管入关秩序，到甲士盘查时他也不理，径直就要往城门中进去。两名守门卫士一挥长戈，横在哪吒身前，怒骂道："你这厮，怎的一点儿也不守规矩？"

"什么规矩？"哪吒下意识停住，数百年来第一次开口。

守门卫士未承想到，这青年不光邋里邋遢，说话声音还干涩沙哑，竟完全不似人声，登时被吓了一跳，一抖长戈，便悬在哪吒眼前，惊怒道："来往客商要过关口都得缴纳十一税钱！"

哪吒一手将横在眼前的青铜长戈握在手中，"咔嚓"便掰作两段扔在一旁，冷笑道："想当年，我与周王称兄道弟，你这守关小卒竟敢在我面前放肆！"

那卫士见哪吒生生用手掰断了他的武器，还毫发无伤，顿时惊惧万分，大叫道："妖，妖怪啊！"

其余甲士见这边出了状况，纷纷抽出兵刃，推开身前客商，列队将哪吒围在正中。领头的什长大骂道："这几日关尹忙于接待贵客，竟还有这等不长眼的在此惹是生非。"

"贵客？"哪吒眉头微微一皱，这才抬头，穿过一片枪林剑戟，远远望见那关隘正中竟盘踞着一团东来紫气。哪吒隐隐觉得那团紫气似曾相识，却又回想不起来，正在心中细细思索时，那什长被他忽视，恼怒不已，一挥长剑，怒吼道："杀了这别国奸细！"

列队卫士得令，十杆长戈同时向前刺去，齐齐落在了哪吒身上。随即应声而断，齐齐变作十根空蜡杆，十余人登时惊魂莫名。

"既然想不起来，入关一见便知。"哪吒喃喃说完，便在四周卫士、客商惊骇之时，纵身跃上关隘女墙。城楼上关尹亲手所篆的"函谷关"三个大字，被他一脚踩落到地上，摔成了两半。

什长连忙穿过城门，吹响腰间牛角号，嘹亮的号声顿时响彻函谷关。

"敌袭！"

关中士兵登时披坚执锐，成队赶往城门处。女墙守卫在地上摔了一堆，纷纷指向关隘正中那座七层高楼："贼人往那里去了！"

关口处防卫严密，但不知为何，这座高楼四周竟无一个士兵把守。哪吒到了近前，一推门，就进了楼内。正中席上有一条横案，左右各列一排，想来应当是平日关中议事之所。

哪吒顺着左侧楼梯拾级而上，层层无人，快到顶时，才闻到一股淡淡香烟扑鼻而来。他定了定神，·继续往顶楼上走去。

听见楼中言语之声，哪吒躲在屏风后，暗自打量屋中状况。

那屋子里陈设简朴，关尹身穿玄色官服，跪坐在草席上，面前条案上铺着一卷木简，手拿刻刀，面色恭敬地望着另外一人。七八卷已经刻写好的木牍，用熟牛皮绳编好，堆在了他的脚边。而另一个人满头白发，身着一袭布衣，似乎是个老头子，面向楼外静静地站着。老人口诵一段，关尹便立马低下头在简牍上连连刻写。

哪吒定神一听，才听见那老者说的是："天之道，损有余而补不足。人之道，则不然，损不足以奉有余……和大怨，必有余怨，安可以为善……天道无亲，常与善人……天之道，利而不害；圣人之道，为而不争。"

初听时，哪吒还认为区区凡人妄言天道实在可笑，但几句一过，"和大怨，必有余怨，安可以为善"几个字一出，哪吒心头仿佛被巨物砸中，将数日前心中所生的灰暗与阴霾，全都一扫而空。

"大怨不可消，余怨更不可为善！自求答案既然无果，那也不能叫燃灯这个诱骗自己顶替杀劫，导致白莲葬身红沙阵的始作俑者好过！"

一念生，则万法活。胸中红莲业火顿时化作复仇的烈焰，于哪吒心头熊熊燃起。

这时，那老者向西而望，对关尹说道："关尹大人强留老朽在这函谷关中半月，如今老朽平生所思皆已留木牍之上，也是时候该放我西去了吧？"

尹喜[1]闻言大悲，起身走到老者身后，伏地道："尹喜得先生所传，曾经郁结顿时豁然开朗，定要好好侍奉先生，方才能显出尹喜诚心。"

那老者连忙转身，将尹喜扶起，无奈地道："你肯放我西出函谷，便足以表示诚心了。"

尹喜问道："西边乃是秦国所在，先生往西，是要去往何处？"

老者微微一笑，转身道："青牛载我，去往梦中昆仑。"

清晨曦光伴着氤氲紫气从老者背后沿窗射入，哪吒逆着光，从那老者身上察觉到一阵熟悉的气息。随即他便觉得这念头无比荒诞，摇头将之驱逐出脑海。

楼下突然传来一声浑厚的哞叫，随即脚步急促，一队士兵匆匆上楼。

---

[1] 尹喜，字文公，号文始先生、文始真人、关尹。

尹喜与老者一回头，这才发现站在楼梯口的哪吒。哪吒迈步进了屋中，躬身对那老者拜道："先生所言，字字珠玉，哪吒感念在心！"

"哪吒？"老者与尹喜闻言一惊。

几十号精兵随即上楼，纷纷握刀在手，领头将佐如临大敌，冷声对哪吒喝道："速速下楼，不要扰到大人清修！"

尹喜莫名其妙道："这是怎么回事？"

"今日城门刚开，此人便强行冲关。守门卫士说他刀枪不入，拦之不住，被他冲进大人居所。属下忧心大人安危，这才不顾大人'静'令，贸然入楼。"

尹喜突然问道："你刚说你叫……哪吒？"

哪吒不理会他，只是定定望着老者："此去昆仑道路漫长，先生可知仙山在何处？"

老者微微摇头："自从半月前有一头青牛进入成周典藏室之后，我便开始不停做梦，所梦尽是古籍之中那些玄奇之事，更有一座万仞仙山横亘胸中，我阅遍古籍无数，自然知晓那是万山之祖，因此骑乘青牛来此，想要西出函谷，去所梦之地看看。"

"倘若你真是哪吒，应当知道那仙山所在之地吧？"

"青牛？"哪吒听得一惊，还是点了点头。

❧ 3 ❧

那是一头平淡无奇的寻常青牛。

就像单从外表来看，这个名叫李耳的老者，也只是一个平淡无奇的寻常老者而已。青牛走得很慢，函谷关城楼逐渐消失在身后。

见哪吒魂不守舍，李耳忽然出言道："你有心事。"

哪吒抬头看他，李耳又道："我因梦中所见，因此西去昆仑，可你要去的地方，应该并非昆仑吧？"

哪吒目露茫然，问道："那先生觉得我该去往哪里？"

"灵鹫山，圆觉洞。"从李耳口中说出了一个让哪吒震惊无比的地名，而他胯下的青牛忽然哞叫一声，随即周身爆发出强烈的法力波动，四蹄之下腾起四团五彩斑斓的祥云，"你心中所向当在西南，你我就此别过吧。"

眼看李耳身骑青牛消失在天际，哪吒心中依旧震荡不已："那青牛分明是老君坐骑，而这位李耳虽然深谙道学，却是个没有一点儿法力的凡人啊！"

他摇摇头，心头红莲之火微微摇曳，带着他卷向西方。

❧ 4 ☙

灵鹫山，圆觉洞。

八只手将守山童子紧紧按在墙壁上，三个头颅恶狠狠地盯着那童儿，问道："说！燃灯那老贼去哪儿了？"

童子被哪吒这副凶神恶煞的模样吓得几乎晕厥，结结巴巴地道："师尊……师尊去往西方沙门为尊……"

哪吒一松手，任由童子摔在地上。

八只手挨个儿探入豹皮囊里，乾坤圈、混天绫、九龙神火罩、金砖，以及两杆火尖枪、一对阴阳剑，这八样在伐纣封神时威名赫赫的乾元山之宝，在尘封许久之后，终于得以重见天日。这次，它们将在成仙之后的哪吒手里，帮他杀死他最恨的仇敌。

再度抵达西方极乐净土时，哪吒浑身杀气，入灵山五六里，眼前忽然现出一条八九里宽的河水，正前一座渡口，上书"凌云渡"三个大字，渡口边拴着一艘无底的小舟。第一次来灵山时，他在这里遇见了金蝉子，但这一次所见的却是一位战场上的故人。一股熟悉的气息从南方汹涌袭来，哪吒浑身汗毛竖起，严阵以待。

青、黄、赤、白、黑五色绚丽神光，缀在那只从天边飞来的巨大的孔雀的尾羽之后。孔雀平展两翼，几乎遮天蔽日一般，将近灵山时，他才逐渐收敛身形，飞入七宝林中。一滴巨大的血液从孔雀背后流出，直直从天空坠下，落在渡口之前，河水顿时升腾起一股血色大浪。

哪吒喃喃道："那只孔雀是孔宣吗？他好像受了重伤。"

"那是燃灯手下，孔雀明王。"

哪吒猛一回头，才发现身后不知何时竟然站着一位衣着破旧的年轻僧人。那僧人似乎无视哪吒八件法宝以及浑身杀气，径自解开渡口无底船，眼看他撑船欲走，哪吒忙纵身跃上船。

船身晃都未晃，安稳地漂浮在这条恶水之上。漏船无底，冰冷的河水没过哪吒的脚踝，这才给他欲报宿仇的愤怒之中带来一丝清明。

"你来这儿是来杀人的？"船横水上，那僧人忽然问道，"我猜，你要找的人是燃灯吧？"

哪吒："……"

"只是你孤身前来，恐怕难以达成所愿吧。"长长的船篙深入水中，在哪吒心头荡起阵阵波纹。

"只要接引、准提二位教主不插手此事，即便我死，也定要先杀了燃灯那个老贼。"

"接引、准提……"僧人露出一种似乎是感念故人的表情，颇为古怪，"恐怕你闭关已久，错过了很多事情吧。"

哪吒望着僧人，疑惑道："此话怎讲？"

那僧人摇头苦笑道，"今时不同往日喽……你想去就去吧，接引与准提肯定不会出手的。"

僧人说得笃定，哪吒却听得糊涂，才想起自己根本连这人是谁都一无所知，便问道："我乃乾元山金光洞太乙真人门下弟子哪吒，不知您是？"

"贫僧释迦牟尼。"僧人微微笑道。

释迦牟尼？这是个从未听过的名字，哪吒一头雾水。

小舟"砰"的一声靠岸，释迦牟尼眨了眨眼，将船靠在岸边，指向西方："燃灯就在七宝林中，你要找他，径直去便是了。"

哪吒放下心头疑惑，纵身跳上半空，风火轮在他脚下嗡嗡旋转，带起一阵凄厉的尖啸，如同出鞘的利剑一般，穿过八德池，直入七宝林。

虽然不知道西方教究竟发生了什么，但是单枪匹马来到西方沙门圣地，妄图杀死如今身居尊位的燃灯道人，或许，这是自己这辈子干过最为疯狂的事情了吧。耳畔呼呼的风声，仿佛又让哪吒回到七岁那年，杀死巡海夜叉，抽了东海三太子敖丙的龙筋，在宝德门外拳打老龙王……

那时的自己童真无畏，被束手束脚了这么久，也是时候将心中怨怒全部释放一空了！

༼ 5 ༽

孔宣幻回人形，翠绿的衣裳背后被鲜血沾湿了大片，他跪在身穿金袍的燃灯身前说道："弟子无能，在菩提树下发现了释迦牟尼，本想将他吞入肚中，带回灵山交给师尊处置，可没想到他已经炼化了接引的三颗舍利，在树下涅槃证道。弟子敌他不过，被他破背而出，好不容易才脱身回来。"

燃灯面上阴晴不定，正要开口说话，忽然福至心灵，不紧不慢后撤一步。身后大鹏此时才叫道："尊上小心！"

一杆火尖枪随即从天而降，落在燃灯身前三丈之地，将他原本踏足的金砖击得粉碎。

哪吒踩在风火轮上，招回火尖枪，怒道："燃灯！今日便是你还命之时！"

被小辈贸然偷袭，燃灯气急，道："还真是多事之秋，连你这黄口小儿竟也敢来西天放肆！当年我好心帮你去除心魔，你不曾言谢也就罢了，竟然还怀恨至今！”

“白莲并非我心魔！何况她在我心中，要拿她怎样是我的事，我受你这鼠辈蒙骗，误会了她，还替你顶替杀劫，今日我定要大闹西天，取你狗命！”哪吒先一招手，乾坤圈便骤然击向燃灯。

被小辈辱骂，纵使燃灯涵养再好，他身旁羽翼仙、金翅大鹏鸟也不干了，登时在身后现出一对金翅，双翅一合，便将飞至面前的乾坤圈扇飞。

在这一攻一守之间，三首八臂的哪吒就已到了大鹏鸟面前。大鹏鸟双手合十，身形骤然增大数十倍，化出法天象地，以巨翼迎击。

九条火龙盘旋而出，火尖枪、阴阳剑穿行在火龙中，重重一击，同时落在大鹏鸟的一对金翅上。在磅礴的法力冲击之下，大鹏鸟巨大的法相登时向后一倒，压塌了七宝林中无数珍宝。

孔宣见大鹏鸟吃亏，不顾伤势也要上前，燃灯忽然阴恻恻地道：“退下！”

“昆仑山都已经没了，你这无根的仙人难道还能蹦上天去！”燃灯轻抚双掌，声震灵山八百里，“四天王还不速速前来！”

哪吒闻言心头一震，自他出山以来，所见所闻皆是莫名其妙。在他修行成仙之前，究竟发生了什么事？

四道耀眼的金光，在燃灯声音弥散之前，便从东、南、西、北四个方位急速而来。

“我等来迟，还请至尊恕罪！”

当年在佳梦关出征的魔家四将，现如今成了须弥山护法的四大天王，落在七宝林里，将哪吒围在中央。

哪吒八臂罩四方，凛然不惧，三头环顾这四位当时死在杨戬攒心钉下之人。

东方持国天王提多罗吒，身穿白甲，怀抱琵琶；西方广目天王毗留博叉，在西岐城外死了花狐貂，此时甲胄之上绕着一条赤龙；南方增长天王毗流驮迦，青云宝剑握在手中，兀自振动不止。

134

而后，哪吒的视线落在站立北方，身背混元珍珠伞的多闻天王——毗沙门身上，就再也挪不开了。他在混元珍珠伞中所见的幻象异景，在魔礼红死后就逐渐淡忘，即便万仙阵时，他曾来西天邀请二圣，也只是觉得熟悉。而如今那段记忆却如潮水一般涌来，钻进他的脑海。

从此处远远望去，八德池明净澄澈，如同一块琥珀碧玉一般，将灵山胜景尽揽其中。彼时那位慷慨陈述的奇装道人，正是万仙阵里偷袭通天的接引。而幻境之中那道人所居之地，不是眼下这七宝之林，又是何处！那投身水中的少年，又是谁呢？

燃灯并非会给他解惑之人："你等还不快快动手，将这凶顽拿下，莫不是还顾及三世前的旧情吗？"

多闻天王闻言先是一震，张口欲言，但持国天王五指并动，率先奏响了这诡异之战的序曲。弦声开始便急如骤雨，顺着耳朵窜遍哪吒周身，使他浑身躁动不安。

哪吒心中战意沛然，怒吼一声，八臂大张，便如大鹏鸟一般，身形暴长，现出法天象地的巨像。金砖先出，将广目的赤龙拍在地上，金红色的龙血沿着铺地金砖淙淙流出。广目天王睚眦欲裂，随即一掐法诀，便见遍地龙血燃起璀璨金火，化为一条凶恶火龙，张牙舞爪地再度扑向七宝林正中的哪吒。

这时增长天王纵起青云剑，绕着哪吒巨身翻飞刺击。哪吒把两杆火尖枪舞得如同车轮一般，枪剑交击的清脆轰鸣响彻灵山，却没有一个沙门僧众循声前往七宝林。如此看来，今日的灵山，似乎安静得有些诡异了。

哪吒激战正酣，见那条火龙蜿蜒袭来，怒喝道："雕虫小技！"声如浪涌，在半空散开，竟叫火龙生生停滞了来势，九条离火神龙便在此刻从神火罩中激射而出，将大了数倍不止的赤火神龙围在中央。九龙吞火，周身更以肉眼可见的速度迅速扩大了一圈，而赤火神龙一声悲鸣，方才不可一世的火光登时暗淡了不少。

持国天王的琵琶声，正如此刻场上激战的节奏一般，愈发急切，空气中隐藏着无数把无形气刃，随时伺机待发。起初哪吒还留心防备定定站在北方的多闻天王，但直至此刻，毗沙门似乎都没有一点儿要动手的意思。枪尖喷涌的红莲业火将青云剑烧得通红，哪吒双枪交叠架住青云宝剑，阴阳双剑巨力横生，将青云剑一剑荡开。

激烈的战场，忽然出现了短暂的停顿，风火轮刺耳的尖啸随即便刺入众人耳中。哪吒身如枪戟，巨大的法身逐渐收缩，紧跟在乾坤圈之后。而当这片刻停顿终止之时，乾坤圈在弦声中微微颤抖，与恢复常态的哪吒一道出现在了燃灯的面前。火尖枪、阴阳剑上离龙翻飞，直袭燃灯。

前一刻还急如万箭齐发的弦声却骤然停下，一直以来防备这琵琶摄魂夺魄之功的哪吒，此时才明白过来，持国天王在此战中最大的作用是控制战场上的节奏。

在这一刻的停息之中，哪吒紧紧绷住的身体突然一软，手中夺命的枪、剑、离龙微微一颤，原本势在必得的一击，突然现出了致命的破绽。

乾坤圈在燃灯面前有了片刻的茫然空转，燃灯一挥乾坤尺，便将那圈子远远击飞，坠入八德池底。

二十四颗定海珠从燃灯手中飞出，鬼魅般的红光在哪吒周围闪成一片。火尖枪上火龙环绕，连同混天绫，将定海珠牢牢挡在身外。这宝物在赵公明手中时，就曾逼得燃灯道人狼狈不已，此时在燃灯手中使出，哪吒招架起来更是吃力。

诸多法宝每次交击，便爆散出一阵巨大的法力波动，七宝林中砗磲、玛瑙绽出黄光，宛如莲开，声声破碎。

燃灯看得怒不可遏，乾坤尺从手中挥出，变得巨大无比，直冲哪吒正中的那颗脑袋的脑门打来。哪吒在头顶架起两把阴阳剑抵挡，但那剑其实并非绝佳法宝，乾坤尺却是燃灯本命神物，因此尺落剑上，只听双剑发出一声悲鸣，便"砰"的一声折断。

哪吒躲避不及，被那一尺打在脑袋上，顿时头晕目眩，摔在地上。三头归一，连连摇晃。哪吒感觉神志稍微清醒了些，勉力掷出一杆火尖枪，但失去浑厚的法力支撑，燃灯随手一挥乾坤尺，火尖枪便断成两截。

哪吒挣扎着想要爬起来，但此时没了抵挡，二十四颗定海珠顿时破体而入，穿肚腹，入八臂，将他手足、身躯牢牢定在满地珊瑚、金银绚烂的碎片海洋里。

"想不到还真是名师出高徒啊，即便太乙真人在此，也无法做得比你更好了！"燃灯满面阴霾，一步步向前走来，口中赞叹在哪吒看来更像是在嘲讽。

哪吒口不能言，怒视着燃灯走到近前。

"当初我亲手将你送往昆仑天池，谁料想今日竟会与你兵戎相向。"燃灯一抬脚，轻轻踏在哪吒的一条手臂上，赞叹道，"你本是西方之人，得了这西方的变化，也是合适的……"说着话，他左脚却忽然使力，将脚下那条胳膊从肋下踩成一团肉泥。

一直未动的多闻天王毗沙门天王忽然伸手，叫道："尊上……"

豆大的汗珠像是流水一样，从哪吒脑门上滴落，彻骨的疼痛让他几乎窒息，但他紧咬牙关，一声也不吭。

"怎么？还顾及血肉至亲？看来你是忘记了，西岐城外的魔礼红是如何惨死的了！"

燃灯冷笑着，就在多闻天王眼前取出一盏青灯，灯芯马元从灯上落下，也不知是吃是烧，那条断臂登时便被灯芯化为灰烬。

多闻天王目眦欲裂，却被其他三位拦住，无法近前。

燃灯欣赏着哪吒扭曲到极致的面庞，右脚又落在哪吒另一条手臂上，阴恻恻地笑道："你不是来要我命的吗？"

"啊……"一声低吟从哪吒齿缝里钻出。

燃灯听了，笑得更盛，马元越过哪吒的身躯，又跳上那条断臂。

灵山顶上须弥金钟忽然敲响，沙门弥陀仿佛倾巢出动一般，几个呼吸之间，便有上千之众齐聚到了七宝林前。

惧留孙略带戏谑的语气随南来清风传入燃灯耳朵里："你好歹也号称沙门至尊，竟然对小辈行这等不仁之事。"

在他身后，还立着文殊广法天尊、普贤真人、慈航真人三人。

ᑕ 6 ᑐ

燃灯听到惧留孙的声音，脸上顿时变色，抬起脚冷笑道："当初你等惶惶如丧家之犬，我好心将你等收入沙门，怎的，今日想为你这位大逆不道的师侄与我反目不成！"

万千红尘客，齐聚西天，分列七宝林两侧。

惧留孙站在燃灯正对面，哈哈大笑道："燃灯啊燃灯，你可还记得，当年接引教主站在此地，对着沙门零星人丁发下大宏愿，立誓要光大沙门创立佛教，是何等大的魄力？可你这鼠辈，身为教主得力助手，主动请命入东土，谁知你这般煞费苦心，原来是与玉帝暗中勾结，在昆仑大战中偷袭二位教主！"

"他接引能够勾结元始，暗害通天，你又有何颜面借他来说我！"燃灯面上一冷，一指站在两人中间的四大天王，喝道，"尔等身为须弥护法，还不速速将那混账拿下！"

四大天王面露迟疑，终究未动。两侧沙门僧众面色冷然，皆如四大天王一般，没有一个领命执行的。孔雀与大鹏鸟微微后退，哪吒躺在地上，身体如同天上凝滞的云朵，只觉得此刻的灵山，气氛着实诡异得可怕。

"燃灯！"惧留孙面上笑容逐渐退去，冷着脸反问道，"堂堂沙门至尊，所谓西方教主，究竟在害怕什么？"

燃灯冷哼道："你隐忍百年，今日突然敲响须弥金钟，又何必故弄玄虚？"

"佛祖已然出世，度我为弥勒佛！"惧留孙此言一出，身后文殊广法天尊、普贤真人、慈航真人，尽皆现出菩萨法身。四人随即退让在旁，恭敬地看着一个衣衫褴褛的年轻僧人，这僧人手托紫金钵盂，顺着他们身后阶梯，缓缓踏上七宝林满地金光，走入了天地正中。

"阿弥陀佛。"

孔雀面露惊骇，低声惊呼道："啊！就是他，乔达摩·悉达多，被世人称作释迦牟尼的人！"

"释迦牟尼！"燃灯忽然面色一变。

释迦牟尼的身上仿佛具有一种无形无质的奇妙特质，从一出现，就吸引了灵山之上所有人的目光。就连躺在地上的哪吒，也生出一种他走到哪里，哪里就是天地中心的感觉。

释迦牟尼屈指一弹，一团金光裹住哪吒全身，逼出二十四道红光，在燃灯面前缓缓带着哪吒飞离地面，飞出七宝林，落在了八德池里。哪吒只觉得浑身暖流涌动，失去两臂的疼痛逐渐消失，金光散却之后，八德池澄澈的水紧紧拥抱着他，带着他进入一种似梦非梦的奇妙状态。

那里，似乎是一切的开始。

◗ 7 ◖

燃灯并非未动，金光逼出定海珠之时，他与释迦牟尼就在哪吒体内暗中交锋了一阵。结果十分明显，之前听闻孔雀说释迦牟尼在菩提树下炼化了接引圣人的三颗舍利子后，燃灯就知道那不是自己能够抗衡的力量，因此未战便已先怯。

"不可能！'他'明明说过，成圣之路已然断绝，即便你炼化了前世留下的舍利元光，也断无超凡入圣的可能！"

"你说得没错。'他'算无遗策，借昆仑一战除掉四圣，不愧三界第一。我在三界撒下无数佛种，可就连我自己也不知道、不确定，这世间是否真有成佛这一道！"释迦牟尼冷笑道，"说起来，我还要感谢他为了心中私欲斩断天道，生生剥离轮回之道。若非如此，今日你又怎能亲眼见证世间第一位佛的诞生呢？"

释迦牟尼端坐九品莲台之上，身后佛光仿佛红日一般普照西天，不过瞬息之间，已然变幻三十二重法相。

灵山之上，众人皆惊。

孔雀与释迦牟尼交过手，此时见燃灯面如死灰，急向一旁的大鹏鸟使了个眼色，一对巨翼便率先破衣而出。大鹏鸟领会他的意思，金翅一振，二人一个往东，一个往西，倏忽便不见了踪影。

静静伫立七宝废墟之中许久未动的释迦牟尼，此刻突然平伸双臂，天地尽头骤然出现一对巨大的金色佛手，随即便闻一东一西两声鸟鸣。孔雀与大鹏鸟堪称遮天蔽日的庞大身躯被佛手抓在手中，仿佛鸡仔一般，连声哀鸣，被抛落在七宝林地面正中。紫金钵盂瞬间而出，将两只巨鸟扣住。

燃灯忽然冷笑着，对释迦牟尼说道："你和元始天尊一样，都不过是些急功近利、目光短浅的小人。你们在万仙阵联合偷袭通天教主时，就该想过因果报应还施自身。太上老君、准提教主，说起来都是被你二人所害，可笑你俩还恬不知耻，一个在天庭苟延残喘，一个轮回……"

"阿弥陀佛。"释迦牟尼双手合十，巨大的金色佛手合掌拍击，燃灯不躲不避，在掌中喷出一口鲜血，兀自冷笑。

"我以舍利元光穿破轮回，重塑真身修行，成就世间佛法，问心无愧！"释迦牟尼淡然道，"更何况，你以为天道圣人当真那么容易死的吗？"

惧留孙、慈航与文殊、普贤面面相觑，恭敬道："这几人，佛祖欲如何处置？"

"以佛法度之。"释迦牟尼轻声出语，却传遍须弥，而其后喃喃低语，便连他身边的惧留孙等人亦未听清，"即便要杀，也不该由我越俎代庖。"

灵山弥陀皆双手合十道："我佛慈悲！"

"哪吒俱伐罗。"

哪吒只觉得身子一轻，就被一只手拎出了水面。他站在无底之船上，释迦牟尼——如今的如来佛祖站在船首，手撑竹篙，小船在滔滔波浪当中稳稳前行。

"你可想起来了吗？"如来佛祖问道。

"嗯。"方才在水中半梦半醒时还未觉得，不知不觉间，哪吒竟已泪流满面，此刻一出声，都是带着些许哭腔。所幸如来背对自己，并未看见。

"那孩子真是太傻了……"如来似乎欲在今日之中，将他两世轮回的漫长岁月里所有的感叹全部发完，"红尘种种，又岂是你想躲便能躲过的呢？"

"那我又该去往何处呢？"哪吒茫然道。

"仙人拥有几乎无尽的寿元，这漫长的时光，给了你足够的时间去探明所有答案。所有在漫漫人生中失去了方向的人，都应当回到最初的地方去看一看。或许，会有不一样的发现，也说不定呢。"

"回到最初的地方……"哪吒沉思着，不由得回头望了望。八德池澄清透明的水里，两根同出一脉的并蒂莲梗一红一白，光秃秃的什么也没有。

水声哗然，无底之船又停靠在了凌云仙渡。

哪吒抬起头，顺着船首望向遥远的东方，却只看到一片虚无。

9

那是一片广袤无际的沉默荒原。

风火轮悬在荒原的边际，哪吒从这里望去，这头黄色巨兽从他脚下一直绵延到了天边，将他对此地所有的记忆全都一口吞没。

世间奇伟险绝之地，当首推昆仑。

哪吒第一次见到昆仑山，是在七岁那年。

那时他独自一人来到西昆仑，靠在宝德门后，一边小心戒备着敖广的到来，一边大大方方打量着山中景致。与昆仑相比，师父所居的乾元山就像是个还未长大的孩童一般，充满童真野趣，却少了浑厚雄奇。天庭雄伟壮丽的宫殿星罗棋布在万峰之顶，西王母的瑶池更藏有无穷的瑰宝。东昆仑更是仙家祖地，元始道场常年仙气缥缈，难见峥嵘。

无论天庭还是玉虚，在万里昆仑之中不过只是极小的一块而已。东西昆仑连绵万里，在仙凡两界流传着无数瑰丽动人的传说。

玉虚宫灯号称万古长明，只是如今就连那般雄浑的昆仑，都仿佛从来未有过一样，不见了踪迹，更遑论一盏明灯。

哪吒张大了嘴巴，却发现喉咙里塞满了苦涩，一个字也说不出来。

究竟是何种毁天灭地的力量，才能使那样一座耸立于天地正中的庞然大物完全归于寂灭啊！哪吒见过圣人交战，丝丝入扣，紧合天地至理，呼吸间便有万千世界生灭。在那种级别的力量之下，发生什么都不足为奇。

但这一切，究竟是为了什么？

接引轮回而成的佛祖释迦，像是个常年摆渡、满腹感叹的老者，而非一个擅长讲故事的人。尤其是在这个故事里，他所扮演的角色并不光彩。

风火轮在广袤的荒原里漫无目的地游走，荒原深处浓浓的乳白色迷雾遮住了他的眼，让他好像是在黑暗中摸索着前行。

"哪怕突然撞在哪座山上也好啊！"但在万里昆仑，被夷为平地后遗留下的荒原里，这绝对是一种奢望。

金乌缓缓沉入荒原之西的尽头，金灿灿的晚霞映在无边雾气上，天地间澄黄一片。在死一般的寂静里，出现第一声牛叫时，哪吒十分怀疑是自己幻听了。但紧接着，那似曾相识的牛叫声又在荒原更深处响了起来。

哪吒霎时打起精神，飞往声源出处。

"你啊你，非要从成周典藏室中将我带来此处，可在这无尽荒原里走了三日三夜，哪里有昆仑山的影子吗？"

牛蹄踏着戈壁坚实的土地，牛头上冲天而立的苍黑独角破开浓浓的雾气，牛背上盘腿端坐的耄耋老者，提着一盏微弱的烛火，在渐渐降临的黑暗里成为天地之间唯一的明光。

哪吒双目刺破浓雾，看见烛影摇晃中映出那老者模糊的轮廓。

"李耳？"哪吒心中疑惑道，"可他座下这头青牛……"

当日腾云而去的青牛，已经现出太上老君坐骑独角兕的本来样貌。

灯影攀上那张永难忘记的脸庞时，哪吒先是大惊，转而喃喃重复了一句如来佛祖的反问："你以为天道圣人当真那么容易死的吗？"

更何况，他可是太上老君！

❧ 10 ❧

青牛哞叫，像是在与轮回成李耳的老君对话一样。

哪吒从风火轮上一跃而下，正落在青牛近前，拱手道："弟子哪吒见过老君！"

太上老君见到哪吒，面上雪白的胡须中绽放出童真的笑意："是你啊。"

哪吒不做他想，只是急需一个人来替他解答心头的疑惑："弟子于岐山闭关，不久前方才出山，可是这世界似乎产生了巨大的变化……"

"你成仙之后，感觉好像与太乙和你讲述过的有所不同，是这样吧？"太上老君目光温润，如同赤子，让哪吒觉得自己心中所想在他的眼中似乎无所遁形。

"唉。"太上老君轻叹一声，"昆仑大战，实在惨烈，不提也罢。"

哪吒心中凛然一惊，忽然发现不知何时，远在浓雾之上，竟已聚起暗沉沉的乌云，似是九天坠落一般，以肉眼可辨的速度向二人一牛压了下来。

一道霹雳宛若巨龙，将荒原照得透亮，轰然砸向骑在牛背上的老君。

青牛昂首怒吼一声，冲天板角霎时亮起一道耀眼清光，将老君护在浑圆的光圈之中。

轰然巨响之后，沿着光圈逸散的闪电跃上哪吒的脸，在他眉心处留下了一个蜿蜒的伤口。淡淡的莲花清香，飘散在雷电隐隐的荒原之下。

老君似乎早有预料，大笑道："玉帝还真是贴心，居然为迎老朽上天，准备了这般大的阵仗，难道是想让我在昆仑旧址度天劫不成？"

哪吒现出法身，即便被烧毁、吞噬的两臂无法复原，也依然神威煌煌，威势赫赫。哪吒一举火尖枪，冲天怒吼道："究竟何人如此大胆，竟敢对老君动手！"

乌云之中，隐隐有人影攒动。

"难道就是他们毁了昆仑吗？"哪吒眉头拧起，向老君问道。

"青牛，收去法力，送我上天。"老君却仿佛置若罔闻一般，朗声向天道，"老朽倒想看看，究竟是哪位大能躲在乌云背后。"

青牛轻哞一声，极为不愿地敛去玄光，将老君暴露在九重天劫之中，牛蹄一抬，便升起七彩云朵。

九九八十一道九天神雷，仿佛暴雨一般倾泻而下，却无一道能够接近太上老君，反而像是八十一道璀璨的灯火，来迎接身入轮回的老君重归九天之巅！

哪吒目送老君端坐于青牛背上，升入重重云霭，讨厌的暴雨随即淅淅沥沥落了下来。风火轮腾空而起，但一声新生儿初临世界时清脆有力的啼哭，却在这雷雨交加的夜里响彻了昆仑荒原。

那并不是一个平常的女人。

所有能在这个时候出现在这个地方的，都是非同寻常之人。

女人身上所穿的衣裳虽然古旧，却依旧可以看出，那是大周天子身旁的女人才能穿在身上的样式。方才啼哭的新生儿用一件染血的淡黄袍子裹着，在女人怀中安睡着。

女人缓缓走过泥泞的荒原，绣鞋却不染尘埃。她穿过密集的珠帘，衣裳却不沾滴雨。

女人轻纱掩映之下，定然是倾国倾城的面容，珠圆玉润的字句飘出轻纱："冥冥之中斩不断的天意将你指引至此，我在这里等你很久了，我需要你的帮助，灵珠子！"

灵珠子？这是他上一世的名字，就像如来喜欢叫他哪吒俱伐罗一样，人们大都眷恋初见的印象，连神仙也一样。

哪吒望向那两汪饱含沧桑的池水，问道："你是谁？"

"我曾经住在昆仑天池旁，人们都管我叫作……"

"西王母。"哪吒震惊无比，从西王母悲凉的眼中，他看到了想知道的所有故事。

❧ 11 ❧

西昆仑，灵霄宝殿。

自己的妹妹居然私自与凡人相会？听闻这个消息，玉帝再也无法压抑住心头的怒火，将杯盘肴馔推下玉案，转而冷冷向跪在地上、战战兢兢收拾碎片的卷帘怒道："那混账如今身在何处？"

卷帘伏在地上瑟瑟发抖："微臣来此之前，他已逃往梅山附近，停在灌江口前造船欲渡。"

"命天蓬领兵至灌江口，将那凡人杀了，提头来见我！"

"大天尊不可！那灌江口并非天庭辖下之地，数年前阐教玉鼎真人门下杨戬修炼成仙，号清源妙道真君，整座梅山皆是杨戬的仙山洞府，倘若天兵不告而至，一个杨戬自然无惧，只恐万一与他起了冲突，会触怒阐教……"

"混账！"玉帝再度暴怒，卷帘方才稍稍直起的身子，又再度低伏到了地上。

"杨戬，阐教……"玉帝眸中闪过一丝精光，心情似乎平复了些，转而又道，"你这便去拟一道旨，传与杨戬！他若奉旨也就罢了，如果胆敢多事，我自有办法治他！"

"微臣遵命！"卷帘一挥袍袖，将满地零碎裹在怀里，匆匆出了灵霄大殿。

❧ 12 ❧

"玉帝高居昆仑，为何无故要杀那凡间帝王？"杨戬疑惑地望着前来传旨的使者。

自从封神之战结束之后，杨戬苦心修行，终于在梅山悟道参玄，修炼成仙。周穆王纵八骏归国，声势不小，杨戬自然知晓，还暗中知会一同在梅山修行的梅山六圣，暗中施法，帮助这位故人子孙伐木造船。

但杨戬不明白的是，玉帝乃堂堂天庭主宰，倘若要杀一个凡人，即便是人间帝王，也轻而易举，为何要派卷帘大将专门知会自己，让自己出手代劳？

"这……"卷帘本想解释，但想起此间细琐，皆不可说，登时心头烦躁，愠怒道，"玉帝旨意在此，你照办便是！"

杨戬眉头一皱，身后梅山六兄弟正要发作，他却忽然笑道："既然如此，上使且回昆仑既可，事成之后，杨戬自往天庭去找玉皇交旨。"

卷帘还欲说话，但杨戬却侧过身去，梅山六兄弟面色不善，冷声道："上使且回！"

灌江口这几日连日暴雨，引来水势浩荡，即便穆王时时催促，但舟师造船仍需三日，如若仓促下水，恐怕这万乘之君也难免会有性命之虞。

远方叛乱不容乐观，自己却在灌江口受阻，穆王正心急如焚，却见浩荡江水之上，正有一艘舟船在黑夜中穿透茫茫雨幕缓缓行来。穆王大喜过望，忙伸手招那船家："船家，且来这里！"

舟船靠岸，穆王不顾左右劝阻，执意要带亲信几人先上船去。船到江心，船家把桨扔进水里，摘下蓑衣，现出一身淡黄袍来。穆王侍卫刚想拔剑，却一个也动弹不得。穆王拱手道："不知阁下为哪路神仙？姬满身负国计民生，片刻也耽误不得啊！"

杨戬笑而不语，只将单手伸向天子头颅，手上清光闪烁之间，前因后果便已心中有数。

原来，这姬满居然与瑶池西王母情投意合，恐怕西王母正是怕玉帝知悉内情后会迁怒于他，才会放任他回归故国治理叛乱的吧。

感受到二人真情，杨戬也不忍为之触动，面色几经变化，方才喃喃笑道："原来如此，玉帝之妹与凡人私会，难怪他会暴怒。"

穆王南来北往，所见奇人异事不在少数，此刻也惊骇不已,磕磕巴巴地说道："仙，仙人这是……"

杨戬面色骤然一冷，从怀中取出一道符纸，在空中连连虚点一番，拉开穆王上衣，将那符纸贴在他的心口，见符纸如水化去，才说道："贤王不必多问，过了这灌江口，就直直回你的东土去。平息叛乱之后，务必去国归隐，有这道符印在身，那些想杀你的人，恐怕也无法轻易找到你。"

"想杀我的人？"穆王天纵奇才何等精明，不过三言两语便已明白过来，却依旧犹豫道，"只是，王母她……"

"隐遁世间，再也不要回到这里！"一道惊雷骤然落下，击在船舷左侧三丈之外，船只一阵颠簸。

穆王看见，杨戬鹅黄色的面颊，在滚滚天雷、飘摇风雨中，坚定如常。

～ 13 ～

玉帝终究未能见到姬满滴血的头颅。

新封的天神领命下界，将杨戬穿骨捉来，在南天门外以诛仙剑斩首，又拘魂魄，日日经受雷火淬炼。玉帝此时宣布闭关参道，却绕过太上老君与元始天尊，将天庭事宜交付给远在西方的接引、准提二位道人。

杨戬凄厉的惨叫日夜传遍昆仑，玉鼎真人不忍杨戬受苦，孤身前往天庭索要杨戬魂魄，却与天庭神将在南天门外大战一场。

玉鼎负伤逃往玉虚宫，玉虚同门气愤难平，未禀天尊便私闯天庭，企图强力夺取。天神皆是封神之战时被阐教所杀的碧游宫门下，仇人相见自然下手无情，玉虚门下再度折辱而归。

此战中玉虚宫十二金仙折了人手，元始天尊自然不肯罢休，联合太上老君往西昆仑欲求说法。此时接引、准提双双赶至天庭，在燃灯两边斡旋之下，双方终于势同水火，将昆仑仙境化作修罗战场。

惊天动地的昆仑之战，原本只是以昆仑山崩作为结尾，但玉帝的出现却将此战引到了一个谁也无法想象的地步。原来玉帝所谓的闭关，便是坐视双方大战，而趁老君、元始无暇他顾之机，偷入紫霄宫中，凭借神道承接天道秩序，斩断了天道与仙人之间的联系。等老君、元始发现时为时已晚，天道被神道蚕食大半。

"最终，参加昆仑之战的那四位圣人尽遭受重创，成仙入圣之道自此断绝。玉帝开创大造化，将崩毁的昆仑升入天际，所以现在的天庭真的是建筑在天上。"

西王母极为冷静的口吻，为这场毁天灭地的大战落下尾声。

"你看到的其实并非原来的太上老君，而是经历过轮回之后重获新生的老子。"

"难怪我见老君西出函谷关之时，还是一副凡人的样子。"不知过了多久，哪吒才将这股洪荒巨流咀嚼消化，而他心中还如此刻的暴雨，在狂雷声声中激荡不已。

"轮回？"哪吒随即瞪大双眼，如果没有记错的话，他第一次听到这个词，是在八德池中半梦之时，从接引道人的轮回之身——释迦牟尼的嘴里听到的："我不想看到一个到处飘荡游魂的世界，因此，从逸散的天道秩序中抓取了轮回之理。从此游魂不必浮游天地，争夺舍位，而会以灵体入轮回，获得转世重生的机会。"

哪吒从未见过身负八九玄功的杨戬流血，但包裹着那孩子的淡黄袍上，干涸的血迹无疑是来自杨戬的。他流血了，所以他死了。

哪吒沉吟了片刻，逐渐从震惊之中走出来，他的目光忽然变得凌厉，望向西王母，冷声问道："那么，杨戬究竟为何会被玉帝处死？而你，身为如今三界至尊的妹妹，又有何事需要我来帮你？"

"说到底，杨戬之死是因为我。"西王母的目光有些涣散，但落在怀中婴儿的身上时，却止不住流露出母亲对骨肉的挚爱，"而我之所以会开创轮回，既是为了报答杨戬放走那人的恩情，也是为了我的孩子在玉帝的震怒之中，有足够的实力能够活下去。但是没想到，那道残魂足足在我怀中孕育了百年，方才在今日诞生。"

哪吒深吸了一口气："你是说……"

"没错，他就是轮回后的杨戬。"

西王母将怀中婴儿托起，婴儿被瓢泼大雨淋湿，顿时哭喊起来："我希望你将他交给失踪的玉鼎真人，让我和穆天子的儿子，在这因为我们而起的混乱世道中好好地活下去！"

好好地活下去!

在暴雨中啼哭的婴儿,逐渐与记忆中共同约定生死的杨戬融合起来,哪吒伸出手,将婴儿抱在怀里,为他遮风挡雨。

"而我给你的报酬,将是前世灵珠子出世之时,那朵天池红莲化作的宝莲灯。就如当年你空余游魂,游荡天地之间,都能借白莲之体作为化身重新复活一样,如今白莲之灵在你体内陷入沉睡,假如你想复活她,那么,这世间恐怕唯有红莲之灯才可以做到。因为,你们曾在八德池中并蒂,一体双生。"

哪吒猛然抬起头,赤红的双眼中跃动着红莲状的烈焰,他死死地盯着西王母。

西王母无奈地笑道:"宝莲灯随昆仑天池一道,升入了天庭,我这便上天去拿,到时自会给你。"

大雨兀自下着,但天上的乌云已经逐渐开始散去,两团炽热的火焰穿透密集的雨帘。

"一言为定!"

第六章　九霄云阙

1

因无助而失去珍视之物，并且连希望也再度破灭后，可怜人所剩不多的懊悔便会在心中酝酿恒久，成为孤独的苦酒。

这种酒，往往一沾就醉。

哪吒独自一人在完全黑暗的山洞中修炼数百年，却从来未曾品尝过孤独之酒的滋味，因为那时他的希望还未破灭。后来这酒让他成为走在凡间的行尸，当他浸泡在八德池的梦境中，回望过去之事时，这具化身流出的眼泪汇入池水，让本来满是莲花清香的梦里，也笼罩上了一层苦涩的意味。

那时他刚刚脱离北方多闻天王第三子的身份、哪吒俱伐罗的名字，还是八德池一朵红莲里刚刚凝结出的浑圆莲子。他没有眼睛，只能感受到周围的世界，是包围在莲瓣当中鲜艳的红色。他也还未生出心，却能听到身旁那朵并蒂白莲的天真声音在他心底响起："呀，这个世界是白色的！"

从再度产生意识起，他们眼中的世界就迥异不同，但那种同根而生的亲近与美好，却也真实地刻在心里。直到有一日，燃灯道人探入八德池中，从蒂结之处，亲手折断了他身下的莲梗，也就等于封闭了他的六识。而后，他跟随燃灯浮云万里，飘至西昆仑天池，落到了一个极爱莲花的女人手里。

西王母将他插在昆仑天池里，周围种满了那些看似高洁的白莲，却全是些没有灵魂的死物，并无一朵能像记忆里的她一样。

孤独在经历时无比漫长，结束后轻易便被遗忘。

哪吒躺在浓荫底下，下午的小憩时光最适合做一些有关回忆的梦，但头顶上婴儿嘹亮有力的啼哭，仿佛破晓时升起的日光，将梦境破碎。淡黄袍还挂在树杈上，他一伸手把摔落下来的婴儿揽在怀里，撇嘴道："一天到晚就知道吃吃吃。"

左手平伸，只需心念一动，手腕上便现出一道寸许长的开口。一股莲花独有的清香，随开口处缓缓流下的乳白色汁液扑鼻而来，婴儿眼睛都不睁，循着那味道就把粉嘟嘟的小嘴搭了上去，咕咕地吮吸着。

哪吒强忍着婴儿的哈喇子顺着胳膊流到他的掌心里，待婴儿吃饱了，打着哈欠要睡时，才尽数抹回他头上，用以滋养他头顶尚且稀疏的头发。哪吒刚在梦中被吵醒，此时睡意全无，便从树杈上取下袍子，把光溜溜的婴儿裹了，又失望地环顾四周。

此时落日西斜，余晖映得山间云霞金红一片，山中景色秀美如常。

和乾元山的金光洞一样，山中仙人已不知所踪，昔日洞府也了无痕迹。即便哪吒早就有了心理准备，但今日正午抱着杨戬抵达玉泉山金霞洞，看到这儿也是相同景象时，心中难免还是会有些失望。

他有些担心，倘若失踪的玉鼎真人已经死在昆仑之战中，那他又如何能完成西王母所托，亲手将杨戬交给玉鼎真人呢？但他随即想到，西王母一定是知道玉鼎真人还没死，才会托自己去寻找。

风火轮迎着红彤彤的夕阳嗖嗖飞去，金霞落在婴儿细嫩的脸颊上，哪吒恍然出神，而后轻声对他说道："看来要把你这拖油瓶子甩出去，可没那么容易哟！"

⌒ 2 ⌒

封神在前，后有昆仑，连番的大战将残垣断瓦撒遍整个神州。

东西昆仑在大战中山崩地陷，而后被玉帝升入天上，共有三十六重，自此三界以玉帝独尊。参战的西方教付出了惨痛的代价，才于数年前释迦牟尼成佛后大开释门，改号佛教。而曾经辉煌的阐、截二教已然没落，以至于哪吒几年来走遍神州，除了当日在七宝林中见过的几位，竟然未在下界寻到一个曾经的同门。

凡人列国之间更为惨烈的纷争，就像是神仙妖魔大战的余波一般，从未止息。但即便不抛开战争而言，也无可否认，这是一个更为有趣的时代。老子西出函谷关前留下的五千道德真言，在列国传诵，成为一时显学。而眼看智慧的种子落在凡间，结出异彩纷呈的花果，哪吒不由得喃喃道："抛却前尘往事，借轮回做一回无知的凡人，整天苦思冥想，倒也有趣得紧。"

三岁的小孩儿虎头虎脑，也不听哪吒说这些莫名其妙的话，只道："哪吒，我要吃糖！"

哪吒眉头一皱，佯装烦恼道："胡闹，这荒郊野岭的上哪儿给你找糖去？"

"你总有办法的。"小孩儿嘿嘿笑道，"要不，你教我法术吧？我踩着你的轮子，自己去找怎么样？"见哪吒不理他，又愁眉苦脸一阵儿，忽然问道，"你有名字，叫哪吒，那我呢，我叫孽子吗？"

"胡言乱语，哪个敢叫你孽子！"哪吒微微一怔，听到后边却勃然大怒。

"骗人！"小孩儿一撇嘴，转去拔哪吒插在身边的火尖枪。但那枪与哪吒心意相通，他又如何能拔得起来。

"是谁叫你孽子，你又怎么知道我叫哪吒？"哪吒接着问道。

小孩儿憋红了脸，火尖枪却仍牢牢插在地上，纹丝不动，见哪吒问他，才松了手，一指旁边大火焚烧后的灰烬，说道："刚才那些人不就是这么叫你的吗？"

"你听见了……"哪吒脸上带笑，心里却莫名沉重下来。

如同满世间转世轮回的神仙一般，忘却前尘往事、恩怨兴衰，做一个蒙昧中求索的凡人，或许要比所谓的神仙快乐欢愉，不是吗？他也曾想过，要在小孩儿长大前将他托付给凡人之家，哪怕重回周室，在成周做个快活天子也未尝不可。但想归想，每每付诸行动时，哪吒终究还是放弃了。

不只因为他答应过西王母，要将她的儿子交到玉鼎真人的手上，还因为这小孩儿身上毕竟有杨戬的一半残魂在身，无论如何，他也应当在天道崩、昆仑毁的时代里，牢牢将命运掌握在自己的手里才行。也唯有如此，他才能躲过天庭逐渐开始的追捕。

想到这里，哪吒不由得望了望插在身边的火尖枪，枪尖干涸的血迹，正是来自片刻之前一队七人探路的天兵。他将小孩儿裹在混天绫中，但显然，混天绫只能保护他的安全，而无法将他与这个世界隔绝。

"那我到底叫什么啊？"小孩儿站在他面前，瞪着一对黑溜溜的大眼睛问道。

哪吒转过头，说道："你要是能把那火尖枪拔起来，我就告诉你。"

小孩儿听到这话，深吸一口气，再度上手，试图拔起火尖枪。

哪吒嘿然一笑，不愿看他做无用功，仰头躺在地上。阳光穿过浓密的树荫，将一块块破碎的光斑打在他的脸上。

也不知偷入天庭的西王母如何了，哪吒转念又想，假如再有不长眼的要从那上边下来，想要伤害小孩儿，通通杀了便是。至于前世随灵珠子一同现世的宝莲灯，假如西王母拿不来，那就自己去取，哪怕灯火重燃只有一丝希望，龙潭虎穴也无惧一闯。

火尖枪带着泥土握在小孩儿的手里，一同在地上翻了几个滚儿，滚到了道路中央。小孩儿却顾不得拍去身上的泥土，惊喜地笑道："哪吒，我拔出来了！我拔出来了！"

哪吒心中一惊，却未露在面上，而这时几辆牛车从道路的尽头缓缓驶来。

哪吒挑起长枪扛在肩上，小孩儿还傻笑着挂在枪上不肯撒手，哪吒笑道："走，我带你去那车上找几块糖吃。"说着话，就使个隐身法，跳上了前头的那辆牛车上，假装从身下一探，便变出一块麻糖，喂进了小孩儿的嘴里。

车里坐着的老者掀开门帘，问道："子路啊，此地道路平坦，为何车速却忽然慢了许多？"

前边驾车的子路也是个头发斑白的半老之人，却回身恭敬地答道："回夫子，弟子也正疑惑，不知为何。"

老者点点头，又问道："前方将到何处？"

子路答道："再往南行三十里，便至楚国地界。"

❧ 3 ❧

云在天上，鱼游水中。

这年小孩儿七岁，一身英气，恍若前人。

小孩儿问哪吒："哪吒，哪吒，我们去哪里啊？"

这四年来，哪吒几乎又将神州境内那些灵气充裕、有可能藏有仙山洞府的地界寻了个遍，但阐教的仙一个未见，截教的妖倒是遇上不少。对拥有漫长寿命的仙人而言，四年短暂，如同眨眼，但同样对这些拥有高深法力的仙人来讲，睁大眼睛四年一眨，认真地去做某件事情，却连丁点儿头绪也无，也着实是一件让人苦恼的事情。

更何况，西王母迟迟没有消息传来，似乎也预示着她也有颇多不顺。但所幸的是，这四年来，天庭的追兵并未再出现，四年前那些天兵的出现仿佛是一场错觉，并没有人奉命追捕小孩儿。

哪吒摇摇头，将头脑里乱七八糟的想法都甩开，一把将小孩儿提到脖颈上扛起来，说道："我送你上西天！"

神州遍地无仙迹，重往须弥访前踪。

或许，那几位藏身佛门的师伯、师叔，能够给他透露一些玉鼎真人的切实消息。这个念头打从一开始就在哪吒心中盘踞着，但灵山藏有太多他不愿触碰的记忆，假如不到万不得已的时候，他是不会选择再上灵山的。而且，灵山亦非净土，谁也说不准，那里会不会藏有天庭的耳目。

小孩儿听着风火轮的嗡嗡声，咧开嘴大笑，迎面而来的九天罡风从他嘴中灌入，将他粉嘟嘟的脸颊吹得好像个口袋一般。小孩儿从风中吐出几个模糊的字音："哪吒，哪吒，你说过我拔起火尖枪，就告诉我真名的……"

哪吒咧嘴笑道："我不是告诉过你吗？你父亲姓姬，所以你叫……你叫姬旦！"

"又来糊弄我，哪里有人会叫这种名字的！"小孩儿闻言不满，夹着他脖子可劲儿地摇，转而又问，"那我母亲叫什么啊？"

哪吒哈哈大笑，任长风北贯，不乱衣襟，但心中烦乱，怎与人言。

恒久的沉默在二人中间弥散开来，哪吒忽然觉得，小孩儿长大了。七岁，也理当是一个男人开始了解这个世界真实样貌的年纪。

小孩儿忽然说道："哪吒，我觉得今晚……今晚好像有些不太对劲儿。"

"嗯？"哪吒抬头一望，阴暗的晦月仿佛圆盘，层层融入夜色的云朵之中，就好像有个身姿绰约的女子在月上起舞。月华随舞而生，零星洒落，但脚下苍茫大地，依然到处映着银白色的光芒。

风火轮在苍穹之下一声尖啸，哪吒猛然转过身，这才看见身后的璀璨群星。

亿万颗流动的星星，共同汇聚成一条广阔无垠的星河，横亘于天穹正中。群星在他二人注视之下，仿佛小孩儿灵动的双眼一般，闪烁着明暗交替的光芒。而在璀璨星河的极北之处，有七十三颗大星放射着非同寻常的明亮光芒，群星正中领袖群伦的那颗更是光彩夺目。

哪吒忽然怒吼一声，现出三头六臂，混天绫尚未将小孩儿裹紧，乾坤圈便

156

已长驱直入，冲入北极星群之中。一颗大星随着"砰"的一声巨响，霎时黯淡下去，燃烧着耀眼的银白火光直直坠向地面。

小孩儿拍手叫道："流星！"

剩余的七十二颗星宿也不再伪装，在星河之下拖曳起长长的星辉，冲着哪吒所处方位铺天盖地而来！

小孩儿笑得更欢："哪吒快看，有流星雨！"

脚下的风火轮忽然消失，混天绫裹着小孩儿，两头被哪吒握在手中，驾起长风，骤然落向脚下那处灵气浓郁的山谷外。小孩儿惊骇刺激的尖叫，响彻这处西牛贺洲边界之山。

七十二颗北极流星划破静谧的夜空，紧随在哪吒之后，落在山谷之外，现出七十一名天兵本相。而为首那神将姿容秀伟，银甲之上星光晃动，仿佛将整条星河都披挂在身一般，手中上宝沁金钯流光溢彩，腰间插着一把四方天蓬尺。

火尖枪直指为首神将，哪吒森然道："南斗注生，北斗注死。你是天庭旧神北极四圣的中哪一位？"

"灵珠子贵人多忘事，怎么连天蓬也不认得了？"天蓬微微一笑，身后七十一人顿时会意，依令结成地煞大阵，将哪吒围在谷外。

"似你这等还需依仗兵士的小神，天庭当中数不胜数，我哪里记得过来！"哪吒明知眼前这位天蓬元帅统领天兵数万，乃是天庭中数得着的厉害人物，但如今明显是敌非友，便出言相激。

"即便投胎为人，你也依旧针锋相对，丁点儿便宜也不让与别人。"天蓬闻言却不恼怒，把上宝沁金钯立在地上，手中摩挲着灿金色的天蓬尺，不经意间抬眼望向哪吒，凌厉的眸光直射而出，"只是玉帝命我下界，今日非得将这孽子捉回天上不可，还望你感念往日旧情，莫让天蓬为难。"

"昆仑山上仙神殊途，若你真望我念旧情，就赶紧带上你这乌合之众，速速上天回告玉帝，想要杨戬，除非哪吒死了！"

"哪吒，我的名字原来是叫杨戬吗？"小孩儿喃喃问道。

哪吒撤去混天绫，豹皮囊中那件染血的淡黄袍光华一转，便穿在小孩儿身上。猛然间仿佛故友重现，哪吒见状微微一愣，凭空又拿出三尖两刃刀，交到小孩儿手上，附耳低声道："保护好自己！"

天蓬摇头叹道："你们这些阐教仙人，一个个冥顽不灵，总是自以为深明天道。"他顿了顿，又道，"不过你那师父太乙真人虽无法宝在身，却着实是块难啃的硬骨头，当年落在我北极四圣手里，也是颇费了一番周折，才将他'请'入天庭。"

哪吒厉声问道："我师父还在世？"

"你说的这是什么话？"天蓬哈哈笑道，"仙人寿元无穷，死后不入轮回的，自然要受命封神。太乙救苦天尊身在天庭，号东极青华大帝，地位可是高得很呢。"

如今在九天之上，再起三十六重天的天庭，已经和哪吒记忆中那西昆仑中众神居所大相径庭，但无论如何，今天也绝对不能让天蓬将这拥有杨戬一半儿灵魂的小孩儿带走！

三首眼观全局，六臂稳罩八方，哪吒把枪一横，缓缓说道："你伤我师父金仙之体，今日便叫你也在这儿死一遭，再叫玉帝封你个大神当当，岂不更好？"

天蓬面色一变，把上宝沁金钯握在手中："昆仑既毁，你这小仙还沉迷旧梦不自知，那就莫怪天蓬无礼了！"

天蓬向前迈进一步，瞬间便与早已站好位置的七十一位天兵，共同结成地煞大阵，无尽肃杀之气，在这无名山谷外轰然爆散。

ᕲ 4 ᕲ

"正统的七十二地煞都死于我手，更何况你这群假冒之物！"

乾坤圈横扫六合，须臾之间，阵中便有数位天兵被打得乾坤颠倒。天蓬似乎也无意勉力维持这地煞大阵，又一挥手，煞阵骤然散去，先有七人成行，分出一个北斗七星阵，逼向哪吒身后的七岁杨戬处。

哪吒头也不回便直冲天蓬冲去，毕竟，那是淡黄袍加身、两刃刀在手的杨戬啊。自己护了他七年，这群虾兵蟹将也正好拿来给他试手。

天蓬站在原地岿然不动，上宝沁金钯迎向哪吒，二人杀得天昏地暗。

天蓬尺祭在天蓬头顶，其余天兵在他身后化作三十六天罡，辅以二十八宿，齐声诵道：

天蓬天蓬，九元煞童。五丁都司，高刁北翁。七政八灵，太上浩凶。
长颅巨兽，手把帝钟。素枭三神，严驾夔龙。威剑神王，斩邪灭踪。
紫气乘天，丹霞赫冲。吞魔食鬼，横身饮风。苍舌绿齿，四目老翁。
天丁力士，威南御凶。天骙激戾，威北御锋。三十万兵，卫我九重。
辟尸千里，扫却不祥。敢有小鬼，欲来见状。镬天大斧，斩鬼五形。
炎帝烈血，北斗燃骨。四明破骸，天猷灭类。神刀一下，万鬼自溃。

不过须臾，这《天蓬神咒》便成，引动九天星河之力，满天星河璀璨，分出一道来也是滚滚洪流，投向高悬在无名山谷的天蓬尺上。天蓬怒喝一声，浑身爆响，源源不断的星辰光辉在他身边围绕，法相非常。

星河加持后，天蓬威势赫赫，钉钯重击之下，便连神道独有的秩序源力也增强了不少。

哪吒从未教授过杨戬征战之法，他身有三头，因此时刻能看见杨戬力战七星北斗，此时已经逐渐吃力。

"只要杀了他身后这些聒噪的小兵，想必便能将他这法咒破除。"哪吒妄图速战速决，随即便祭出神火罩中的九条离火神龙，火龙佯装攻向天蓬，却在将近之时骤然摆尾，转往他身后的两座星辰大阵。天蓬尺骤然放光，尺上所刻"天蓬神职"金字，融进星辰之光，化作九只白虎，与群龙争斗。

漫天星辰与红莲业火在山谷之外一次次猛烈地交锋，逸散的罡风将四周山谷一应削平，但哪吒身后那座山谷却始终安然无事。

哪吒猛攻之下，天蓬极为难受。

此番他带了天河精锐七十二人，还未下界时，便被哪吒使乾坤圈打死了一个。但直到和哪吒交手，天蓬才后悔自己托大，早知守着杨戬的是哪吒这尊煞神，就应当将得力之人带足一百零八个，同施天罡地煞之法，借他本源的天河之力，恐怕才能完全压制哪吒。如今大阵缩水不少，天蓬久战不下，唯有借源源星河之力，拼到哪天哪吒法力耗尽，方才能有胜机。但天蓬知道，哪吒脚踩风火轮，如若发现形势不利，抱着杨戬跑了便是，自己如何能追得上？

"杨戬！"天蓬暗骂声蠢，一见哪吒成仙，就想起昆仑大战之中仙神对立，反而把此行目的忘到了脑后。

哪吒修为精进，极难对付，但杨戬死后重生，不过是个七岁小孩儿，没有前世的半点儿神力，倘若弃了身后大阵给哪吒，将杨戬拿住，哪吒投鼠忌器之下，定然不敢出手，只能目送自己带着杨戬回归天宫。

心念一转，天蓬登时亮出天罡三十六变，闪身躲过火尖枪，将背后大阵亮给哪吒。堂堂天蓬元帅出手，何等迅疾！待哪吒发觉不好，杨戬已被天蓬拿在了手里。

"哪吒，还不速速退去，是想看我亲手杀了这孽子吗？"天蓬冷笑道。

进，杨戬无力抵抗天蓬，性命堪忧；退，则只能坐视天蓬将杨戬捉回天庭，留给玉帝处置。

火尖枪低垂在地，哪吒立在原地，只恨自己大意，才陷入这两难之局。心念急转，却无计可施，只能对天蓬厉色道："你若敢伤他一根汗毛，我定叫你死无葬身之地！"

天蓬哈哈大笑，正要出言嘲讽哪吒，却听那山谷之中突然传出一道老迈人声："何人在门外征战，胆敢扰我清修！"

话音未落，便见一把杀气森然的飞剑从谷中飞出，直直朝谷口的天蓬飞去。

天蓬反应迅疾，顿时将杨戬抛向飞剑，飞身退往大阵之中。

"不好！"哪吒大惊失色，将乾坤圈掷向天蓬，风火轮凄声尖啸，一个转身便率先把混天绫甩向杨戬。

飞剑森然而过，结北斗七星阵的天兵哼都没哼一声，便惨死当场，化作缥缈的星辉。

哪吒飞身向前，一拉混天绫，便将杨戬拉入怀中。剑上杀气凛冽，堪堪从哪吒面前飞过，寒锋之上飘飞的星辉，落在了哪吒脸上。杨戬伸出小手，将那星辰抹去，轻轻点在哪吒的脸上，望着指尖月白色的汁液，关切道："哪吒，你受伤了！"

飞剑与哪吒错身而过，朝着天蓬直飞而去。天蓬尺疯狂传输星河源力，天蓬横起上宝沁金耙，将那飞剑架住。

"啊！"天蓬放声怒吼，浑身仿佛要被星河之力撑爆了一般，虚实变幻不定。天蓬尺放射出璀璨的光芒，随即盛极而衰，现出暗淡的本相，摔落回地上。而天蓬身周星辰之力亦全部注入上宝沁金耙上，钉耙在巨力之下贴上银甲，而那利剑的飞旋亦渐渐放缓，天蓬念到剑上二字："斩仙！"

这是玉鼎真人的剑！

这位北极四圣之首猛然爆发出全部实力，向上一推上宝沁金耙，斩仙剑错过他身，而身后两座大阵没了星辰护持，此时飞剑掠过，顿时哀号阵阵。

"玉鼎真人！"天蓬惊惧万分，瞬间身化流星，划破天际，汇入北极星群。

ご 5 か

哪吒先是大惊，随后大喜，想起方才谷中人声，似乎真与玉鼎真人有几分相似。

斩仙剑乃是玉泉山金霞洞玉鼎真人之物，如今仙剑现世，岂不预示着失踪的玉鼎真人就有可能藏身在这座神秘的山谷之中？念及至此，哪吒将杨戬放下，对谷内喊道："弟子哪吒，带杨戬转世前来寻找玉鼎师叔下落，师叔若在谷中，万望相见！"

声入谷中，却仿佛泥牛入海，没有半点儿回音。

天蓬星遁归天，斩仙剑杀尽天兵，悬浮在半空之中。只闻一声剑吟，剑上星辉洒落一地，而后便缓缓从哪吒面前经过。哪吒看清宝剑模样，更是大喜过望。

这时杨戬指着斩仙剑说道："它是在给我们带路吗？"

哪吒点了点头，踏入山谷地界。七岁的杨戬拖着比自己还高的三尖两刃刀，跟在哪吒身后，叫道："有人吗？"

繁星尽敛，暗月无光，山谷中寂静万分，便连鸟鸣也听不见一声。二人跟在斩仙剑后，沿谷口小径走了约莫一刻，眼前方才豁然开朗，现出谷内洞天。透过森森篁丛，可见几座茅草屋中，此时还亮着一盏油灯。

哪吒带着杨戬，穿竹林过小溪，停步在那茅屋之外，草屋门闭窗未合，窗前灯火闪烁，却并未有人影。斩仙剑剑上光芒不再，直直插在地上。

哪吒低下头，拱手道："弟子哪吒……"

茅屋之门却在此时"吱呀"一声从屋中被人推开，出来那人满头须发皆白，形容枯槁，身穿布衣麻鞋，每往前走一步，浑身都似要散架了一般，只是仙人风骨终究留存，这不是玉鼎真人，又是谁？

"哪吒见过师叔！"哪吒一躬身，把小杨戬按在地上，道，"依西王母之约，送杨戬至师叔处。"

玉鼎真人轻咳一声，苦笑道："送他来我这废人身边，又有何用呢？"

历尽艰辛方才找到这里，倘若玉鼎不肯收杨戬，那七年辛苦岂不白费？哪吒连忙道："西王母只说，希望她与穆天子的儿子能够在这混乱世道中好好地活下去。我想师叔也定然不想看着自己的弟子，再受一世轮回之苦吧？"

玉鼎真人闻言，弯下腰连连咳嗽，几乎要咳出血来。杨戬见他咳得难受，突然起身，在玉鼎背后轻捶，过了片刻，玉鼎方才摆摆手，示意杨戬停下。

"杨戬天资本就卓绝，如今又融汇西王母之血脉，若再练玄功，定然会比前世强上十倍百倍。可是，那又如何呢？"玉鼎面如死灰。

哪吒从未见过玉帝，但如今见着玉鼎浑身死寂，竟无一点儿复仇之意，这才切身体会到，那个躲在背后策划了一切的人，或许是一个要比圣人更加恐怖的存在。

哪吒道："起码，可以让他多一点儿活下去的希望吧。"

"希望……"玉鼎真人怔怔看着一身淡黄袍的杨戬，终于点了点头，说道，"既然如此，你且去吧。"

哪吒躬身一拜，直起身，却见杨戬瞪圆了一对大眼睛直直地望着他："哪吒，你要走了吗？"

哪吒摸摸他的头，微笑道："好好跟着师父学本事。"说罢，便转身出了山谷。

身后杨戬压抑不住，终究还是在哪吒踏出谷口时哭出了声来。

清晨初起的朝阳，打在哪吒身上，回身远望，已不见山谷模样。

⋘ 6 ⋙

还是七年前那片荒原，空旷、寂寥。

哪吒在无尽荒原之中游荡了七日，到第七日夜晚，天放金光，金光落处现出一队人马，而领头的那位却是手托玲珑宝塔的李靖。

李靖刚刚开口欲言，哪吒便先问道："西王母在哪里？"

当初封神之时，二人虽同在周营，可但凡李靖在的场合，哪吒却几乎从不出现，即便遇上，也从不与李靖说上一句话。如今再度相逢，却还是这般模样。

这孩子终究不肯原谅我啊！李靖把要说之话咽回肚中，摇头答道："在天上。"

随即，便见风火轮嗡嗡疾转，载着哪吒穿破云层，不见了踪影。

李靖一屁股坐回昆仑的荒原里，回忆起前尘往事。想到封神战后，殷氏已经投胎成了凡人，从此仙凡两隔，不由得黯然神伤。直到天明之时，方才落寞起身。

⟋ 7 ⟍

叫惯了天庭，没想到玉帝还真将西昆仑上的小天庭，搬到了天上来。破碎的昆仑山，在九天之上被重塑为三十六重天。

哪吒从南瞻部洲上天，因此上天后到的是南天门。原来西昆仑那座天门早在昆仑大战之中损毁，现如今立在眼前的这座，恢宏壮丽，气势非凡。一门横亘于天地之间，就使仙凡两隔。南天门外立着八位金甲神将，见哪吒飞来，横起画戟拦住，打头的看着眼熟，道："来者停步，报上名来。"

哪吒凝眉思索。

九天之上，虽有三十六重之多，却被一整套极为高明的无形禁制笼罩着，无论从何处上天，都肯定会到这座天门之外。也就是说，没办法像原来设想的那样，偷偷进入天宫之中，寻到西王母仙居。

而守门神将中却有一人失声叫道："此人乃是哪吒！"

其余七人闻声大惊，甲胄连动，便将哪吒团团围在正中，一旦他稍有妄动，便难免一场刀兵之乱。

"哦？原来都是老相识啊！"哪吒一扬眉毛，忽然笑道。

原来守门这八位是庞、刘、苟、毕、邓、辛、张、陶，前四位曾跟随殿下殷洪，后四位曾跟随太师闻仲。说起来，倒有几位还是哪吒亲手送上封神榜的。

那八位神将与哪吒仇人见面，自然分外眼红，庞弘喝道："南天门重地，岂容来历不明之人逗留，倘若拿不出天庭谕旨，便先将汝拿入天牢之中，好生问询。"

自己并无所谓谕旨征召，而这八人咄咄逼人，都无须一言不合，就要动手拿人。哪吒心头火起，冷笑道："没想到连守门的喽啰也这般嚣张，不如你们试试要如何将我拿下。"

"你！"八人成神虽已数百年，但当时哪吒叱咤风云的余威尚在，一时间虽气得怒发冲冠，却没一个胆敢率先动手。

正在僵持之际，忽然传来几声鹤唳，随即便见一童子驾鹤从南天门内飞出。

金霞童子落在南天门外，展开一道绣金卷轴，冷声道："奉东极青华大帝令，着哪吒入天宫。"

那八人登时气结，悻悻收了兵器，低头拱手，站回天门两侧。金霞童子这才领着哪吒从南天门入，正式进了天宫。

"师兄不在下界等候，为何贸然上天？"金霞关切道，"封神时你杀孽太重，天宫中有不少人皆是你亲手所杀，如今得了势的知道你来了，恐怕会对你不利。"

"蝼蚁鼠辈，何足挂齿。"哪吒淡淡一笑，"师父人在哪里？"

"此处耳目众多，非是说话的地方，师兄且随我来。"金霞跨上仙鹤，往东而去。

所谓天宫胜景，便是大小昆仑山石上浮于天，下尖上平，立在层层白云之上，建有无数楼阁宫阙。天宫巍峨，以潺潺流水贯穿群山诸天，多为浮云遮蔽。哪吒跟在金霞身后，一直飞在天宫边界，因此看得并不真切。

白云在仙鹤翅下翻卷流转，待浮云散尽，眼前方才现出一座宏伟大殿，巍峨耸立于青华长乐界。大殿上覆琉璃金瓦，漆红天柱镶金嵌玉，朱红墙皮时时倒映金色霞光，殿上悬挂玉帝手书烫金宝匾，上书三个大字：妙严宫。

哪吒在殿前驻足片刻，方才轻声念道。

二人穿过妙严宫，后有大千甘露殿，殿后乃是狮房，房中九头狮子见了生人，昂起九头，齐声怒吼，作势欲扑。

"元圣儿，此乃帝君弟子，不可造次！"金霞连忙出生喝止，九头狮子方才摇头摆尾，趴回原地，紧闭十八目，酣睡起来。

二人走了几刻，走到将近宫殿时，才在一间安静禅房前停步。

金霞轻声道："师尊就在房中。"

哪吒点点头，轻轻推开禅门，入眼一个偌大的"道"字，袭破苍穹。太乙端坐于蒲团之上，缓缓睁开双目，道："你来了。"

哪吒跪在地上，叩首不起。

❧ 8 ❧

师徒一别，沧海已桑田，白云作苍狗。

太乙悠长的叹息，将哪吒心中无数疑问统统击散。他看见太乙鹤发如雪，长须落霜，本如鸡皮的面颊上也平添皱纹无数，道是乾元不老仙，终究，还是老态毕显。

太乙缓缓道："你既已成仙，无论心中曾有多少疑问，都可以在这漫漫长生之中找到所有问题的答案。"

"师父成仙已久，可曾了无疑惑？"

"心连天道时，尚且疑惑无穷，到如今……"太乙微闭双目，轻轻摇头。

哪吒静默不言，他看着眼前的太乙，忽然觉得，数百年来二人迥异的经历，横亘在了他们师徒之间。他无法理解，太乙为何要入这天庭之中做什么东极青华大帝。明明是玉帝伙同曾经的西方二圣，断绝天道与仙人之系，将他熟悉的阐教师门彻底毁灭，便连老君都身入轮回转世为人。

"七日前，玉帝尊老君为道德天尊，将八景宫移入离恨天太清境中，又建兜率宫，为老君炼丹讲道之所。"太乙缓缓陈述道，"天尊居于清微天玉清境中良久，唯有禹余天上清境还闭门未开，虚位以待通天灵宝天尊。"

"七日？"哪吒不禁愕然。

"天上一日，地下一年。"

"我虽未亲眼见证昆仑大战，但即便百年之后，亦能感受其惨烈，为何上

166

至天尊，下至门人，皆将前仇尽放，反入天庭之中？"

"如若不然呢，又当如何？"太乙静静注视着有些激动的哪吒。

又当如何？四个大字轰击在哪吒的脑海中，仿佛钟磬齐奏，轰鸣不已。

"昆仑大战时，玉帝自入紫霄宫，搅乱乾坤，以神道入天道。自此，他即天道，天道即他，莫说如今天下已无一个圣人，即便有，又能奈天道如何？"

哪吒忽然一怔，假如玉帝已经到了连曾经身为圣人的老君、接引，都生不起丝毫反抗之心，那么倘若他真的想要杨戬的命，杨戬又怎么能像西王母所希望的那样，在这混乱的世道里活下去呢？

想到那个和他朝夕相处了七年之久的孩童，哪吒不禁担忧起来。

太乙见他陷入思索当中，便问道："我听说你护着西王母之子，使天蓬元帅大败而归，玉帝命李靖去捉你，怎么你又忽然独自上了天庭？"

哪吒回过神儿来："弟子来此是为寻西王母，依七年前之约，从她手中取一物。"说着，他便将此事告知太乙。

"当年昆仑大战时，我分明亲眼见着玉鼎师弟身死坠天，"太乙一挑双眉，"怎么如今又在西牛贺洲现身了？"

"我当时确实觉得那位师叔与以前有些不同，可他驱使的斩仙剑却是货真价实的。"哪吒闻言大惊失色，站起身就要往东天门下界，"玉鼎师叔倘若真的已经身死，山谷中那人又是谁呢？若非玉鼎，我岂不是将杨戬交到了贼人手中？！"

太乙却将哪吒拉住，劝道："如你所言，你见玉鼎伤重，或许他是得了哪位高人丹药医活了也说不定，我这便去那山谷处寻访一番。至于你，前世灵珠子于昆仑天池化生之时，确有西王母收莲花而做宝莲灯之事，如今看来，你这具莲花化身用的正是那白莲之体，你们曾经一体并蒂，你未绝则她神魂亦定未灭，或许真可用那宝莲灯来将她复活。只是……"

原本听西王母说起宝莲灯之事时，哪吒还只是抱着将信将疑之心。如今听闻太乙之言，方才醒悟，当初自己欲修神道，但泥身被李靖损毁，本该做孤苦游魂，却借着沙门之人暗中送来的白莲之体，而修成了这具莲花化身。正因他与白莲曾为一体，假如拿到宝莲灯，也定然可以依法炮制。

想到真的有希望可以使白莲复活，哪吒不由得心中一团火热，却听太乙忽然转折，便急忙问道："可是什么？"

太乙叹息道："西王母身为玉帝之妹，暗通凡人还生下孩子，本来还在其次。但当时杨戬忤逆玉帝，才导致昆仑大战爆发，玉帝得知西王母暗自将杨戬魂魄融入婴孩儿体内后，极为震怒，已经下令要将西王母压在桃山之下。"

"什么时候的事？"

"敕令方出，七日后压往下界。"

"西王母此时人在何处？"

"散去法力，押在瑶池。"

"我这便去瑶池。"哪吒转身欲走。

太乙又道："你还记恨李靖？"

哪吒立在原地，眼神复杂。

"说起来，李靖也是个可怜之人。当初他在翠屏山毁你神像，实是因为殷氏因你而死。"

"母亲因我而死？"哪吒瞪大双眼，随即将各种缘由想通。太乙忽然伸手，将他推跌出禅房。哪吒一抬头，眼前便现出一番别样景色。

9

环顾四周，粗细不一的桃树约莫有上万之多。这万顷蟠桃园中，满地落英，枝头之上蟠桃欲熟，娇艳欲滴。

哪吒此时身在桃园边界处，踏着花瓣往前走了没几步，就见西昆仑天池峰捧着一汪澄澈湖泊遥遥相望。哪吒见四下无人，唤出风火轮，飞往那重天界。

瑶池仿佛明镜，照亮仙神人心。

眼看瑶池楼阁将近，明镜即将照出人影，但瑶池正中却忽然有一道写有"禁"字的符纸向四周放射金光。金光过体，不疼不痒，可哪吒要想再往前前进一步，却实在比登天还难。

那金光并无半点儿法力波动，但其中规则之力却精纯无比，想必应当是出自玉帝手笔。哪吒对此全无了解，一时间不得其法而入，只得落在边儿上远眺。瑶池近在眼前，他心急如焚，却无可奈何。

远远望去，瑶池重重楼阁之上，隐约有一女子坐在案前轻抚瑶琴，奏起铿锵之曲。哪吒闭目听曲，仿佛有一佳人在瑶池之上执剑而舞，剑势凌厉，气贯瑶池，似乎要直冲灵霄殿一般。

哪吒听得皱眉，一阵匆匆脚步声却忽然响起。他睁开眼，一位身穿绯红仙衣的仙女轻移莲步，蹀步而来，停在他面前三丈之外。而那仙子手中所奉之物正是一盏长明灯火，灯盏状似红莲，栩栩如生。

"这便是王母所说的宝莲灯吗？"其实无须多问，即便隔着金光禁制，见着宝莲灯之后，来自灵魂深处的躁动不息，便已经告诉了他这宝莲灯的来历。而胸中安静了数百年之久的月白莲子，在宝莲灯现世的刹那似乎也微微一颤。

白莲对这宝莲灯有反应！

哪吒惊喜万分，猛地扑到金光之上，伸出手就要够那宝莲灯。那红衣仙女被哪吒突然的举动吓了一跳，连连后退。

"把宝莲灯给我啊！"哪吒浑身燃烧起炽热的红莲之火，手上火光最盛，寸寸进入金光之中，想要拿到那盏沟通了他与白莲三生的莲灯。

圈圈金光原本只是如同海浪，缓缓扑向哪吒驻足的岸边，此时哪吒想要破阻而入，悬浮在瑶池正中的那道金色符纸上，斗大的"禁"字骤然间长绽金光，撑起一圈泛着金光的透明气罩，将哪吒与那红衣仙女手中的宝莲灯隔绝于两侧。

哪吒整具身体都深深陷入气罩包裹之中，炽热的红莲业火一遇到那罩上律动的金光便温度全无。哪吒面露狰狞，秀美的脸颊紧紧贴在禁制之上，一字一句穿过禁制，传入红衣仙女耳中："把宝莲灯给我！"

"没用的，没有任何东西能够穿过玉帝亲手布下的禁制。"红衣仙女微露踌躇，但见哪吒这般坚持，终于站到哪吒身前，将宝莲灯递到他手边。

一簇摇曳的灯火，隔着无形而有质的禁制，在哪吒指尖绽放出温暖的花朵。他努力向前探出手指，感受着火苗一分一毫地接近，那足以将天地焚寂的烈火，带给他的却只有无尽的温暖。

曲近终了，剑舞生风，灯影在风中摇曳。

红衣仙女轻声道："七日之后，玉帝将开瑶池禁制，押解王母于桃山去。王母要你加入天庭，到时混入瑶池之中，取走这盏宝莲灯，你俩的约定到时也就两清了。"

曲尽，剑收，灯影跃动。

红衣仙女眼见灯火跃上哪吒的指尖，一闪即灭，而哪吒如同痴傻了一般，露出呆滞的表情，身上环绕的莲火此时亦尽数熄灭。气罩猛然收缩，恢复浑圆，将毫无动作的哪吒弹往别处天界。

哪吒浑身颤抖。

那灯上火苗并非熄灭，而是顺着他的指尖直直蹿入了他的胸前。月白莲子方才微微一颤之后，就又没了动静，但此时温暖的灯火，将冷寂的莲子包裹其中。

死寂了数百年之久的胸腔中，终于又有了"心跳"。

哪吒躺在地上，眼中含泪，几乎失声。

一片阴影飘浮，笼罩在哪吒头顶。

"玉帝要见你。"李靖手捧玲珑宝塔，逆光投下的巨大暗影将哪吒完全遮蔽。

10

灵霄宝殿于西昆仑天庭原址重建,正在昆仑崩毁后留存的最大一块山石之上。

哪吒跟在李靖身后,想起太乙所说殷夫人之事,心中生起别样情绪。

二人走在云端胜境,过了朝圣楼,便见灵霄宝殿巍峨矗立在天界正中。回廊繁复,白云飘飘,左首处金钟撞动,右首处天鼓奏鸣,浑厚天音传响,哪吒却置若罔闻一般。

一路走来,他一直在心底轻轻呼唤着白莲的名字,莲心沉稳的跳动如同回音一般。七年来的猜想,终于在今日得以印证,不由得使哪吒深深陷入白莲之心重现生机的喜悦之中。

李靖一路无话,忽然停住脚步,低声道:"玉帝如今乃是三界至尊之体,待会儿入了灵霄殿,切勿有失礼之举。"

哪吒这才回过神来,环顾四周,竟已走到了灵霄大殿前。

"七日之后,玉帝将开瑶池禁制,押解王母于桃山去。王母要你加入天庭,到时混入瑶池之中,取走这盏宝莲灯,你俩的约定到时也就两清了。"

哪吒猛然想起方才红衣仙女的话语,西王母出瑶池之后,倘若那道禁制不消,即便哪吒有三头六臂,也无法破开禁制进入瑶池楼阁宫殿。也就是说,七日后押解西王母出宫下界,或许是取得宝莲灯的唯一机会,也是救活白莲的唯一机会。

西岐月色之中,那女子白衣飘飘的模样又映在哪吒心中。

"为何还不入殿?"李靖奇怪地问道。

哪吒点点头,迈步进入灵霄殿中。

华彩流光,千重瑞霭,罩在大殿尽头。以凡人之体开神道之先,借封神榜灭截教、封众神，以神体司天道之职，如今实至名归的三界至尊，隔着珠帘就端坐在九龙案后。

香炉里袅袅香烟仿佛凝滞，缓缓围绕于珠帘玉卷之间。

珠帘中人声响彻龙楼，缓缓问道："这便是李天王之子，那位在封神时大放异彩的哪吒？果真少年英雄，器宇不凡！"

"正是微臣之子。"李靖屈膝跪地，见哪吒还站在原地，回头低声道，"还不拜见玉帝！"

跪吧！即便曾经的圣人也已在此人面前低头，也唯有如此，才能抓住那唯一的机会，挽回当初懦弱所犯下的错，达成一直以来的愿望。

哪吒摇摇头，忽然笑了，自从七岁之后，漫长的生命中，自己跪过的人还少吗？说到底，身处红尘世界中，又怎能真的跳出三界之外，不在五行之中，做个自在之人呢？

卷帘大将掀开珠帘，现出身形，喝道："此子拜见天颜，为何不跪！"

李靖脑后渗出细密的汗珠，将手中宝塔撇在地上，急忙伏地辩解道："哪吒久在下界，不知天庭规矩，是李靖教导无方！"

玉帝朗声笑道："无妨，前世朕亲眼见证灵珠于天池降世，也算是故人重逢，又不是群神朝会之时，不必拘礼。"

李靖连连叩首。

哪吒忽然从李靖身上感觉到一阵温暖，当年跨越崇山追杀李靖的场景，自己还觉得历历在目，然而下一刻，他却因为忧心自己的安危，而在玉帝面前低三下四。

李靖永远无法顶天立地，但放下挚爱的殷氏之后，他无疑还是前七年里那个严厉温暖的父亲。即便，殷氏是因哪吒而死。

"既是天王三子，便封他为三太子，掌伏妖事宜，赐斩妖剑、缚妖索。"玉帝金口一开，随即便见"三太子"三字吸聚香炉烟气，汇成实质，穿破珠帘，印在了哪吒额后灵台方寸之上。

哪吒只觉得一股纯粹的秩序之力，随那三字一道进入灵台之中，脑中一片清明。李靖起身，压着哪吒拜道："多谢玉帝！"

～ 11 ～

缚妖索绕在斩妖剑上，靠立在侧。那剑原是通天教主曾经布阵所用的诛仙四剑中排名首位的诛仙剑；索是当初惧留孙手中的捆仙绳。只是如今神仙一家，这等大凶之器在玉帝手中重铸，凶气丝毫未敛，但剑锋所指却有不同。

"玉帝为何要将此等宝物交与自己？"

哪吒坐在楼台最高处，隔着千重云彩，眺望着天边的瑶池。漫天的金霞飘浮在他的脚下，为人间带去落日最后的余晖。

金霞童子驾着仙鹤来到天王府。太乙下界，却并未在哪吒描述的山谷中发现玉鼎仙踪。哪吒心中一紧，疑心自己所托非人，辜负了西王母之约，那么杨戬又是被何人诓去了呢？前世他和杨戬同生的约定还历历在目，七年来的点点滴滴映在他的心里。

哪吒抓了斩妖剑，怒气冲冲地跃入漫天金霞里。

人间五年的时光转瞬即逝，但要在茫茫人海、无尽的仙山中找一个被藏起来的人，却无异于大海捞针，困难重重。

时间总会磨灭所有的初衷，无论喜、怒、哀、乐，还是爱、恨、情、仇。

当哪吒无奈地回到天上时，天上才过了区区五日，满天神仙都在热议明日之事。哪吒重新坐在楼顶，静静望着瑶池。

一抹祥云托着一个人，忽然穿过禁制，进入了瑶池。哪吒腾地起身，纵起风火轮，飞往瑶池。烦人的禁制并未消失，将瑶池牢牢隔绝于诸天之外。

祥云再度升腾而起时，哪吒才发现云上所托之人，竟然是褪去了华服的玉帝。他看见了玉帝，玉帝显然也看见了他。祥云缓缓停在他的面前，玉帝将宝莲灯置于哪吒面前，哪吒心中猛然一跳，极力压制住想要伸手触碰的心。

"想要这个？"玉帝轻声问道。

"是。"哪吒眼皮一跳，不知玉帝意欲何为，只觉得似乎所有的一切，在那双眼睛里似乎都无所遁形。

"天界之中发生的一切，都逃不过我的眼睛。"玉帝紧紧注视着哪吒，却将宝莲灯一收，忽然长叹一声，"你可知道，我为何要把诛仙剑给你？"

"哪吒不知。"哪吒摇摇头。

"如今三界尽在我手，不过当初接引遁入轮回，借释迦牟尼成佛这道后手，着实叫我猝不及防。如今释迦牟尼称如来佛祖，佛教盛行西方，大有与天庭分庭抗礼之势，实是我心头隐疾。"

"你命燃灯执掌沙门，如今如来执掌西方，将燃灯奉为过去佛，岂不是在向你示好？"哪吒不知玉帝为何会忽然对自己说这些，于是试探着问道。

"如来此举正显示出其深谋远虑，不可小觑。"玉帝轻抚长须，"而这也正是我需要你的地方。"

"需要我？"

"不错。你原为多闻天王三子哪吒俱伐罗，因如来前世立下光大佛门的宏愿，而转世成灵珠子。如来于你多有旧情，因此，我有必要留下你与西方联系。"

"而你若要找燃灯寻仇，如今这把斩妖剑正是必不可少之物。"

哪吒闻言心中一跳。

"这盏莲灯，我也会适时给你，只不过……"玉帝忽然住口不语。

"只不过什么？"哪吒急问道。

"需要你在未来帮我完成三件事，之后，自然依约给你。"玉帝微微一笑，"第一件事情，便是明日之时，由你亲自押解西王母下界，将她压在桃山之下。"

玉帝说完便转身欲走，似乎笃定了，哪吒一定会答应这个要求。

眼见玉帝即将飞远，哪吒忽然问道："你处心积虑埋下无数伏笔，才走到今天的位置，但为何却连自己的妹妹都不能放过呢？"

祥云微微一滞，而后传来玉帝的声音："曾经的我就像如今的你一样，一路走来遇到了太多，皆是无奈。我以为拥有天地间最强大的实力、最高的地位，就能够为所欲为，但是真到了这一步，才发现站得越高，背负的东西也就越多。或许，这也是老君归来之后，坦然放手把一切都交给我的原因吧。"

"时间总会磨灭所有的初衷，无论喜怒哀乐，还是爱恨情仇。"

祥云缓缓流走，如同过去的时光、犯过的错事，永不回头。好在，总有办法能够补救。

◞ 12 ◟

光明宫中，昴日星官悠长嘹亮的啼鸣唤醒金乌拂晓。

哪吒坐在天王府顶楼，一夜未眠，眼看着漫天白云仿佛浪涌，遮蔽住天河之中亿万颗星辰闪烁的光芒。他拿起玉帝手谕，叫起守在楼下的巨灵神，一道飞往瑶池。

天蓬领着一百零八位天河星兵，等候在瑶池禁制之外，见哪吒来了，别扭地转过头。二人谁也没先开口，一同迈步进入禁制之中。

七位容貌绝美的仙女，身着赤、橙、黄、绿、青、蓝、紫七色衣裳，齐齐伫立在瑶宫门前。红衣仙女滴下两行清泪，张开双臂，坚定地道："如果你们执意要带走王母，就从我们身上踏过去！"

天蓬轻叹一声，无奈摊手："七位仙子这是何苦，我等也是……"

"红儿，莫要胡闹！"

七位仙子泪如泉涌，围向出现在身后的西王母。

哪吒看到，今日的西王母身着衣物，依旧是在昆仑荒原相见时的那身。想必那衣物当时也必是雍容华贵的，但正如世间凡俗历经数十载便归于泥土一般，这身衣物陪伴西王母度过了漫长的时光，早已褪去曾经的鲜艳色彩，显得有些破旧。

　　她推开七仙女，腰间所挂的白圭、玄璧轻轻撞击，发出一声清脆的鸣响。瑶池胜景流动的浮云将西王母托起，天蓬摆摆手，挥退了身后手持仙索的天兵，驾起云团，便带队飞出南天门去。身后七仙女的泪滴，滴入瑶池澄澈的池水，击起层层微弱的涟漪。

　　在群山万壑之中，桃山不过是再平凡不过的一座小丘，山上稀疏地长着一些低矮灌木，几丛素雅野花点缀在山间，才使这山丘看着不至于太过寂寥。

　　天蓬抬头看了看天时，对巨灵神道："时辰已到，劳烦力士开山。"

　　巨灵神站在山前，默念法咒，双手插入山底，浑身青筋如同盘曲蜿蜒的虬龙一般暴起，怒哼一声："起！"

　　顷刻，数百丈方圆的桃山便被那双手托着抬升到半空之中。山石泥土簌簌跌落，过了半刻方才停止。

　　天蓬转而躬身对西王母道："请王母入山。"

　　西王母面色冷峻，一言不发，亦不犹豫，便腾身而起，落在了桃山之下。

　　哪吒有些疑惑，不知玉帝为何非要煞费苦心地将王母带往下界，压在这里。

　　桃山托在巨灵神手中缓缓下沉，而就在山丘将与大地重合之时，一声生涩的叫喊穿破天空，传至众人耳中："母亲！"

　　巨灵神手一抖，桃山发出轰隆巨响，重重落在了西王母身上。

◖ 13 ◗

　　九霄云阙，灵霄宝殿。

　　千里眼目蕴神光，在面前巨大的云团上映现出下界状况。玉帝如玉面上深沉似水，静静望着云团之上，身穿淡黄袍、提着两刃刀的少年发足狂奔的身影。

　　"夸娥？"玉帝忽然叫道。

大力神夸娥氏，连忙伏倒在灵霄殿中。

"昨日你说有下界山神上报，北山有一愚公，要集世代子孙之力，将太行、王屋二山移走，可有此事？"

"确有此事，那愚公不自量力痴心……"大力神声如洪钟，但"钟"敲到一半儿，却被玉帝生生止住："我倒觉得此人有趣得紧。这少年脚力不错，便借他之力，将那两座大山搬走吧。"

大力神怔了片刻，见玉帝面露不悦，慌忙应了，转身出了灵霄殿。

两座大山凭空出现，担在少年两肩，匆匆而去的步伐登时一滞，少年身子一歪，眼看就要摔倒。

山下农庄里，老态龙钟的愚公、智叟几乎目瞪口呆，眼睁睁地看着那少年将身子挺得笔直，肩担太行、王屋，踏着坚定的步伐，逐渐消失在天际。

☙ 14 ❧

天边红日渐渐高升，天蓬有些不耐烦了，催促哪吒："还不速速贴下谕旨，还在等什么？"

哪吒手握天帝谕旨，向那声音传来的方向望了一眼，天上无云，地上无声，期望出现的人影并未现身。

就在这时，大地忽然开始震颤，随即从天边传来两声轰然巨响，浩荡烟尘铺天而来。滚滚黄尘之中，现出一个身着黄袍的少年身影，三尖两刃刀携着一往无前的气势从天而降。

巨灵神被刀上的气势吓得仓皇倒退数里，眼睁睁地看着刚刚落在地上的笔直山丘，在一刀之下，从正中开裂，轰然断为两半。

一刀之力，斧劈桃山！

"母亲！"杨戬站在桃山之巅，跃入不断开裂的缝隙之中。

天蓬目眦欲裂，亮出上宝沁金耙，就要闪身进入山腹，然而一个身着玄衣的男人，却在众神无所察觉的时候，静静站在了桃山之巅。

那人站在山巅，就如同山石草木一般，全无半点儿生气。直到他生生撕裂胸口，从中取出一道金色的符纸，生灵的气息才回到他的身上。他的胸前随即化作血红一片，而沾染着他鲜血的金色符纸飘飘而来，正落在哪吒脚下。

"清源妙道真君。"哪吒缓缓念着符上字迹。

"玉帝要杀的人是我，你们何必为难王母！"那男人站在桃山之巅，分明只是个普普通通的凡人，却横生出一股睥睨天地的气势。

"姬满！"西王母从桃山开裂之处飞身而出，全然一副小儿女姿态，从来坚毅的双眼中此时泪花已如天河雨瀑，难以抑制。

"好久不见。"姬满抱住怀中女子，轻轻撩开她秀美的长发，谨防这绝世佳人沾到自己胸前的半点儿血污。他温柔地笑着，随即又躬身对杨戬一拜："多谢真君赐符，姬满感念大恩，无以为报。"

十四岁的杨戬站在二人身后，呆呆伫立。

轮回是重生之因，父母之情则是轮回之果，他从未想过，会是在这种场景之下，与他轮回之后的父母相聚。

"你躲藏数百年之久，终于肯现身了！"天蓬劈手从哪吒手中夺过玉帝谕旨，上宝沁金耙横握在手，纵身飞至半空，将谕旨摊开在三人面前，"玉帝旨意在此，只要姬满自裁于此，即可饶恕其余人。"

一百零八名天兵神将将桃山团团围住，只有哪吒还静静站在原地。

"不必劳烦诸神动手，姬满本是凡人，早是该死之人，只是贪恋世间种种，才多活了百年。"他望着西王母瑶池一般澄澈的眼睛，"如今，是时候与你分别了。"

"你，你要做什么？"西王母绝望地看着眼前的男人。

产自西昆仑的不死药，带着从脏腑咳出的鲜血，顺着桃山倾斜的山体滚落而下。而姬满饱含沧桑的英俊面颊，就在西王母一对泪目的绝望注视之下，迅速地衰老、松弛，满头乌黑长发几乎在这一瞬间里变得苍白胜雪。

"不！不！"西王母几乎失心一般痛哭，看着姬满在她眼前变作了一个佝偻着身形的老人。

"很抱歉，让你看到我这副丑样……"

那曾与她瑶池相会的青年带着未曾说完的话，化作这世间最平凡不过的尘土，随风飞扬在荒芜的山间。

西王母浑身颤抖着伸出手，想要抓住些什么，最终什么也没能抓在手里。

"恭请王母回天！"天蓬躬身一拜。

西王母法力几乎全被封禁，满眼怨毒地远望天蓬。

～ 15 ～

"我要杀了你们！"杨戬愤怒的咆哮声从桃山峰顶直上九霄。

天蓬施展法力囚禁住王母，闪身回到神将之间，对哪吒道："玉帝旨意，命你拦住杨戬！"

三尖两刃刀带着一往无前的仇恨，跃下桃山，被一杆沾满血迹的殷红长枪拦在了天蓬身前。天蓬在神将护卫之下，带着西王母黯然升天。

仇恨遮蔽了杨戬清澈的眼，他望着哪吒痛苦道："连你也要拦我吗？"

"姬旦……"哪吒心乱如麻，他不知究竟该说什么、做什么。玉帝命他来此，或许就是料到了会有这种情况，恐怕此刻玉帝就在九霄之上冷眼旁观着他的抉择。

这是事关宝莲灯的第一个任务，哪吒没有退路。

杨戬的刀从火尖枪枪尖上抽回，又再度刺了过来。哪吒紧握长枪，火尖枪悲鸣一声，再度挡住了他一手带大的杨戬的搏命一击。

是日，桃山漫山落英缤纷乱舞，夭灼如血。

16

天蓬站在灵霄宝殿里，屈膝跪在玉帝面前："姬满已死。"

"王母如何？"

天蓬想起西王母在桃山上怨毒的眼神，浑身一颤，轻声道："未发一语，回了瑶池。"

千里眼面前的云团之中，三尖两刃刀攻势泼天，逼得混天绫、乾坤圈只有招架之功，二人一路打上南天门。杨戬抽身踢翻守门的八位神将，高声喝道："玉帝，出来受死！"

"又是杨戬！"玉帝面露怒色，从案上拿起照妖鉴，低喝一声"令"，声出字浮，印在鉴上。随即，他又对身边卷帘大将说道："将此宝鉴置入杨戬额中，打入下界，若无宣召，再敢私入天宫，格杀勿论！再令哪吒前往灵山，同如来要四大天王来为朕守门，顶了这几个无用的废物！"

卷帘大将拿着照妖鉴，快步出了灵霄殿。

打到南天门之后，哪吒就停了手，该做的事情，他已经全都做了。杨戬被众多神将团团围在通明殿中，手起刀落，杀得神采飞扬。但卷帘大将手中握着带有玉帝旨意的照妖鉴，加入了战团之后，在浑厚的天道秩序之力照射之下，杨戬僵直在通明殿中，任由卷帘将宝鉴置于他的额前。

十四岁的少年浑身颤抖，双目紧闭，显然已经昏死过去。而在他额头上皮开肉绽之处，突然翻转出一只竖眼，死死地盯住哪吒。

～ 17 ～

每个雨夜来临之际，都有人会失去一些东西。

对樵夫而言，大雨意味着他不能入山，也就无法砍下柴火卖得几文刀币，供养孤苦老母。大雨刚过了三天，樵夫就背起荆条，扛起斧头，进了山里。

山脚下尽是些低矮之木，只有最没远见的山人才会贪图便利，连这些细嫩的新树也要砍伐一空。樵夫眼看天色还早，索性往深山之处行去，想要砍伐些好木料，到集市上卖了高价，也好弥补连日阴雨带来的损失。

樵夫脚步匆匆，不知不觉间，竟到了一处从未来过的山谷。正犹豫是否要回头之时，忽然听到山谷里依稀有人在对话。樵夫极目远眺，才看见远处群山之间有几座茅屋，想必说话之人离自己并不遥远。樵夫出门时未带水袋，此时见着人家，才觉得口干舌燥，因此抛下荆条利斧，想去要碗水喝。

走到百丈远时，有习习凉风吹至，将那二人对话传入樵夫耳中。

"没想到堂堂圣人准提为了赢下赌局，居然会使出这种盘外招。若不是你泄露了王母危急，杨戬又怎会在尚未学成之时偷偷出山去！"

"哈哈，分明是杨戬道心不稳，你通天看徒又不紧，即便打赌输了又岂能怪我？"

樵夫听得疑惑，犹豫中又近了几十丈，方才看清那茅屋前，原是一个身着红色八卦道袍的道人正在与另一位身着宽袍鹤氅者于屋前对弈。

"深山之中怎会有人悠然对弈？莫不是山里神仙？"樵夫心中惊喜，再往前去，又听见二人言语。

叫通天的道："当时你我打赌，赌所授门徒哪个能与玉帝找些大麻烦。杨戬乃是玉鼎遗徒，本来天分便已极高，又得了西王母血脉，我化作玉鼎模样收他为徒，你为何不与我争夺？"

准提则道："机缘天定，如何能夺？"

通天骂道："天道都被玉帝断了，还说什么狗屁天定？必是你有了好人选，方才不与我争夺吧！"

准提高深道："不可说，不可说。"

通天思索一番，道："我看送杨戬来的那个哪吒就不错。"

准提笑道："哪吒身世复杂，执念过重，并非良徒人选。"

通天冷哼道："若非如此，你倒再说个好人选来听听。"

准提道："你未曾参与昆仑大战，自然不知山崩之时，有一上古灵石远飞而出，落在东胜神洲。那灵石吸取天地精华，已然化作一个石猴，自由行在花果山间。"

"竟有此等奇事？"通天奇道，"不过东胜神洲距此万里之遥，倘若你出谷去寻，便是坏了赌约，即便他把那天捅破个窟窿，也算不得你赢。"

准提笑道："自有机缘将他送来，你且留心这黑白之局，倘若一着不慎，恐怕要满盘皆输啊。"

樵夫走到近前，细细打量这四周景致，只见茅屋左侧不远，立着一座坟墓，上书"玉鼎真人之墓"，而那二人就在墓边对弈。樵夫大着胆子走到跟前，对二人道："二位仙家可否赐小人一碗水……"

"观棋不语，怎生聒噪！"那红袍道人棋路不顺，从案上拿起一物抛给樵夫。

樵夫接在手里，原来是一颗赤红大枣，吞入口中，顿时满腹生津，不饥不渴，头脑清明。他虽不明弈理，却也觉得这二人落子拼杀仿佛有刀光剑影，精彩至极，不由得看入了迷。

那二人来来往往对上了百目，也未分胜负，樵夫方才想起自己清晨入山，此时还连一根柴火还未打下，登时心急。见二人沉迷局中，便悄然退去。到置斧之地时，却见那斧头上满是锈迹，而斧柯竟已烂入泥土中。

或许是准提赢了棋局，放声而歌，唱的竟是他手边之事："观棋柯烂，伐木丁丁，云边谷口徐行。卖薪沽酒，狂笑自陶情。苍径秋高，对月枕松根，一觉天明。认旧林，登崖过岭，持斧断枯藤。收来成一担，行歌市上，易米三升。更无些子争竞，时价平平。不会机谋巧算，没荣辱，恬淡延生。相逢处，非仙即道，静坐讲黄庭。"

　　樵夫听了，只觉得朗朗上口，便按照准提之调，一路唱着这歌下了山。

　　行到树林渐密处，忽然跳出一个穿衣戴帽的猴子来，人模人样地冲他一拜，口中叫道："老神仙，弟子稽首！"

　　樵夫感慨今日奇遇，忙道："我哪里是什么神仙，这本是从那山里神仙处听来的，你若要寻他，沿着这条路走去，自然能到。"

　　那猴子听了满心欢喜，当即辞谢樵夫，蹦蹦跳跳进了山里。

　　樵夫眼见将及日暮，不由得忧心回去后该如何见得老母。终于夜半抵家，但见昨日荒村竟成镇集，遂于街巷中暂眠一夜。翌日寻访，却找不到一个昨日相识，才知山中对弈方半局，世上已过二百载，去时春秋鼎盛，来时战国纷争。

第七章　天生石猴

❦ 1 ❧

这是玉帝对如来的试探。

哪吒捧着沉甸甸的旨意，从西天门外来到西天灵山。说起来，这应当是哪吒第三次来到灵山地界了，第一次为请接引、准提二圣相助诛仙阵而来，第二次在西天大闹一番，虽败于燃灯之手，却也见证了释迦牟尼取燃灯而代之，一举开创佛教之事。

哪吒等在凌云仙渡，未几，便见木吒撑着无底船来渡口引渡。见是哪吒，木吒笑道："你此来，莫不是又来寻燃灯佛祖的晦气？"

哪吒十分惊奇木吒怎会在此，二人在舟上谈起过往之事。哪吒这才知道，当初昆仑之战后，十二金仙里独有四人未入轮回、未入天宫，反往灵山寻求庇护。当时灵山混乱，接引堕入轮回之前，指引那四位化作凡人前去迎接佛祖降世，如今释迦牟尼修成如来佛祖，那四人则分别成了弥勒未来佛、南无文殊菩萨、南无普贤菩萨、南无观世音菩萨。木吒则是在之后找到他的师父普贤，一同加入佛教，改号惠岸行者。

哪吒有些疑惑地问道："如来佛祖轮回一世，刚刚成佛时，燃灯道人便命孔雀前去吞食他。如今佛祖得势，佛门大兴，即便不将他处死，也不该反其道而行之，反将燃灯尊为过去佛祖吧？以德报怨，又将何以报德呢？"

木吒则是无奈地望了哪吒手中谕旨一眼，苦涩地笑道："这恐怕是与命你来此的那人有关吧。"

哪吒闻言苦笑一声。三界至尊的威势由此可见一斑，或许今日灵山之行，还真有可能会如"他"所愿。玉帝明着是在怪罪把守天门的八大神将，又何尝不是在提醒他，佯装激战，实际放任杨戬闹上天庭的行为呢？

此时停船靠岸，别了木吒，哪吒一抬头就看见，阵风拂过，吹得八德池中无数朵莲花映日盛开，而雷音宝刹接着须弥座，正在风荷清香徐徐归处。

与木吒一道来到灵山的，另有金吒、韦护二人，如今三人皆是佛门护法诸天。此时领着四位金刚在雷音寺外等候迎接哪吒的，便是依旧手持降魔杵的韦护。

数百年后，再见封神时曾并肩作战的韦护，哪吒快步上前，笑道："一别百年，韦护兄如今竟成了佛门韦陀尊天菩萨！"

但韦陀天[1]却不冷不热地道："佛祖已知天使奉玉皇大帝之命而来，且随韦陀一道，前往大雄宝殿。"说罢，便转身进入雷音寺中。

韦驮天冷淡的态度叫哪吒始料未及，他敛去笑容，跟在韦驮天身后，忽然想起初来西天之时那位活泼好问的金蝉子。想必，他也是在昆仑山崩之时入了轮回吧。

人间天上诸多变化，致使故人不得相见，得见也再非故人。

大雄宝殿之中，与天庭的朝会别无二致。

如来佛祖双手结禅定印，在九品莲台之上结跏趺坐，文殊、普贤两位菩萨侍立左右。

---

[1] 韦驮，又称韦驮天。

哪吒环顾周围，除却佛、菩萨、四大天王、五百罗汉、三千揭谛，宝相庄严，分列两旁。又有乐神紧那罗、乾闼婆飞天奏曲，曼妙非常。而在座诸位，并无燃灯踪影。

韦驮天双手合十，向佛祖恭敬道："阿弥陀佛，启禀佛祖，天使来到。"

如来佛祖睁开双目，威仪庄重，照耀色、欲、无色三界，脱困执迷众生。观世音菩萨随类应化三十二法身，此时现为女相。假如不是事先知道他即是慈航道人，恐怕即便原处同门的哪吒也无法认出。

观音接过玉帝谕旨，捧至如来座前。

哪吒来时瞧过，知道其上恳切言辞的背后，是要将身为佛门诸天护法之首的四大天王，索往天庭看守四座天门。褒贬升降，明眼人一观便知。更何况如来佛祖何等人物，怎会不知这是玉帝对佛门的有意试探？

哪吒忽然有些好奇，如今佛门三坛海会，群贤云集，如来佛祖究竟会如何应对呢？他安然站在大雄宝殿正中，打量着对面的如来。

佛祖目光如炬，分明只一扫便知其上旨意，却低头详审良久，才面露笑容，向佛、菩萨、诸天宣道："天庭移立方百余年，天下纷乱，故此玉帝来旨，擢持国、增长、广目、多闻四位天王，往天庭四门，各持东胜神洲、南瞻部洲、西牛贺洲、北俱芦洲，以护一方安宁。此乃功德无量之事，四位天王可有异议？"

哪吒没想到原本颇有诋辱之意的征召，从如来口中说出来竟会变成这番模样，不由得一愣，心中暗道："果然无论佛、道，身居上位者口中黑白，皆不可信。"

此言一出，佛门众弟子现出千相，或坐或立或语或默或悲或欣然，却无一个提出异议。

四大天王没想到玉帝专程把哪吒差来灵山，竟是为了要他四人把守天门。四人眉头紧锁，对视一眼之后，持国天王才道："弟子只恐去了天庭，无法常伴我佛座下，听禅讲法。"

"心怀佛法，何处不可修行？"如来佛祖笑声浑厚，转而对哪吒说道："四位天王并无异议，且有劳天使向玉帝答复，不日即可召四位天王升天。"

哪吒忽然觉得有些失望。

如今唯有这西天胜境能与天庭并列，但面对玉帝的试探，没想到法力或许还在曾经五位圣人之上的如来佛祖，竟然也这般轻易便服了软儿。曾经带领数十阐教弟子，就敢于奔赴万仙阵中，力撼截教万仙的元始天尊，当初是何等伟岸！但在昆仑之战后，便隐居玉清境弥罗宫中，再不现身；转世重生，再修圣体的太上老君，上了天庭后与玉帝一番深谈，也不知说了什么，便撒手将三界主导教于玉帝手上。

玉皇大帝究竟到了什么境界？难道他在斩断天道之后，真的是将天道融入己身，化作新的天道了吗？

然而即便这样无人胆敢违逆的玉帝，在面对西王母之事时，也只能一声长叹，无可奈何。身化秩序之后，最大的无奈，恐怕就是即便违背秩序的是自己的亲妹妹，也无法法外开恩，做出丝毫的妥协。

天地不仁，天道不仁。当曾经笼罩住整片天地，操纵所有人的命运，无形无质的天道天命，具象为亘古以来唯一一个曾经向它挥动利刃的人，并借此人之手，以全新的方式再度掌握天、地、人、神、仙、佛、妖、魔时，在此人掌握之中的众多提线木偶，又该何去何从呢？

哪吒领了如来法旨，心中想着这些，转往天庭复命。

⌒ 2 ⌒

玉帝口中的三件事情，转眼便已完成其二。

等待的时间原本应当是极为漫长、无比难熬的，但好在哪吒有重新恢复的心跳相伴。那种感觉，就像是在下界时抱着婴儿时的杨戬一样，每天都能感受到白莲新生的逐渐成长。只是终究少了宝莲灯的催化，困在茧中的莲花始终无法真正绽放，像曾经在八德池中，或是在他胸口的火焰里那样，叫他一声：

"红莲。"

起初的几天，他每天都会在人间的春季来临时，去往灌江口一趟。而他看到的场景也大多相似，皆是杨戬抱着哮天犬坐在江边，他仰头望天，犬昂首啸天。

杨戬长得很快，到第四天时，便已同哪吒记忆里的那个人完全吻合了。只是相比从前，如今的杨戬多了一只眼，一只从不会流露出任何情绪的天眼。而另外两眼中满含的也是以前从来没有的阴郁，就好像总有一层层厚重的阴霾笼罩在他的身上。

天眼对此视而不见，因此杨戬不曾挣脱。

哪吒站在层云之上，有时会被哮天犬看见，不过任由它如何号叫，杨戬也从来不会往它号叫处看上一眼。最多不过是在狗头上拍一巴掌，然后抱着它回到庙宇之中。

自从玉帝赐剑以来，斩妖剑就一直立在哪吒卧房的角落里，好在九天之上并无尘土，因此剑身始终光洁，绽放寒光。在这把大凶之剑的前世今生里，有且仅有一位剑下亡魂，但很不巧，它杀死的是曾和自己一起冲破天命杀劫的兄弟。

哪吒在天上不过短短两百日，杨戬在地上却是漫漫的两百年。

三界数百年来的清平，终于在两百日后，被一根由东海伸出的棍子给捅了个窟窿。

ⓒ 3 ⓒ

灵霄宝殿，众神纷列。

哪吒本不想来，但又好奇是何人这般大胆，这一犹豫，到得便迟了。进殿时，正逢着千里眼、顺风耳候在殿外，等候玉皇大帝宣召。

哪吒远远望着坐在大殿正中的那人。

玉帝脸上的表情，在哪吒上天后的两百天里越来越少。不知道是像曾经的圣人一样，喜怒不形于色，还是说融合了天道之后，他的心里就再也没有了开心或是愤怒。所有行为最终的宗旨，都是依照天道秩序维持三界的稳定。当然，是完全掌握在他手里之后，那种不容置疑的稳定。

方才朝会之前，太皇黄曾天浮岛被一根巨棍从底下顶着，撞在了悬浮其上的太明玉完天。两重天如同糖葫芦一样，被扎成一串。第一重天上的楼阁宫阙，在撞上第二重天的短短一瞬间便已坍塌半数。构成天基的昆仑碎玉，顺着中央巨大的窟窿轰然砸向下界。若非太乙天尊及时出手，阻止了太皇黄曾天的坠落，恐怕东海龙族的水晶宫此刻已经荡然无存了。

虽说此事差点儿酿成了一场贯穿天、地、水三元的大灾祸，但不知为何，哪吒心里却生出强烈的愿望，想见见这个捅破天的冒失鬼。

千里眼、顺风耳踉踉跄跄进了灵霄宝殿。

"方才太皇黄曾天巨震，是何人所为？"玉帝的声音里几乎听不到一丝情绪的波动，只有无穷无尽的规则之力，隐隐在他身后急速运转。

二人"扑通"跪倒在地，千里眼慌忙答道："启禀陛下，方才东胜神洲花果山中群妖聚会，有个一身宝甲的猴子炫耀法宝，将一根棍子伸到天上来了！"

"哦？"玉帝闻言，微微动容，问道，"那猴子是何来历？居然如此大胆！"

顺风耳小心翼翼地提醒道："就是……就是约莫三百年前，东胜神洲花果山上那只天生石猴。那石猴现世之时，灵光冲撞斗牛，因此，殿下叫小神查探过的。"

玉帝一听此话，眉头紧锁，不再言语。

当时哪吒还在山中，因此不知这般典故，便向站于身边的太白金星问道："这二人语焉不详，听得郁闷，金星可知那石猴是何来历？"

太白金星面色和善，见哪吒问他，便抚须一笑："那颗灵石或在天地初开之时，便已深藏于昆仑山紫霄宫下，不知吸取了多少天精地华，竟在石内生出了一方灵胎。彼时玉帝方自紫霄宫天道处潜修而出，正逢东西四位圣人在昆仑大战，打得天崩地裂，以至于灵石迸射而出，落在了东胜神洲花果山之上。那灵胎破壳而出，化作石猴时气冲斗牛，当时天庭刚刚移立，玉帝便垂恩降旨，叫众神无须管他，谁知那石猴从哪儿学了法术后，今日竟闯下这祸来，着实顽劣。"

灵石成精虽然罕见，却也并非没有先例，譬如哪吒曾经招惹过的石矶就是石头化生。

但昆仑山在地上时乃是道门祖地，在天上则是天庭根基，紫霄宫更是无形天道，化作有形秩序的逸散之地。当初玉帝正是从那宫中捧出的封神榜，交到了元始天尊手中。如此重地所出的灵石，孕育的灵胎定非石矶那般凡物。

哪吒见太白金星一脸不以为意，只当是一个顽童不知天高地厚，也不禁微微一笑，静观玉帝如何处置。

玉帝沉思之时，殿外金瓜神将又报道："启禀陛下，通明殿外有水元下界东海龙王敖广进表，听大天尊宣召。"

东海龙王敖广！哪吒一听这几个字，嘴边微笑登时一滞。玉帝伸手宣见，只见敖广一身朝服，战战兢兢入了灵霄宝殿。哪吒不禁冷笑，自己当初失手杀了敖丙，虽在宝德门外打了这老泥鳅一顿，但后来他继续上表玉帝参自己时，想必也是这副模样。

玉帝身边金童念过敖广进表，哪吒才知道，原来又是为了那猴子。

当初大禹治水之时，太上老君曾为他炼制一根定海神针，用以测量水道，后来神针落入东海，今日竟被那猴子强拿了，又讹了四海龙王一套披挂，在群妖面前得意忘形，才惹出此前大祸。

哪吒一直对这老龙不忿，一听那妖猴居然这般欺侮敖广，简直想为他拍手称快，只因在朝堂之上，方才忍住。

敖广还在殿中站着，又有神将报道，秦广王此时正候在通明殿里，也有表要奏。殿中众神不由得窃窃私语，哪吒也好奇道："该不会这也与那妖猴有关吧？"

190

阎王入殿，便把妖猴入地府后，打九幽鬼使、惊十殿阎王、大闹森罗殿、强销死籍之事，添油加醋地说了一通。

哪吒听了，暗暗对太白金星说道："这还真是个天生的惹祸精啊！"

太白金星面色古怪地看了他一眼，哭笑不得地点了点头。

❧ 4 ❧

玉帝传旨，表明一定要将那妖猴捉拿上天，一众天神纷纷请缨，但玉帝并未当即决定，说道："着龙神与冥君先行归去，朕即命人下界收服。"

须知玉帝乃天道至尊，出口便能成真，那二位面上一喜，便一通礼拜，一齐出了灵霄宝殿。

"哪路神将下界收服那妖猴？"

玉帝话音刚落，太白金星便从哪吒身边走出，分开众神，走上前去，拜道："三界之中，但凡生有九窍的，皆可修炼成仙。此猴更是昆仑祖地天生地产、日月孕就，仅仅三百年便修炼成仙，倘若将他邀上天宫，封个神位官职，好生引导一番，将来必然能够成为陛下助力，何必劳烦天兵神将，徒增死伤？"末了，太白金星又补上一句，"更何况，当年石猴出世之时，陛下也曾降旨垂恩，说过'下方之物，乃天地精华所生，不足为异'之语，陛下出口即真言，倘若如今大动干戈，恐怕不好。"

玉帝听金星之语，原本微微点头，但听到他最后一句，却忽然抬眼死死盯着太白金星，看了片刻，才缓缓沉声说道："既然如此，便劳烦金星下界一趟，将那妖猴请上天庭吧。"

太白金星有些惶恐，连忙低头下拜，匆匆出了灵霄宝殿。

"微臣有一事相告，只是不知当讲不当讲。"千里眼嗫嚅着说道。

玉帝瞥了他一眼，他才忙不迭道："微臣方才瞧见那下界群妖之中，有一大力牛魔王，隐约好似通天灵宝天尊当时骑乘的那头奎牛。"

玉帝瞳孔微缩，却没再说什么。

哪吒忽然觉得，与初识之时相比，此时的玉帝似乎沉默得有些过头了。而在听到太白金星"出口即真言"一句时，他的情绪似乎出现了从来未有的波动。哪吒隐隐觉得有些不对劲儿，他便开口向站在身前的李靖问道："出口成真是何意思？"

打从上天以来，李靖基本上没听到哪吒跟他说过一句话，此时哪吒突然发问，倒使李靖有些发蒙，愣了片刻才低声答道："你可知道昆仑之战时玉帝做了何事？"

哪吒便又回味起闭关结束，成仙之后的刹那。原本仙与神最大的区别，便在于仙能通天道，知晓天命，而神历来只是承接了部分逸散的天道，以己身维护天地秩序。但在昆仑之战最激烈的战争中，老君、元始为接引、准提二人所阻，相传玉帝趁机在紫霄宫施展大造化，斩断了仙圣与天道之间的冥冥感应，仙人自此便与天道失联，在最本源处受到了玉帝最致命的一击。也正因为如此，强如太上老君、元始天尊二位圣人联手，也最终难以避免仙人的落寞，以至于元始天尊隐遁弥罗宫，而太上老君更是直接堕入了轮回之中，做了一世凡人，方才从成周典藏室西出函谷关，于昆仑荒原中重归祖地。

李靖轻轻点了点头，说道："你说得不错，只不过玉帝所做的，并非只是简单地斩断了仙人和天道的联系那么简单。"

哪吒惊异地望了他一眼，李靖继续说道："当时二位圣人之所以落败，就是因为陛下剑斩天道之后，天道几乎将要如同昆仑一样，维系世间种种的秩序几乎就要全部崩塌，所以，他选择了融合天道。"

"融合天道？"

"没错，所以说，如今的玉帝即曾经天道的化身。他一开金口，便能从源流根本处导致世事发生改变，所以，方才太白金星才会说出口成真之语。譬如西王母之事，正是因为当初玉帝愤怒之下说了'神仙怎可与凡人相恋生子'，才导致其后天庭神将追杀姬满之事。"

哪吒听得愕然，心中亦有些明了："所以，他才变得那般沉默吧。"

正在此时，站在对面的武曲星君仿佛生了虮子一般，浑身瘙痒，扭着身子抓挠了半天，才从背后抓住一个小人儿，摔在大殿流云之中。那小人儿落在云中，翻了个筋斗，才在众神殿里现出真身。

哪吒定睛一看，才见他头戴一顶凤翅紫金冠，翎羽冲天；身穿一副锁子黄金甲，光华耀目；脚踏一双藕丝步云履，腾云驾雾，端的是神威赫赫。只是那人浑身长满金色暗黄的毛发，原来竟是一只身着宝甲的猴子。

太白金星此时才从殿外慌慌张张小跑了进来，拦在那石猴身前，向玉帝拜道："臣领圣旨，已宣妖仙孙悟空到了。"

哪吒嘴角微微上扬："原来你叫作孙悟空啊，有趣！"

༄ 5 ༄

孙悟空在殿上嘻嘻哈哈，见了玉帝也不拜伏，只是拱手唱喏。还好玉帝念他初入天庭，不知礼仪，因此也未为难于他，反向武曲星君问道天庭之中，有何处官职无人担任。

那武曲星君方才被孙悟空捉弄一番，此时存心想要戏弄回去，便向玉帝奏道："天庭各宫各殿、各方各处都不少官，只是御马监缺个正堂管事。"

"那就命他做一个'弼马温'吧！"

玉帝此言一出，殿中众神皆笑，哪吒亦不禁莞尔。

原来民间传说之中，猴子可避马群瘟病，因此，常有马夫在马厩中饲养猴子。天庭里原本无此官职，玉帝着孙悟空任此神职，乃是顺武曲星君之意，存了戏弄的心思。但那猴子久居山林，不曾入世，哪里知道这层含义，即便殿中众神失笑，他也丝毫不以为意，反而拱手唱喏，开开心心应了。

玉帝原本心存玩笑之意，许个未有之职，没承想孙猴子并无异议，如今开口成真，便从他身后华彩之中分出一道微弱光芒，落在了孙悟空身上。

　　眼看孙悟空跟了木德星君嬉笑而去，哪吒心里竟然有些失望："这个方才闯下三个大祸的妖仙，如此容易便受天庭招安了吗？"

　　事情远远没有如此简单。

　　日渐沉默的玉帝，随口玩笑一语，却是为十五日后孙悟空反下天庭埋下了伏笔。也在"孙悟空"这威名赫赫的三个字之后，永远缀上了"弼马温"这个侮辱性的称呼。

　　这三个字也成了孙悟空漫长生命里，唯一不可触碰的逆鳞。

⚬ 6 ⚬

　　哪吒抚摸着胸口莲子的跳动，轻声喃喃道："白莲，你可知道，今天我见到了一只猴子，简直比小时候的我还能闯祸捣蛋。他刚修炼成仙，就把天给捅了个窟窿，土德星君至今还在加班加点在那里赶工呢。他还大闹地府，画去了天下猴类的死籍，尤其最让我拍手称快的是，他居然从那抠门的四海龙族手里各自勒索了一件宝物出来。"

　　自从在瑶池之外，宝莲灯灯芯之火入了他体内，致使陷入沉寂数百年之久的莲子重新恢复跳动之后，哪吒便觉得天宫之中漫长的时光不再孤独。他每夜都会头枕月光，睡在星河之中，抚摸着胸中莲子平稳的跳动，和白莲说说话。

　　哪吒感觉到白莲一天天的复苏，有时候说到有趣之处，就连心跳都会像白莲在笑一样。他知道，他说的话白莲全都能听到，就像曾经在八德池里，那两朵未曾绽放的红、白莲花，只需在心里说话，你所有的表达便都能传进她的心里。

　　莲子在他的心里一天天长大，但雪白莲花要绽放的时刻，却还在未知之中。

"白莲，放心吧，等完成了玉帝最后一个托付，我便能拿到宝莲灯，然后将你复活。当初犯下的过错，我会全部弥补回来。"

莲心的跳动微微一滞，随即恢复如常，像是错觉一般。她应当是听到了吧？哪吒想。

月光如水流动，一声马嘶嘹亮如风，穿破天庭静谧的夜空。那是一匹步景马，高约九尺，背无鞍、首无辔，上面坐着一只身穿金甲、神采飞扬的猴子。凤翅紫金冠上，两根长翎直指苍穹，猎猎作响的猩红披风在哪吒眼中一闪而过，随即便有万马踩着漫天星辰的微光，如同电闪雷鸣一般从天际奔腾而来。

"这猴子还真把天庭当作草原了。"人形天道威压控制中无趣的天庭，居然成了他的跑马场。哪吒有些无语，又觉得有趣，随即翻身而起，骑跨在一匹赤红的龙驹马身上。

"驾！"步景后臀日月形状的旋毛，绽放着如月一般的夜光，龙驹纵身而出，从天马群中绝影而去，追上步景。

两匹神马在星河间角力，马上骑手却好整以暇。孙悟空脸上永远挂着一抹嬉笑，仿佛对世间种种全都浑不在意。他打量了哪吒一番，笑道："你堂堂哪吒三太子，不踩火轮，倒骑起我御马监的天马来了！这马乃是我精心饲养，你可不能白骑！"

哪吒觉得有趣，便问道："天马就是给天神骑的，我堂堂三太子，骑你御马监一匹天马又能怎样？"

"早就听说你有对火轮好玩得紧，今日你我便打赌赛马，要是我先骑到那北斗七星柄末端的瑶光，便把你那火轮儿给我，你可敢赌？"

哪吒一怔，问道："若你输了，便把你捅破天宫的如意金箍棒给我，你可敢赌？"

"我不可能会输！"孙悟空"嘿嘿"一笑，随即吹了声口哨，哪吒胯下龙驹长嘶一声，猛然停步，淹没在万马踏过的纷扬星辰中。而那匹步景披着月色，已经跃入了七星斗身中。

哪吒暗骂一声大意，便催动法力，纵起龙驹跳出马群。龙驹四蹄飞电，穿越漫天星斗，但步景后股散发月光，仿佛流星一般，星辰间万里之遥，穿行也不过瞬息之间。眼看马蹄就要踏上瑶光，但天河中忽然星辰翻涌，掀起一阵大浪，将步景拦停。

天蓬踏着星辰巨浪，指着孙悟空怒目而视道："你是何人，胆敢在天河纵马驱驰，扰本元帅赏月雅兴！"

步景见了天蓬，任凭驱使，却不肯迈出半步。孙悟空顿时收去嬉笑，也学天蓬模样，怒道："你又是何人，胆敢在天河翻浪，扰本弼马温放马雅兴！"

万马在天河上踏起的纷扬星辉，使清冷月色朦胧不清，天蓬亮出上宝沁金耙，指着孙悟空破口大骂道："你这没有品级的养马小厮，怎敢在我天蓬元帅面前放肆！"

哪吒一赶到此，便看见孙悟空面色骤变，冷声问道："你这蠢货，说谁是没有品级的养马小厮？"

"说你又怎样！"天蓬满脸怒色，挥动上宝沁金耙，卷起滔天星河巨浪，便扑向孙悟空。

金铁之声，在星月交织的唯美背景下，骤然奏起一曲金戈铁马。孙悟空显然是动了真火，把天蓬压在身下，扬起拳头，一拳一拳砸向天蓬丰神俊朗的面容，不过三拳下去，天蓬便面目全非。孙悟空便打边发怒道："猪头，你服不服？"

你服不服？看着眼前这幕场景，哪吒恍然失神。若干年前的九湾河里，他就是如此一般，扬起乾坤圈问辱他不男不女的敖丙："你服不服？"

❧ 7 ❧

孙悟空上天十五日后，反下天宫。

灵霄宝殿之中，珠帘低垂着，让哪吒看不清帘中玉帝的脸色，但想来身居三界至尊之位的他，应当不会因为此等小事而产生些许波动吧。

珠帘被人从内掀开，从中走出卷帘大将，站在帘外，朗声问道："弼马温反下天宫之事，是哪位神仙所报？"

殿中身穿御马监服饰的小神慌忙趴在地上，流云几乎没过了他的头顶，他战战兢兢答道："启禀陛下，新任弼马温孙悟空因嫌官小，连夜反下天宫去了。"

小神身边站着增长天王，如同山峰一般巍峨耸立，说道："弼马温不知何故，挥着棍子出了南天门。"

卷帘大将面有怒色，问道："天王为何不出手拦阻，反而放他离去？"

增长天王瞥了卷帘大将一眼，不卑不亢道："弼马温虽然官小，却也位列仙班，名封神箓，我手下天兵，怎可对天庭之人下手？"

"你！"卷帘大将被增长天王呛声，把脸憋得通红。

珠帘之中玉帝扣响龙案，拦下他二人争吵，问道："哪位神将愿领天兵下界，收服此怪？"

天蓬捂着被揍成猪头一样的脸躲在众神最后，李靖走上前去，上奏道："收服下界妖孽，本在李靖神职所属，故臣恳请陛下降旨！"

"封李靖为降魔大元帅，三子哪吒为三坛海会大神，即刻兴师下界，收服妖猴孙悟空。"

玉帝出口字句，化作句句真言，从珠帘之中翻飞而出，落在李靖、哪吒二人身上。艰深的本源秩序之力入体，哪吒清晰察觉到自身法力在那真言入体之后骤然猛增，但他心中却有着说不出的厌恶。

他人赏赐之物，终归不是完全属于自己的。

哪吒本想问玉帝，这能否算作他做的第三件事，但灵霄宝殿之中众神纷列，并非恰当时机。李靖颇为歉疚，本来只是他主动请缨，没想到却拉上了哪吒，正不知该如何对哪吒说，哪吒却轻叹一声，转身出了灵霄殿："走吧。"

✨ 8 ✨

　　花果山孤悬海外，山中树木茂盛，生灵众多，山顶有一杆黄旗直指天穹，上书"齐天大圣"四个大字，在风中猎猎作响。山中有道瀑布如同匹练一般，直直垂落山涧，激起无数水花飞溅，在山底腾起朦胧水汽，无数猴子就在那水潭边上欢聚宴饮，好生喧闹。

　　巨灵神性急如火，在云头上瞧见"齐天大圣"之旗，便怒发冲冠，主动请缨道："那弼马温胆大包天，居然敢自号齐天，末将这便去砍了他的大旗！"

　　李靖点头应允，发令牌命巨灵神先行试探。

　　巨灵神飞落花果山山头，黄旗边上守着一队小猴儿身着甲胄，人模人样列着队伍，巨灵神只现出数十丈高的身躯，弯腰伸出巨掌，横劈向那普普通通的白杨木杆之上。小猴儿们只来得及声声尖叫，便被呼啸而来的凌厉掌风刮落山头，但本该应声折断的木杆却在这用力横批之下安然无恙，便连晃也不曾晃动分毫。反倒是巨灵神捂着手掌，极没面子地大声呼痛。

　　山底下群妖看见来了这么一个庞然大物，长得又这般凶恶，顿时闹作一团。

　　巨灵神拔出背后巨斧砍旗，金铁之声骤响，反把他的双手震得虎口发麻。他比画了一番想要拔旗，直把山头都踏得下陷了几分，而那旗子却好像在山头生根了一般，依旧纹丝不动。

　　山下群猴见巨灵神蠢笨模样，纷纷抓耳挠腮，笑得在地上打滚。巨灵神大脸一红，撇了旗杆，手握宣花巨斧，便从山头一跃而下。数十丈高的巨大身躯顺着水帘瀑布，垂直落入山底寒潭之中，满池碧水登时飞溅而起，淋在池边的猴群身上。巨灵神大吼一声："吾乃上天神将，奉玉帝旨意前来收服妖猴，速叫弼马温出来受降！"

巨灵神话音刚落，便听头顶水帘洞里传来一声嬉笑："哪个口出狂言，敢要我受降的？"

孙悟空一脚踩在巨灵神的头顶上，巨灵神伸出双掌去拍，头顶巨响如同炸雷，却拍了个空。

孙悟空抓住他一绺头发，倒垂着滑向他的眉心，在巨灵神的对眼里现出两个重影。两个孙悟空同时开口，少有的怒道："你来得正好，免得我上天去讨说法，反在灵霄殿里叫那玉帝老儿面上不好。"

巨灵神听闻他奚落玉帝，登时怒发冲冠，把孙悟空弹到了半空："小小弼马温，怎敢口出狂言，且吃我一斧！"

他是巨像，猴子身小，因此把宣花巨斧一横，就好似山岳重压，拍向了孙悟空。

孙悟空丝毫不以为意，轻轻伸出一根手指头，便把巨斧点停在半空之中。巨灵神被点退几步，撞在花果山上，一时间地动山摇，山石簌簌滚落，砸得满地小妖逃窜不停。孙悟空见状大怒，从耳中掏出那根如意金箍棒，便挥向巨灵神。

棍子刚刚向下挥时，还只有丈许长，但在尖啸风声之中连连暴长。不过眨眼的工夫，就已变作数十丈长短，棍首金箍云纹已如磨盘粗细，眼看就要落在巨灵神头顶，让他落得个脑浆迸裂、横尸当场的下场。巨灵神把眼一闭便要等死，但等了许久，预想中的重击却并没有落下来。

孙悟空扛着金箍棒，笑嘻嘻地说道："回去告诉玉帝老儿，倘若他同意封我做个齐天大圣，那便好说。"而后变色一寒，"否则等我打上天去，拆了那灵霄宝殿，叫他龙床也坐不稳！"

巨灵神听得胆寒肝颤，慌忙飞上云中，将方才之事巨细说与李靖与哪吒听。李靖气得破口大骂，当即就要砍了这窝囊废的脑袋，但哪吒拦住李靖，说道："元帅不必动怒，孙悟空本领非凡，并非是他能对付的，且由我去会会。"

李靖顿时敛去怒火，哪吒正要走，却见太白金星腾云自南天门而来，落在大营之中。他与李靖打了声招呼，便笑道："方才老君突然驾临，与玉帝打了一个赌。"

"嗯？"哪吒突然问道，"打赌？"

"赌三太子与孙悟空一战，究竟谁会获胜。"太白金星轻抚长须。

"哈哈，这倒有趣。"哪吒暗暗疑心，不知他暗自来此意欲何为。

太白金星接着说道："玉帝赌三太子会胜，老君表示赞同。还说，因为玉帝将斩妖剑给了三太子，定海神针虽是神兵，但与重铸之后的诛仙剑相比还是相差太远。"

哪吒皱起眉头，冷眼望着太白金星。

"但老君还是押了孙悟空会胜。老君说，因为三太子不会使用斩妖剑的。"

哪吒冷冷地问道："他们赌了什么？"

"倘若三太子赢了，便将妖猴斩首以示天下；倘若孙悟空赢了，就如他的愿，封他做个'齐天大圣'。"太白金星意味深长地一笑，便不再言语。

太白金星乃是老君亲信，他话里有话，还对自己出言相激。此前在灵霄宝殿里就一直维护孙悟空，此来定然也是转达老君之意，而老君又是为了什么？难道说，他真的希望孙悟空做那所谓的什么齐天大圣吗？可这，也不过只是一个虚名而已啊。而玉帝又为何要与老君打这个赌呢？

哪吒摸了摸挂在腰间的宝囊，来之前，他已把斩妖剑装在了里边。

风火轮呜呜疾转，飞往花果山。

↶ 9 ↷

看着眼前这只不敬天地、百无禁忌的猴子，哪吒不由得就想起他所闯下的诸多祸事来。

现在想来，他那时失手杀死李艮、敖丙，随便对天放一箭，都能射死截教石矶的弟子，除了冥冥之中的天意，站在背后实际操控这一切的，还是如今东、西二天的满天神佛。白莲拼命想让他脱身这个局，但事到如今，他非但不能脱身而出，在局势明朗之后，反而还愈陷愈深。

哪吒知道，玉帝想让自己成为他手中最锋利的剑，所有胆敢违逆新生天道之人，都会被打上妖魔鬼怪的标签，死在御赐的斩妖剑下。

相比而言，这只从昆仑石心里蹦出来的、做事全由喜好的猴子，或许才是三界之中真正自由的灵魂。

哪吒心中顾忌颇多，但面上冷峻，他亮出了三头六臂。六只手里分别持着一杆火尖枪、混天绫、乾坤圈和九龙神火罩，而曾经捆缚着杨戬的缚妖索和斩破他八九玄功的斩妖剑，都放在宝囊之中。依着老君言语，倘若自己不用斩妖剑，是必然难胜这妖猴的。

哪吒不信。

孙悟空见是哪吒，浑不在意地"嘿嘿"笑道："八臂哪吒名头叫得响亮，怎么如今只剩下六只胳膊了？"

哪吒颇有些无语，哪怕天王老子站在对面，这猴子都是这副浑不怕的态度，当下便收去两只空臂，笑道："你这猴头，我便让你四只胳膊，倘若今日你能胜我，以你的本事做个齐天大圣又如何。"

孙悟空明亮的双眸陡然一亮："此话当真？"

乾坤圈率先出击，翻转乾坤："出口成真！"

昨夜一同在三十六重天浩荡星河中策马奔腾的两人，今日却在花果山前兵戎相见。

除去曾经的阐截二教里，那些成仙几千至上万年之久，拥有众多夺天地造化法宝的仙人之外，诸般法宝上染遍鲜血的哪吒，无疑是三界众生之中最为善战之神。尤其是身居天庭一流的天蓬借住星辰大阵加持也败在他手上之后，战神之名虽无玉帝封号，却也是满天众神心中皆服的。

而妖猴孙悟空与老子、释迦生于同时，从灵石之中蹦出至今才三百余年，此前不过也只是抢了龙宫，闹了地府。因此，谁也没有料到，这二人之间的战斗竟然是这个结果。就连以神躯容纳天道秩序的玉帝，也猜错了这个结局。

唯有西牛贺洲那座无名山谷里，重弈新局的"玉鼎""菩提"才看得通透。

准提道人悠然落子："紫霄宫下孕育而出的灵胎，才是这天地之间最后的一丝变数。"

通天教主微微摇头："大道五十，天衍四九，仅余的一线变数，原来落在了他的身上。"

🍃 10 🍃

灵霄后殿，殿中只有二人。

玉帝输了赌局，却丝毫不以为意，只在指尖把玩着一盏莲灯。

哪吒在沉默之中站立良久，终究单膝跪在地上，向玉帝拜道："哪吒败在齐天大圣手中，害陛下输掉赌局，请陛下降旨责罚！"

"砰"的一声轻响，引得哪吒心头一荡，那盏联结了他与白莲前世今生的宝莲灯，就落在他面前几丈之外的桌上。

玉帝看到了哪吒眼中无法掩饰的渴望，轻叹一声："可惜啊，今日你若胜了那妖猴，将他枭首示众，这盏你梦寐以求的莲灯此刻就该在你手中了。"

"哪吒出师不利，请陛下责罚！"哪吒心中一紧，连忙低下头，不再看玉帝。

愈发沉默寡言的玉帝忽然笑了："罚你？你为天庭增添一大助力，朕赏你还来不及，又怎会罚你？"

哪吒觉得，玉帝心中所想越来越难以预料了。

不过这也正常，此人曾在三清之下，做名义上的天庭之主时，就借用三清维护天道秩序之心，将封神榜托付给了玉虚道祖元始天尊。元始天尊护短天下闻名，怎会允许门下宝贝疙瘩似的十二金仙身死成神呢？身为圣人，自然无法如此被轻易蒙骗。之所以一切都按照玉帝谱好的流程前进，就是因为秩序源流崩溃式的逸散是真，紫霄宫天道产出的封神榜是真。只不过在推动这一切的过程当中，玉帝看透了元始天尊和老君心中对通天有教无类收下诸多妖孽的不满，选择了将事态推往最严重结果的方式。

因此，可以说从他把封神榜交到元始天尊手上之时，就已经注定了阐、截二教之间你死我活的争斗在所难免，而三清分化的种子也是从那时起就埋下了伏笔。

现在想来，接引发下宣佛宏愿、在三界遍地种下佛种的西方教，也是在玉帝看到哪吒前世灵珠子化生后，才开始相互利用。

阐、截、佛、道，经历封神、昆仑两次大势的斗争，到了现在，唯一的胜利者，只有眼前的昊天金阙无上至尊自然妙有弥罗至真玉皇上帝这一人。

这样一个将天地之间所有神、圣、仙、佛都握在手中把玩的人，又岂能被哪吒看透心中所想呢？

"你说说看，与孙悟空交手之后，可知他师出何门？"玉帝出言，打破了后殿中凝固了一般的沉默。

哪吒迟疑了一下，说道："他一身所学，似道又似佛，唯一能够辨认的是八九玄功。"

"所以你以为，他或许与杨戬有关，所以不忍让他死，故意败走？"玉帝声音陡然提高。

就像当初在封神之战中面对圣人时，那种铺天盖地的压迫力顿时如同滔天巨浪一般，倾覆而来，哪吒瞬间冷汗满身，强撑着才不至于趴倒在地。他拱手道："不，不是。孙悟空手握如意金箍棒，法力高深，哪吒的确不是他的对手。"

"哼！"玉帝一挥大袖，"他有如意金箍棒，你为何不用斩妖剑？"

哪吒如坠冰窟，只觉一股磅礴巨力迎面而来，将他推入万丈深渊。身后龙楼宝阙无数重宫门一扇扇打开，哪吒眼睁睁地看着桌上那盏宝莲灯迅速缩小。

哪吒"扑通"一声摔在灵霄大殿前的广场中，方才倒退而出的九重巨门由远及近依次关闭，将他与宝莲灯完全隔绝。

"倘若你还想要这盏灯，就去杀光下界所有的妖孽，从他们口中问出通天教主和准提道人的下落！"

哪吒怔怔在地上躺了半晌，直到李靖的身影挡在灵霄宝殿之前，对他说："回去吧。"

翌日，孙悟空随太白金星重上天庭，玉帝也开了金口，封他为齐天大圣，于蟠桃园外兴建府邸，让爱吃桃子的猴子做了掌管蟠桃园的官。

而在下界的这一年里，哪吒找上了曾经叱咤风云的七位大圣之中，排名第五的通风大圣猕猴王与排名第六的驱神大圣禺狨王。

◉ 11 ◉

此时的哪吒握着天地之间戾气最重的剑，面对这三界之内最强的妖。

曾在花果山日日饮宴的七十二洞妖王，其实全是万仙阵中败逃的截教残余妖仙。而七位大圣中，除了横空出世的孙悟空，其余皆是曾经的截教翘楚。哪吒来时，那两只猿猴喝得酩酊大醉，浑身浸在清凉的山泉里正呼呼大睡。

缚妖索蛇行而出，那二位在醉梦里被枪尖烈火点燃毛发，方才猛然惊醒，一看满山群妖慑服，还不知发生了何事，想要挣脱，却丝毫动弹不得。

哪吒冷声道："告诉我通天教主身在何处，便饶你俩性命。"

禺狨王登时破口大骂："你这老七的手下败将，就知道使这般偷袭之法，有胆便放了你爷爷，堂堂正正大战三百回合！"

斩妖剑寒芒一闪，禺狨王硕大的头颅便骨碌碌滚落在地。

"给你一炷香时间考虑。"剑尖指向猕猴王的眉心，这把曾经号称圣人之下无人可抗一击的诛仙之剑，如今用来斩妖除魔，实在大材小用了些。仅仅剑上威慑，便叫猕猴王满头大汗，颗颗滴落在满头毛发之间。

"时间到。"剑尖递进三分，眉间鲜红的血液混合着汗水眯了猕猴王的眼睛。

"牛魔王是教主坐骑，唯有他才知道教主身在何处！"在死亡的威胁之下，猕猴王浑身抖似筛糠，大叫道。

感觉到斩妖剑离得远了些，猕猴王顿时松了一口气，但随即响起的剑风却叫他魂飞魄散。

"毫无意气的宵小。"猕猴王瘦小的身体被分成两半，哪吒也不擦拭，任由斩妖剑上滴着血。在山谷群妖噤若寒蝉的注视之下，他飞出了这座葱郁的山谷。

一张飞笺从云中缓缓飘落而下，落在了哪吒手中。哪吒一展开，信笺上短短一行娟秀字迹便浮到面前："蟠桃百日后将熟，特邀群仙众神同聚筵宴，共享瑶池盛会。"

落款是三个熟悉的字：西王母。

从回天宫之后，西王母就一直闭门不出，如今又怎会突然召开蟠桃大会？哪吒望向天空，只见月色晦暗，茫茫星河之中，有一颗亮星闪烁着明亮的光，落在了明月之上。

～ 12 ～

哪吒下界，斩妖威名在群妖之间纷传。

这乃是哪吒有意如此，好叫妖魔之中那些有气节的能主动来找他，省得自己一座山头一座山头地去搜寻。在蟠桃会召开之前的这一百年里，牛魔王得到消息之后就一直躲藏不出。斩妖剑所斩妖魔何止万千，却无一个能告知他关于奎牛抑或通天消息的。

百年仿佛一瞬，哪吒收起宝剑，在蟠桃会召开之际重新进了南天门。

此前他虽未参加过蟠桃大会，但想来如此群仙盛会，自然应当鲜花铺地、异彩纷呈，远在九重天外就能够听到仙音入耳，仙女婀娜飞于三十二重天里，引着众神入瑶池胜地。

但此时的天界气氛却有些诡异，非但哪吒预想当中的一切场景都没有，反而进了南天门，就瞧见已有一干早到的神仙聚在通明殿里。哪吒不明就里，就瞧见赤脚大仙被人围在中间，逢人便解释道："今时不同往日，王母叫众神先来这通明殿中演礼，稍后一齐去往瑶池。"

有曾去过上届蟠桃大会的神仙此时疑惑道："此前并无这等规矩啊……"

哪吒忽然问道："可是王母亲口告诉大仙的？"

赤脚大仙在神堆里发现了说话的是哪吒，愣了一下，才道："哦……是此前走马上任的齐天大圣，他在瑶池宫阙外拦住我，我是从他口中得知的这个消息。想来玉帝命他掌管蟠桃园，所言应当不虚才是。"

此时太乙救苦天尊正好驾云到了众神头上，闻言笑道："让爱吃桃的猴子看管蟠桃园，岂不是放任他监守自盗吗？既然群仙已至，何不去往瑶池，那猴子所说是真是假，到那儿便知。"

眼见东极青华大帝发话，众神纷纷称是，哪吒便随众神跟着太乙，一道去往瑶池宫阙。

众神赶到那里，才发现楼阁之间杯盘狼藉，玉露琼浆洒得遍地都是，布置会场的天丁仙女一个个都似瞌睡虫上身一般，正在瑶池边呼呼大睡。百十来号神仙有人施法唤醒天丁，也有人直接去往瑶宫深处，想要拜访西王母。

哪吒跟着太乙入了宫殿里，只见瑶池宫阁繁复秀丽，在两重天界之间修建了宏伟虹桥，踏过虹桥阆苑，才到了西王母居所。而那里，此时正在审着一桩案子。

西王母坐在桌后，玉帝风尘仆仆，显然也是刚到不久。

西王母柔声道："吾乃女仙之首，你受了什么委屈，只管在玉帝面前说清楚便是，有我替你做主。"

堂中站着月宫仙子嫦娥，正哭得梨花带雨，道："天蓬元帅昨夜不知在何处喝得大醉，不顾守卫拦阻，执意进了广寒宫，发起疯来想要轻薄小仙。小仙法力低微，哪里能够阻拦他，若非玉兔忠心护主，拿捣药的玉杵敲昏了元帅，恐怕，恐怕……"

西王母对玉帝冷哼道："你派去月宫逮捕天蓬的怎么还不回来，莫不是天蓬畏罪，逃下界去了？"

玉帝苦笑连连："卷帘大将刚去片刻，且稍待一会儿。"

此时众神堵在殿门外，便听卷帘大将在背后喊道："诸位且让一让！"

哪吒等人让开一条道，便看见卷帘牵着捆仙绳，拽着头发蓬乱，显然还未酒醒的天蓬元帅，进到了大殿里。

玉帝阴沉着脸，伸手在天蓬额前轻点，天蓬瞬间恢复清明，环顾四周，见是这般情景，顿时明白过来。只是他手脚皆被捆仙绳捆着，一头砸在地上，惨呼道："玉帝恕罪！王母恕罪！"

嫦娥闻言，更是悲声痛哭不已，玉帝见状哪里还不明白，当即怒骂道："你这畜生！"

卷帘则是熟络地拿起琉璃盏，为西王母斟酒，估计是还想表现一下，然后替天蓬说些好话。

西王母大怒道："天蓬既已认罪，玉帝也开了金口，便该如玉帝之言，将他打入六道轮回，下辈子投胎做个畜生！"

此言一出，满殿皆惊。

卷帘大将端着斟满琼浆的琉璃盏，闻听此言更是惊愕，哪里还不明白这是西王母借玉帝口误，故意要找曾经奉命将她压入桃山的天蓬复仇。而自己身为玉帝心腹，这些事与自己也是逃不了干系的，念及至此，卷帘不由得吓得一哆嗦，手一抖，便叫那琉璃盏跌落在地，摔了一地。杯中玉液飞溅，玷污了西王母的曳地长裙。

卷帘慌忙跪在西王母脚边，想要替西王母擦干裙子，却被盛怒中的西王母一脚踢开，指着他的脑袋骂道："你这蠢笨的奴才，竟敢打碎我的琉璃宝盏，合该同那犯下醒龌之事的天蓬一起贬入下界！"

卷帘闻言，忙跪倒在地，头如捣蒜一般，磕得满头是血，与天蓬齐呼"王母饶命"。

玉帝无奈地看着西王母发怒，劝慰道："且先往瑶池去一趟，满天神仙都在等着你召开蟠桃大会呢。"

"今日不给我满天女仙一个说法，将这两个妄徒重罚，还开什么蟠桃大会！"

殿外神仙都非天蓬近朋，哪个不知道这是西王母存心报复，玉帝刚刚又开了金口，即便众神对此事存疑，却也没有一个肯触王母的霉头，出言为天蓬说情的。至于卷帘大将，平素在玉帝帘中传旨，恨不能以鼻孔视人，此时该他落魄，更没一个肯出言相助。

此时殿外又是一阵纷乱，哪吒回身一看，原来是七位仙女提着篮子联袂而来，一入殿中，便对西王母惊呼道："启禀王母，眼下这蟠桃大会恐怕是开不成了！"

再看七个篮中尽是些未成熟的青皮小桃。

纷乱的状况持续了很久，众人才明白过来：原来是奉旨看守蟠桃园的齐天大圣监守自盗，偷吃了蟠桃；七仙女去采摘蟠桃时，那猴子得知蟠桃大会所请神仙竟无自己，便把七位仙女定住，哄骗赤脚大仙，说王母下令要众神往通明殿演礼；而后那猴子又去了造酒之所，迷昏了造酒天丁，把琼浆喝了一半，酒了一半；借着酒劲儿，上了大罗兜率宫里，把太上老君刚炼好的几葫芦九转金丹当豆子吃了，心知闯下大祸，才从南天门又反下了天宫去。

饶是玉帝定力再强，此时也无暇顾及天蓬、卷帘二人，下令道："着托塔天王李靖、三坛海会大神哪吒统率十万天兵，命四大天王、二十八宿、九曜星官、十二元辰、五方揭谛、四值功曹、东西星斗、南北二神、五岳四渎、普天星相协同……"

一份能够让天地为之震动的名单，从玉帝口中鱼贯而出，而他们唯一的目标就是——

下界捉拿孙悟空！

✑ 13 ✑

不知为何，面对孙悟空这个天生地长的精灵，哪吒总有种异样的感觉。

上次交战时，他明知太白金星特地来告知自己那个赌局，摆明了就是来激自己，说玉帝与老君都认为，在不动用斩妖剑的情况下，他不是孙悟空的对手。于是哪吒就没有用斩妖剑，然后败在了孙悟空手上。

如果说，哪吒是如今三界之内玉帝手中最锋利的剑。那么，孙悟空就是不在这三界至尊管辖之内，一往无前、横扫一切的棍。

而哪吒之所以明知是老君的计，却依旧冒着失去玉帝信任的可能，最终也没从宝囊中取出斩妖剑的原因，就是因为他看着孙悟空，就像看到了那个早早死在了自己剑下，七岁那年的自己。

孙悟空同曾经的哪吒有着太多的共同点，他们同样曾经目空一切，所有的行为全凭自己好恶，做事丝毫不考虑后果。唯一的区别是，那个哪吒已经死了，而孙悟空还活着。

在那个哪吒背后，是无数阴谋设计者的推动，这也是哪吒了解更多之后，再也没有去找过太乙的原因。而孙悟空背后呢？这个比自己强了无数倍的闯祸精，看似率性自在的行为背后，又有谁在算计着这一切呢？

这个怀疑，常驻在哪吒心里。

哪吒不想面对孙悟空，除了上述的原因，还因为在他上天做齐天大圣的这一百多年里，哪吒杀了他的几位结拜兄弟。

但在哪吒的身后还站着十万天兵，十万人声汇成的滚滚洪流，像是滔天巨浪亟待倾泻。在群情激奋之中，每个天兵都仿佛强了十万倍，变成了战无不胜的战神。

恃强凌弱，这种感觉让哪吒很不爽。但他身处洪流之中，就只能任由洪流裹挟，冲向下界的花果山。

标示着"齐天大圣"的明黄色旌旗迎风招展，孙悟空扛着金箍棒，渺小的身躯横亘在天地之间，将花果山牢牢挡在身后。在那一瞬间里，满天神将都生出一种这是一道绝对无法逾越之天堑的念头。

哪吒忽然有些羡慕孙悟空。他摸着自己的胸口，喃喃道："白莲啊白莲，之前我觉得自己像他，看来实在是在往自己脸上贴金。虽然我现在是他的敌人，但这种虽千万人吾往矣的场景，还真是叫人热血沸腾啊。但是，这次我一定要赢！"

冷寂的红莲之火瞬间在他胸中燃烧，烧尽了心中杂念，汹涌的战意从三头六臂迸发而出，哪吒高举斩妖剑，号令声响彻天地："杀！"

☙ 14 ❧

如意金箍棒和斩妖剑率先短兵相接，刺耳的交击之声，让两方人马仿佛置身洪钟之中，忍不住头晕目眩。孙悟空摇身一变，化作万千分身，与集结在此的七十二洞妖王一道迎击天兵。

斩妖剑一剑斩断金箍棒，将孙悟空劈成两半，哪吒不由得一怔。天庭兵马之中，无疑是握有斩妖剑的哪吒最强，因此孙悟空叫化身围拢，本体却不知藏在何处。

乾坤圈呜呜旋转，眨眼又打落一个分身。哪吒一挺火尖枪，把围拢来的十几个分身烧得吱哇乱跳。哀号了几声，却变回烧焦的毫毛，缓缓飘落。只是那些毫毛一旦落地，便又变回孙悟空的模样，重与天兵交战。

　　哪吒六臂连动，全无一合之敌，把身边化身杀得四处逃窜，只是浑身沸腾的战意如同打在了棉花上，丝毫不受力。满天神将把七十二洞妖王杀得溃不成军，眼看场面一片大好，就连哪吒也不由得起了疑心，怀疑孙悟空留下分身在此，自己却逃之夭夭。

　　就在此时，二十八宿阵中突然大乱，有几人只当来的还是化身，不料金箍棒与他们法宝甫一接触，便将那几人打得筋断骨折，仿佛陨石坠地，深深砸进了土里。若不是身负神职，有本源秩序之力护着灵魂不灭，恐怕此时已经下地府，去见他们从来瞧不上眼的阎王了。

　　孙悟空的分身几乎杀之不尽，他又避重就轻，隐藏在分身之中时隐时现，专挑麻痹大意的出手，几乎每一击都能将一员大将打成重伤。从双方交战至今，不过短短一盏茶的工夫，普天星相就有十几个遭他暗算，二十八宿也有几人重伤。

　　哪吒眼中喷火，却苦于找不到孙悟空真身在何处，只能如无头苍蝇一般乱砍乱杀，手中斩杀的分身已经上百，但长此以往，找不到破解之法，恐怕天兵天将损失将极为惨重。

　　正心急时，巨大的危机感仿佛择人而噬的暗影巨兽从背后传来。说是身后，但其实哪吒长有三首，实打实是眼观六路，耳听八方，一有感应便立即放任身侧一个分身不管，扬起乾坤圈挡在身后。

　　金箍棒落在乾坤圈上，却还是如分身那般，软绵绵地不着力。混天绫一抽，便将那只孙猴子打死了。

　　"又是毫毛！"就在哪吒暗怒的刹那，方才冰消水融的危机感却又从身侧那个分身上传来，金箍棒绕过火尖枪，带着千钧之力，砸在了哪吒握枪的右臂上。火尖枪"哐啷"落地，半截扎进了土里。

　　哪吒闷哼一声，斩妖剑只在片刻之后便将那个悟空杀死，变回毫毛，飘落地上。那只胳膊顿时软绵绵地耷拉下来，若不是哪吒浑身都有混天绫随时保护，恐怕此时已经断成两截，唯有靠莲花化身的自愈能力才能重新长出。

李靖站在云头，眼见七十二洞群妖几乎马上要被天兵杀光虏尽，花果山的猴子反而厉害非常。但孙悟空神出鬼没，一时之间无法找到他的本体，更遑论抓住他了。

李靖正犹豫是否要鸣金收兵，再想法儿抓孙悟空时，却忽然看见又有一队人马从东土驾云而来。李靖心中一紧，心想听闻这猴子曾与其他六妖结拜，那六妖个个本领高强，莫不是他兄弟驰援来了？李靖极目远眺，才见领头那人头上三目，身着一身淡黄袍，手拿三尖两刃刀，身边还跟着一条黑狗仰天咆哮。

"是杨戬！"李靖一怔。

⚭ 15 ⚮

自己被孙悟空盯上了！

哪吒暗暗警惕着身边的猴子分身，其中任何一个，都有可能在任何能对自己造成威胁的时候，化身成真正的孙悟空，伺机给自己致命一击。他一振筋骨，方才重伤的臂膀便已经好了大半，火尖枪从地上升腾而起，重新握回手中。

除了混天绫和乾坤圈，就数这杆火尖枪跟他最久。当时大闹西天之时，被燃灯的灯芯马元烧了他两臂，打断了两把阴阳剑和一杆火尖枪，但他这几样老伙计，却是从封神大战开始，就一路陪他斩杀所有为敌之人。

"今天，也不会例外。"哪吒环顾周围结阵而来的猴子分身，"倘若你连击败我的实力都没有，又怎么能对得起你闯下的那些祸，去面对那个被你惹怒的人呢？"

玉帝沉默的身影在哪吒心头浮现。与那个谋划了一切，甚至暗算了天道的人相比，此刻战场上拼杀的所有人，包括似乎神出鬼没杀敌无数的孙悟空在内，都弱得仿佛蝼蚁。

七十二个挥舞着棍子的孙猴子，从上下左右、四面八方，向哪吒围拢过来。强大的压迫力在告诉哪吒，猴子的本体就在这七十二个分身里。

"来啊，孙猴子！和我战个痛快！"哪吒哈哈大笑，浑身热血沸腾。就在此时，一道耀眼的金光直直落在其中一只猴子身上，火尖枪划破天际，直冲而去。

"就是你！"

第八章　大闹天宫

❧ 1 ❧

未交手前，孤身一人拦阻十万天兵的猴子，浑然好似三界中最无畏的战神。

交手之后，隐藏在无数分身之中的孙悟空，却变成了杀场中最诡异的刺客。

不过眨眼工夫，孙悟空真身便在围拢着哪吒的七十二个化身中，无序闪现了七十二次。但无论他隐藏在哪一个分身里，那道金光都能够紧随而至，使孙悟空始终处于强光之下，无所遁形，更无法像之前一样出其不意偷袭到哪吒，接连七十二次的仓促出击，都被哪吒尽数化解。

哪吒见机会大好，单手掐起法诀，将九龙神火罩祭上半空。九条离火神龙咆哮而出，顷刻之间，便将七十二个分身烧毁大半。而剩下的那一半，却突然变作毫毛，尽数回归到闪耀金光的真身上。

"老孙不玩了！"孙悟空满脸不忿，在哪吒面前现身，金箍棒却直指向哪吒身后，"那个三只眼，说你呢！有本事就上前来吃老孙一棍，少躲在别人背后拿眼晃人，老孙的眼睛都快被你闪瞎了！"

哪吒无须回头，就已看到那个穿着一身淡黄袍，提着三尖两刃刀的男人。他牵着一条黑狗，仿佛从几百年前的记忆里走出来一样，站到了自己身边。哪吒知道，当初那个丰神俊朗，在死局中同自己携手求活的杨戬已经死了，但此时这个重生之后，在自己怀抱中长大成人的杨戬，却像是不认识自己一样。

哪吒犹豫着叫了一声："杨戬？"

三只眼中神光熠熠，只在哪吒身上停了刹那，那张面无表情的脸便转向了眼前嬉皮笑脸的孙悟空，反倒是哮天犬颇有些畏惧地冲着哪吒低吠了两声。

"你就是杨戬？"孙悟空浑身轻松，似乎一点儿也不为脚下花果山里那浴血奋战的七十二洞妖王和自己的猴子猴孙感到担忧。

见杨戬不吱声，孙悟空便调侃起杨戬的身世来："听说你是玉帝的外甥？你娘与凡人私会生下你，却被你那舅舅压在了桃山底下。不过听说你那亲爹姓姬，怎么你却姓杨……"

杨戬却出奇的平静，只是缓缓说道："孙悟空，你犯下滔天罪过，还不速速束手就擒，随我上天参见玉帝，倘若你诚心悔过，说不定还能饶你一命呢。"

哪吒本以为杨戬受孙悟空言语相激，定会勃然大怒，但杨戬的平静却让他觉得陌生到了极点。他不禁想起通明殿中深陷重围，在剧痛中浑身颤抖的少年，从少年睁开那只竖瞳开始，他就再也没有了任何感情。甚至比坐在灵霄宝殿里，那位掌控着一切的人形天道，还要无情与冷酷。

毫无疑问，是卷帘种在杨戬眉心里的照妖鉴，使他变成了这副样子。

"你拿俺老孙当傻子吗？"听了杨戬的话，孙悟空忍不住大笑了起来。

孙悟空的大笑很有个人特点，先是把浑身蜷缩得像个虾球，抖得身上的黄金甲也咯咯作响，紫金冠上两根长长的翎羽上下抖动着，像是在随它的主人一起无声地嘲笑着对面二人一般。

杨戬的刀还未动，额前竖瞳便突然绽放金光，带着斩妖除魔的浩然正气，疾射向孙悟空，把孙悟空打得一僵。哪吒一察觉到杨戬要动手，便提前撒手放出缚妖索，好似蛟龙出海，紧紧捆缚在孙悟空身上。

"你以为小小缚妖索，便能锁住俺这堂堂齐天大圣吗？"孙悟空仰天大笑着，瘦小的躯干之中爆发出无比可怕的力量。那力量打散九霄云外的天宫秩序，击破九幽之下的生死囹圄，缚妖索在如此巨力之下，仿佛有灵性一般，周身放出悲鸣。

"给老孙破！"孙悟空一声巨吼，登时将缚妖索生生挣断。

三尖两刃刀包裹在竖瞳放射的浓郁金光之中，穿透空中扭曲的断蛇，直直刺向猴子跃动于胸腔中的心脏。

哪吒脚下疾如风火，恰好在孙悟空挣脱之时赶到他的身后，与杨戬形成包夹之势，六手挥舞法宝，将孙悟空牢牢罩在当中。

夹击在瞬间形成，但孙悟空丝毫不以为意，只是将如意金箍棒横夹肋间，扯动嘴角露出一个桀骜的笑，抬头望向天际流云，轻声吐出一个字："大！"

突如其来的轰然巨响，爆散在孙悟空前后。金箍棒的两头撞在杨戬、哪吒二人胸口时，枪尖的焰火温柔地抚摸过灿烂的金甲，三尖两刃刀只需再进三分就能刺进他的胸膛，看看到底是什么样的心脏，才能住下这样一个肆意妄为的自由之魂。

金箍两头暴长，所带来的巨力冲击，几乎将哪吒的胸膛击碎。他感觉到莲梗做成的筋骨在那一瞬间全部粉碎，棒头还在暴长，紧紧贴到了那颗纯净的莲子之上。

哪吒的心跳在这一瞬间突然停止了下来，世界也在这一刻陷入了寂静，包括暴长之中的金箍棒。石猴奇怪地回头，目光越过粉碎的胸膛，望见了那颗莲子，仿佛在隔空对望里交流一般，孙悟空撇撇嘴，喃喃自语道："真是朵傻乎乎的白莲花。"

趁着这片刻停顿，哪吒一拍顶心金箍，身子便如同中箭的大雁一般，斜斜落向花果山深涧之中，溅起飞扬的水花。而此刻的杨戬，却已被金箍棒顶飞到了百里之外。

孙悟空望见哪吒胸口的莲子之后，顿时陷入失神中，随即便被小腿上突如其来的剧痛拉回到喊杀震天的战场中。十万天兵在花果山中肆虐，抓捕他的猴子猴孙，哮天犬撕咬着他的右腿，抬头对他怒目而视。

"真是只傻乎乎的大黑狗！"孙悟空暴怒道。

金箍棒的冲击实在太过猛烈，那头加速飞出的杨戬呜咽一声，变回了哮天犬的模样，哀号着消失在天际。而脚下咬着猴腿的哮天犬，却变成了三只眼的杨戬。

孙悟空一挥金箍棒，将杨戬击飞。杨戬缓缓擦干嘴里流下的鲜血，脸上挂着魔怔的笑："你的七十二变果然还未圆满，大天尊何必因你忧心，今日便叫你命丧于此！"

"放你娘的狗屁！老孙纵横天地，谁敢拦阻！"从未流过血的孙悟空举起金箍棒，如同要毁天灭地的妖王。

୧ 2 ୨

李靖心里无比急躁，但观世音菩萨的突然出现，又叫他无法脱身去看哪吒的情况。

"李天王觉得杨戬和孙悟空谁会赢呢？"八面玲珑的观世音，却像是没有察觉到李靖溢于言表的心焦，自顾自问道。

"李靖不知。"

孙悟空天生地长，乃是新生天道里唯一无法掌控之物；而杨戬重生改造，已代替哪吒成了那人手中最锋利的兵刃。李靖低头望向半空，那二人皆弃了灵巧，放出巨大的法天象地，金箍棒与刀刃的每一次碰撞，都会给这片广袤山海，带来一阵天崩地陷一样的恐怖冲击。但随后，他的目光却不自觉地望向了花果山瀑布，那个曾经扬言要追杀他到天涯海角，后来几乎不同他言语的冷峻少年，坠入瀑布下的水潭中已经良久。

激流扬起无数碎玉，仿佛凄美却艳丽的花朵，只在这世界上留下一抹惊鸿倩影，便消逝而去，随波流往东海。

杨戬倒退着一脚踏入水潭之中，背倚花果山将瀑布截流，冰冷的水顺着他的脖颈流下，滴上了顶在胸口的金箍棒上。但金箍棒没在用力，孙悟空一把提起杨戬，杨戬飞过天兵天将的头顶，砸进了东海里。随即而起的滔天巨浪，几乎将整座花果山都淹没。

孙悟空愤怒地踩向成群天兵，而正在此时，李靖手中的宝塔忽然从空中落下，罩在了他的头顶上。

玲珑宝塔大小由心，正如如意金箍棒。起初宝塔大如山岳，才能将孙悟空的法身收入塔中，随即巨塔急剧缩小，骨骼爆裂一般的声音与孙悟空痛苦的号叫，响彻花果山间。而漫山遍野的天兵、妖怪，此时都停下了最后的厮杀，睁大眼睛望向半空中。

宝塔嗡嗡疾转，不过片刻已然恢复到了在李靖手中的大小，而塔中哀号也渐渐停止。被天兵趁机抓住的几百只妖猴，面露绝望之色，同时大声疾呼道："大王！"

李靖大气也不敢喘一口，凝神静气，望着几乎停止的玲珑宝塔："就……这么简单？"

变化亦在此刻突然爆发，七层宝塔猛然向上高涨，像是一根巨大的塔形棍子一般，直直戳向天际。檐角铜铃叮当作响，顷刻间便越过李靖面前，往天宫而去。

李靖终于明白，浮云万里之上的太皇黄曾天，究竟是如何被那猴子从这花果山上差点儿捣毁的了。李靖满头大汗，手中法诀连番变幻，一边将塔中七种法器驭使到了极致，一边死命控制宝塔上下收缩。

李靖仰头望向九重云里只差分毫就要顶到九霄云阙的玲珑塔顶，心跳几乎都快要停止跳动了。但好在托塔天王拼尽一身法力，终于是在捅天大祸原景重现之前，将之拼死遏制住了。

李靖还没来得及喘口气，便见玲珑宝塔失去顶撞之物，瞬间缩回原来模样。

也许是孙悟空将金箍棒横了过来，七级浮屠其他无恙，只是第四层正对的两扇窗户，突然向两侧暴胀。塔身顿时金光大盛，金箍棒强撑着那金光，蔓延数十里长短，浮屠金光眼看就要难以为继。

李靖明白，只要金箍棒再长一里，那猴子就能从里边破塔而出。或许从下一刻起，这座最初现世就困住哪吒必杀之心的宝塔，就将沦为一件破败之物。

金箍棒终是突破宝塔束缚，再度重现于天地之间，孙悟空狂浪的大笑也同时响起。李靖本命法宝被破，面色顿时变得无比惨白，口喷鲜血，在花果山间纷纷扬扬下起一阵血雨。

杨戬眼放金光，来此之前，玉帝钦赐的金刚镯悄无声息脱手而出，趁浑身浴血的孙悟空忘我大笑之机，重重敲击在他脑后。妖猴毫无防备之下，被这偷袭打得一个趔趄，豪放的大笑登时停息。

杨戬浑身是伤，用锁妖链穿过孙悟空的琵琶骨，将他提在手里。孙悟空似乎晕厥了一般，四肢低垂，金箍棒砰然落地，随即化作一道金光，飞回耳中。

李靖惨然落地，捡起地上失去了光华的宝塔，向东海流波之地望了一眼，回头对杨戬道："将妖猴拿回天庭受审。"

杨戬把锁着孙悟空的链子扔给李靖，头也不回纵身跃入了东海。

꒰ 3 ꒱

世事漫随流水，算来一梦浮生。

一直以来，无论手上沾染了多少鲜血，哪吒胸中莲心始终纯白如月。

白莲之心在胸中跳动时，哪吒就觉得时间过得极快，沧海桑田也不过匆匆一瞬。而莲心停摆之时，哪怕只如白驹过隙短短一瞬，也仿佛度日如年一般。

若不是孙悟空突然住手，恐怕金箍棒早已贯穿了他的胸口，在那种级别的力量之下，莲心是绝不可能保持完好的。

想到这里，哪吒心中就是一股后怕。

无论是哪吒俱伐罗、灵珠子还是哪吒，他们从出生开始，所作所为全都是在一种精心设计之下做出的，在这三生里，真正出自本心想做的其实只有两件事：

其一，是哪吒俱伐罗为了被封入白莲之中的精灵而投身八德池，只为与她共度朝夕；

其二，就是这数百年里，他心心念念之人、心心念念之事。太乙说成仙之后连通天道，心中便再无疑惑，他便闭关修行数百年。接引、西王母言明其身世，说世间唯有那盏莲灯能够使白莲重生，他便受托育婴，甚至委身天庭，心甘情愿受玉帝驱使。

而在刚刚那一刻，差点儿使他所有的努力全都白费。

哪吒望向空洞的胸口，莲子被包裹在红莲之火里，随着东海流波轻轻摇曳。他轻声叫道："白莲……"

气泡出口，缓缓飘向莲子，破碎在火焰里。就在那一瞬间，哪吒感觉到莲子似乎微微跳动了一下。他以为那是错觉，但那跳动越来越剧烈，同时，他的胸口也开始以肉眼可见的速度开始愈合。

莲躯重新将莲子包裹，熟悉的心跳又回到了哪吒的身体里，眼角的湿润流进了东海里。

东海龙王在一干虾兵蟹将之后躲了许久，此时终于鼓足勇气，战战兢兢地问道："上……上仙伤势如何？"

水流忽然汹涌起来，龙族里一片骚动，杨戬倒提着三尖两刃刀，落在哪吒身边，把手伸向哪吒，缓缓说道："该回去了。"

✤ 4 ✤

"那年你将我送入山谷，但其实玉鼎真人已经死了。我在通天教主手下修习道法，听他说，以前天道无形，天地万物，无论仙、凡、神、圣，都受制于天命；如今天道有形，尽归玉帝与诸神，生灵才真正有了截取生机的一丝可能。他觉得我是这个能担重负之人，但我辜负了他，提前出山，倒在了通明殿里。如今，成了玉帝手中的傀儡。"

杨戬竖瞳紧闭，踏浪站在东海之上，浩荡的波浪从他脚下奔涌而出，撞击在半日前还山清水秀的花果山上。只是水势虽然汹涌，却洗不净一分荒芜，冲不去半块焦土。

哪吒想起最初上天时，他曾在东极妙严宫将这一切告诉了太乙，后来太乙下界寻访，却说未在那里找到玉鼎踪迹。如果是封神之时的圣人通天，想要在太乙面前瞒天过海自然容易。但通天教主在万仙阵中重伤而去，太乙又封神做了东极青华大帝，此消彼长之下，恐怕是太乙对他做了隐瞒。

而玉帝能从当初屈居三清之下的众神首领，逼得通天、准提失踪，老君、接引轮回，元始归顺，成为真正的三界至尊，虽说其中多有阴谋算计，但莫说以他的地位以及手下那无数的天神，单凭他如今掌握的天道之力，又岂是区区一个杨戬就能够撼动的呢？

以通天的本事，他大可隐遁凡世，又何必来蹚这道浑水！

哪吒微微皱眉，将心中疑惑告知杨戬。

杨戬摸了摸哮天犬的脑袋，继续冷声说道："通天教主收我为徒，只不过是因为和准提打的一个赌，他起初的想法不过是想借我的身份，去骚扰大天尊罢了。但准提不一样，他预备了真正的后招，用来对付玉皇大帝。"

"哦？什么后招？"哪吒睁大眼睛，等待杨戬的后话。

"我不知道。"杨戬摇摇头，"或许是与孙悟空有关，但他还是太过弱小。"

"我的眉心被玉帝种下了照妖鉴，我不知道这只天眼除了让我无法违抗玉帝的命令，还有什么其他的作用，所以这些事情，我还是知道得越少越好。"

说完，杨戬便沉默起来。

他们并肩站立，就像曾经在那无数个西岐或者征途之中的夜里，那两个想要从天命、定数的枷锁之中奋力逃离的少年一样。

东海浪涛汹涌，落日余晖斜照着苍茫大海，整片海域上翻腾着金红色的光，晃在杨戬无情的竖瞳中，却未兴起丝毫波澜。

哪吒别过头去，有些不敢面对杨戬的三只眼："那时倘若我再坚决一点儿，即便是将你杀死在桃山中，再入一世轮回，你也无须这般痛苦。"

"我在西王母腹中重生，就由这因而再度产生宿命之果，宿命之战来临时，我还太过弱小。但我肩扛二山走过的每一步都坚定至极，通明殿里杀死的每一个神灵，都叫我由衷感到快意。我用一世想要逃脱宿命，在度过封神成仙之后曾经无比窃喜，以为逃脱了命运的藩篱，无论多不想承认，那实在是可笑至极。"杨戬淡然道，"天命、因果，谁都无法逃脱。如今，你是玉帝的狗，我也是玉帝的狗。既然只能做狗，那就只需尽狗的职责便好，并没什么痛苦可言。"

哪吒无比震惊，看着杨戬平淡地说出这一切。

他从一出生开始就在不断犯错，可做过的错事总有办法能够弥补。但如今看来，他在弥补之中再做的选择，却让他最珍视的兄弟再也无法回头。

为了一个错，犯下更多的错。

哪吒心中憋闷，踏上风火轮，逃离了杨戬身边。他置身清冷的月光里，看到杨戬站在尸横遍野的花果山上，哮天犬昂首向天，发出孤傲而悲凉的号叫。

5

持国天王领着八位神将守在东天门外。哪吒一催风火轮，就要急飞进去，但持国天王忽然伸手拦阻道："玉帝有旨，召三太子立即前去灵霄宝殿。"

哪吒闻言一顿，点了点头。

听了杨戬的话后，哪吒心中实在有太多疑惑，他从东天门入，本意便是去寻太乙救苦天尊好好问个明白。虽然不知玉帝召见所为何事，但此时玉帝既然下令要他立刻前往，他就片刻也耽误不得。

风火轮嗡嗡急行，东极妙严宫在脚下层层流云之中若隐若现，九灵元圣闻听声响，昂首冲哪吒怒吼。金霞童子抬头看见哪吒飞过，高声呼喊道："师兄！"

哪吒并未停顿，混天绫好似红云翻浪，在迅疾的风中噼啪作响。

哪吒进入灵霄殿时，大殿中仙乐缥缈，热闹非凡，正中祥云四起，有月宫仙子嫦娥领着十几名仙女随仙乐浮空，轻舞飞扬，说不尽的万种风情。哪吒环顾四周，才见满天神仙几乎都在这凯旋之筵上，就连上天以后从不露面的太上老君与元始天尊，此时竟也列坐尊位之上。

玉帝与西王母端坐正中，见哪吒进殿，便对身边仙子低语一番。那仙子飘然而至，引哪吒在殿中落座，品佳肴美酒，与众神一同观赏歌舞。

"不知孙悟空如何处置了？"哪吒想道。

正在欢宴之时，奉命前往斩妖台监斩孙悟空的九天应元雷声普化天尊，却从殿外疾趋而入，满头大汗跪地启奏道："启禀大天尊，微臣奉命斩妖，只是那妖猴不知从哪儿学的护身法，戮仙、陷仙、绝仙三剑皆不能斩其颈项，雷、火二部众神齐施法术，竟也不能伤着他分毫。"

玉帝闻言微微错愕，问道："这天生石猴竟有如此法力？"

左首太上老君微微一笑，轻抚长须，说道："那齐天大圣偷吃蟠桃、饮御酒，又趁老朽不在，在兜率宫中吃了五葫芦仙丹。仙丹入体未化，却已经初显威力，叫他身躯如同金刚一般，为今之计，唯有将他投入老朽炼丹的八卦炉里，施文武神火煅烧七七四十九日，将五葫芦金丹炼成一颗取出，才能取他性命。否则那些仙丹若是被他尽数消化了，恐怕就真的无计可施了。"

老君眼露真诚之意，他在天上待了几百年，但似乎更像人间的老子，而并无原本圣人的半点儿模样。

玉帝有些迟疑地望了老君一眼，又微微瞥向在他身边的元始天尊。元始天尊面无表情，似乎对此事毫不在意。众神之中，有几个出声附和老君，人数虽不多，但没人提出他法，玉帝沉思了片刻，便道："那便有劳老君了。"

哪吒闻言，心中不由得"咯噔"一下，想着那猴子身穿金甲，单枪匹马面对十万天兵天将却毫无惧色的英姿，又想起他和孙悟空纵马天河的快意，以及孙悟空突然的收手，一时间千头万绪涌上心头，叹息道："难道，那猴子当真要折在八卦炉里了吗？"

⚬ 6 ⚬

此次下界，可谓是九死一生，只差一点儿，白莲重生的希望就完全消失了。一想到这儿，哪吒就食不知味，琼浆如水。

因为斩妖不顺，筵席便也草草落了幕，哪吒犹豫片刻，终究还是走入了灵霄后殿。玉帝面露疲倦，见是哪吒，便道："三太子捉拿妖猴有功，封赏已经下发，还有何事？"

哪吒突然单膝跪地，将脸埋在双臂间，拱手对玉帝说道："哪吒来此是想请大天尊依约将那莲灯给哪吒。"

玉帝闻言忽然失笑："当初约定之时，朕说要你做三件事，你可还记得？"

哪吒沉声道："第一件，是押解王母下山，将她压于桃山之下；第二件，是前往灵山同释尊要来四大天王守门；至于第三件……第三件事，乃是杀光下界妖孽，从他们口中问出通天教主和准提道人的下落。"

"记得很清楚。"玉帝冷笑道，"那么你倒是说说看，这件事，你完成得如何了？"

哪吒抬起头，急道："可是，哪吒两次奉命下界捉拿孙悟空……"

"哪一次是真的靠你做成了这件事？而你亲口答应下的第三件事，又做得如何了？

"你，倒是说说看！"

玉帝冷漠的话语，仿佛重锤一般擂在哪吒胸口，红莲业火在他胸中烧得炽热，哪吒浑身微微颤抖着，他突然站起身，走出了灵霄后殿。

和煦天风徐徐吹在他身上，却让他觉得仿佛芒刺在背，彻骨生寒。

难道，真要我屠尽天下妖魔，一个也不放过吗？！

7

李靖静静立在大殿门外，哪吒出殿后看也没看他，就踏着风火轮，径直东去。

东极妙严宫巍峨的殿宇，笼罩在一片紫雾霞光里，要比周围数重宫阙更高大上许多，象征着东极青华大帝在这九霄天宫之中远高于旁人的地位。

上次来时，哪吒未曾注意看殿前赑屃所负碑文上，刻有东极青华大帝宝诰："青华长乐界，东极妙严宫。七宝芳骞林，九色莲花座。万真环拱内，百亿瑞光中。玉清灵宝尊，应化玄元始。浩劫垂慈济，大千甘露门。妙道真身，紫金瑞相。随机赴感，誓愿无边。大圣大慈，大悲大愿。十方化号，普度众生。亿亿劫中，度人无量。寻声赴感太乙救苦天尊青玄九阳上帝。"

昆仑战后，太乙真人被封神职，尽在这一百零六个字中。

哪吒忽然觉得，和乾元山金光洞相比，这座金光灿灿的宫殿，更像是一座囚禁着太乙真人的牢笼。太乙救苦天尊、东极青华大帝……这些封号，都像是紧锁太乙四肢的枷锁一般。而在三十六重天狱里，囚禁了无数神威浩荡的囚徒。

九头狮子沉闷的吼叫声打断了哪吒的思绪，金霞永远是那副无忧无虑的童子模样，开心就大笑，难过就沉默。他哈哈笑着叫了声"师兄"，跟在哪吒身后，进入了空荡荡的大殿之中。

太乙负手而立，听见二人入殿，也不回头，只说了句："你来了。"

哪吒点点头，金霞童子识趣地去狮房里找九灵元圣玩，留下这师徒二人在大千甘露殿中。哪吒觉得自己在冥冥之中好像抓住了一些什么，但又像是什么也没抓住，他心头的无数疑惑急需一个人来解答。而在几个有可能知晓一切的人里，太乙无疑是唯一一个有可能告诉他的人。

哪吒躬身一拜，叫了声："师父！"

身为两世之师，太乙似乎总能看透他心中所想："你想知道？"

"我不想因为自己想为曾经犯下的错悔过，便犯下更大的错，让更多的人在天宫幽囚。"

太乙真人却冷声道："你猜得不错，我之前下界的确见到了通天与准提二位圣人。不过，倘若你想见他二人，也只能自己去寻找。"说罢，便不理哪吒，径直出了大殿。

哪吒听着太乙的脚步声远去，心中只有无尽的自责。

为了从玉帝手中得到宝莲灯，他的确做了太多违心之事，即便他在其中未尽全力，却也并无因此就释怀的道理。他站在原地，摸着胸口跳动的莲心，轻声问道："白莲啊白莲，如果是你，会希望我怎么做呢？你会因我的所作所为而厌弃我吗？"

金霞童子轻盈的脚步声和着心跳声走到哪吒身边，附耳说道："师兄，我听师父说起过，奎牛在翠云山芭蕉洞铁扇公主府中。"

哪吒闻言一怔，随即向东而拜，沉沉磕了三个响头，心里已然做出了决断。

～ 8 ～

"你，你想干什么？"牛魔王浑身是伤，满脸惊恐，斩妖剑露出寒光抵在他的心口。他在通天教主座下无数载春秋，怎会不知诛仙剑的厉害？

铁扇公主小腹微微隆起，花容失色，却奋不顾身挡在牛魔王身前，泪如泉涌，决然道："三太子倘若要杀老牛，就连罗刹也一起杀了吧！"

哪吒摇头道："我来时就曾说过，来寻奎牛，只是为了探明通天教尊的下落。罗刹仙身怀有孕，你老牛就忍心看她受伤吗？"

牛魔王将铁扇公主抱在怀中，怨愤道："你阐教此前追杀我数百年之久，如今阐教也没了，教尊只想隐居山林之中，你为何还要苦苦相逼，连我那几位结拜兄弟也不放过？！"

哪吒无奈地收了剑，说："我找通天教尊并无恶意，只是为了告诉他和准提一句，孙悟空被抓上天庭，将逢大难。"

牛魔王闻言脸色大变："那猴子真要死了，恐怕世事再无转圜余地了。"

"你与孙悟空义结金兰，难道就要眼睁睁看着你那结拜兄弟葬身火海吗？"哪吒见老牛心动，便趁机劝慰道。

牛魔王脸上阴晴变幻，心中犹豫着算计了一番。他力敌哪吒不过，罗刹女又身怀有孕，倘若再斗起来，恐怕一家三口皆要葬身此处，而哪吒眼中真诚不似作伪，难道他来这里真的是为了孙悟空？

再无法无天的妖魔，一旦心有所属，就是心甘情愿为自己戴上枷锁，化身成一个普通的丈夫而已，而这枷锁亦会成为他们唯一能被人利用的软肋。

哪吒如此，奎牛也是如此。

牛魔王把心一横，抱紧了怀里的罗刹女，竟滴下两滴硕大的眼泪来，埋头说道："教尊是在……"

9

灵台方寸山，斜月三星洞。

灵台方寸为寻，斜月三星为心。听到这个地名，哪吒便恍然大悟，这说的乃是"寻""心"二字。欲寻山，入心洞，问心自知。

哪吒随山风而入，见此中格局，果然是当初他送少年杨戬所来的山谷，而他此前奉玉帝之命斩妖除魔时，其实也曾寻找过这个山谷，只是心有蒙蔽，便不得其门而入。

山中弈局，至今未止。

一身大红袍子的通天教主背对哪吒，埋头苦思对策，并未搭理哪吒。反而是准提道人呵呵笑着，饶有趣味地看着哪吒，问道："哪吒俱伐罗，来此所为何事啊？"

哪吒一躬身，拱手道："哪吒来此，是为告诉二圣，玉帝下令，将孙悟空投进了老君的八卦炉中炼化。"说着，便把天庭发生之事尽数告知准提。

准提道人听了不以为意，反问道："孙悟空？和我二人有什么关系吗？"

"杨戬提起过，二位圣人曾有过一个赌局。通天教尊变为玉鼎师叔，将杨戬从我手中骗过去收作了弟子，但是您的徒弟，似乎一直还未出现，而那天生石猴突然得道，不由得就让我想起了您。"

准提道人哈哈大笑，通天教主面有愠色，冷哼道："下棋就好好下棋，找徒弟输给了你，下棋被我赢了可别找理由。"

哪吒见这状况，心中知道自己所料没错，但看准提言谈，似乎并不为孙悟空所遇困局感到担忧，便将心中疑惑问向准提。

准提没理通天，继续笑着，对哪吒说道："你可知道那猴子的来历吗？"

依太白金星所言，乃是紫霄宫下的灵石吸取天精地华，历经无数载孕育而成。

准提点头称是："玉帝斩断天道之后，虽然号称以神躯化天道，但天道无形无质时尚且难以凝聚，因而屡屡逸散，生出神道。玉帝的确是亘古以来第一奇才，可是单凭己身，也无法真的容纳所有秩序源流，所以他才要不断封神。"

通天教主冷哼一声，并未反驳，哪吒看出他虽对玉帝深怀怨怒，但对准提说玉帝是"亘古第一奇才"的评价却还是认可的。

准提顿了顿，接着说道："那只灵明石猴，无论资质、根骨、悟性，皆是举世罕有。但直到我收他为徒之后，我才发现最重要的一点——那灵胎能在三清和玉帝时刻紧盯的紫霄宫内的天道之下孕育无数岁月，但三清、玉帝却始终没有发现他的存在，你不觉得很奇怪吗？"

哪吒闻言愣了一下，确实如准提所说，直到灵胎在花果山降世，才回溯到孙悟空的来历。但准提这么直截了当地发问，岂不是当面揭短，嘲讽通天教主有眼无珠吗？他忍不住看了一眼准提对面的通天，通天鼻子都被气歪了，撇了黑子生闷气。

哪吒忽然觉得，和灵霄殿里那位整天阴沉着脸，不发一语的大天尊相比，这两位隐居山野的旧日圣人，似乎更多了些平常人的情感。

"能通天道，知晓天命者是为仙；承接天道，身化秩序者是为神。道法源于天道，而灵明石猴跳出三界外，不在五形中，乃是三界众生中唯一不归天道辖属的，因此，他也是能够对抗玉帝的唯一生灵。莫说玉帝派雷火众神斩他，就算是他亲自出手，施展秩序源流的大法术，也别想伤到那猴子分毫。"准提道人说到兴奋之处，不由得面露红光，也不管棋盘上被通天执黑子杀得丢盔弃甲。

哪吒心头巨震，愣怔半晌才回过味儿来："那么，您的计划是什么呢？"

准提微笑着摇了摇头："我没有计划。"

"手握如此巨子，却没有计划？"哪吒更加震惊。

"先有天命定众生终身，后有玉帝设计，妄图使天地一统。你、我、通天、杨戬，封神、昆仑两场旷古之战中或死或生的妖、魔、神、仙，始终笼罩在种种所谓的天命、谋划之中，忽然有这么一个游离道外的精灵出现，你不觉得看着他随性而为，超脱在我们无法挣脱的宿命之外，是一件很有趣的事情吗？"

准提这番惊世之语，仿佛使时空倒转一般。封神之战里，自己那么拼命想要的，不正是挣脱天命束缚吗？！

"推本天元，顺承厥意。"白子落在棋盘正中，一改必死之局，反使黑子相形见绌，无地自容。

通天谋划了整局的布置，竟被这至简至坚的一步完全击垮，一推棋盘，叹道："我输了。"

～ 10 ～

哪吒进了西天门，远在能望见灵霄宝殿时就怔怔失神。

准提所说实在是太过超脱、太过震撼，以至于到现在，哪吒还有些不理解。控制欲、复仇欲，是无论神、魔都无法完全克制的念头，难道为了孙悟空所谓的自由，准提真的能够放下从头到尾被玉帝算计的仇恨和控制这件能毁天灭地的利器的欲望吗？

宝莲灯就在灵霄殿里。

他只需像此前无数次那样，大踏步迈入殿中，将那个地方告诉玉帝，就能完成和玉帝约定的三件事情，然后如约拿到梦寐以求了几百年之久的宝莲灯，再见到那抹让他魂牵梦萦的白色倩影。而且这次，白莲将不再是一个虚浮的幻影。

哪吒回过神来才发现自己已到了灵霄殿前，抬起的脚悬在半空，只待落下，就踏进了殿里。大殿空空，珠帘隔挡之后，是朦胧天意，还是顺逆由心？

哪吒把手放在胸前，感受自己的"斜月三星"，想要寻到"灵台方寸"："白莲，倘若是你，会叫我如何？"

天地空虚寂寥，唯有胸中心跳，真实不虚。

❧ 11 ❧

太清大赤天，又名离恨天，八景宫飞入此天，更名为兜率宫。

这是哪吒第一次来到三十六重天中最高位置的所在。兜率宫宫门大开，八卦炉就立在宫殿正中，左右蒲团上坐着两个童子，各执一把芭蕉扇，扇起巽风阵阵，炉中六丁神火炽热，烧得孙悟空嗷嗷大叫。

哪吒就在兜率宫附近躲到了七七四十九日——丹成欲取之日。时辰还未到时，他潜入宫中，吹了口气，将看炉道人与扇风童子迷昏，便亮出三头六臂，万分戒备地守在炉边。

但出乎意料，又合乎情理的是，直到时辰到时，太上老君都未出现。再联想之前孙悟空轻易偷吃蟠桃、盗吃仙丹之事，哪吒不由得暗道，莫非如西王母、太上老君这般，其实都是早就知道孙悟空的来历与本事，所以皆是在暗中相助于他？

八卦炉炉中火热，触手却冰凉，炉身沉如山岳。哪吒收了兵器法宝，六手齐用，抓着炉边把手使劲儿一推，那炉子便向一边歪斜而去。此时时辰已到，那炉盖无须法门，便跌落在地。

孙悟空在丹炉之中遭了四十九天的大罪，因此炉盖一开，他便眼放金光，赤身裸体浴火而出。神火出炉，非但没有熄灭，反而愈发烧得炽热，仿佛一身火焰衣甲一般，披在他那身金红色的毛发之上。

孙猴子回身一脚，将八卦炉端倒在离恨天边，炉中神火倾泻而下。一见炉边有人，他便取出金箍棒，先砸向哪吒。哪吒取出斩妖剑临空一挡，急道："我是听菩提祖师之言，前来搭救你的！"

孙悟空心头怒火中烧，几乎烧得心智皆失，但听到"菩提祖师"四个字，一双金瞳才恢复些许清明，千钧之棒在哪吒头顶堪堪停住。孙悟空转过身，原本精瘦的身躯突然暴长，瞬间高至万丈，仿佛当初巍峨的昆仑一般，他挥着天柱一样的如意金箍棒，冲着天界正中的灵霄宝殿怒吼道："玉帝老儿，老孙要你狗命！"

哪吒看得目瞪口呆，他没有想到，孙悟空出了八卦炉后居然会强悍至此！难怪准提道人会认定，孙悟空是能够打败玉帝的唯一人选。

在三清与西方二位教主绝迹之后，恐怕只有眼前这只仿佛要开天辟地一般的巨猴，才能称得上新圣吧！

孙悟空巨大的法身，缓慢行进于三十六天悬浮的山岳之间。巍峨巨大的灵霄殿，不过才如他巴掌般大小，他拿金箍棒一扫，便将临近的四重天府打得交叠碰撞，爆发出隆隆巨响。满天神将看到这幕景象，无不惊骇莫名，仿佛没头苍蝇一般，从崩毁的宫殿里狼狈逃窜。

孙悟空是从三清天打向的灵霄殿，但太上老君、元始天尊却像是消失了一般，就连他们的门人都未曾出现一个。

烈焰焚天！

眼看孙悟空一路通畅，距离灵霄宝殿愈发临近，但一个熟悉的身影却突然从灵霄宝殿中挺身而出，他挥舞着三尖两刃刀，迎向那只要毁天灭地的猴子。

大殿中又闪出一员神将，惊慌失措地念诵手中谕旨："诸天神将，谨遵谕旨，务将妖猴阻拦于灵霄殿外！"说罢，他慌忙将谕旨抛向空中，旨上文字顿时飞扬而出，向三十六重天宫灿射金光。在那金光笼罩中的诸天神将，顿时不再四散奔逃，转而集结起上千天神，跟随在杨戬之后，共同拦阻在孙悟空与灵霄宝殿之间。

前行之势虽然稍遇拦阻，但孙悟空浴火前行的气势，却是无论杨戬，还是他身后那数千拼死抵挡的天神，怎么都无法浇灭的。

孙悟空收了法身，在通明殿前被众神团团围住，展开了一场亘古以来人数悬殊最大的战斗。

传习千万年的诸多法术，尽数在通明殿前出现，威名赫赫的千般法宝如同瓢泼大雨一般，向着正中那只无法无天的猴子倾泻而下。但那浴火而战的猴子，只是哈哈大笑着，扬言要取玉帝首级，毫不畏惧地单挑数千天神，看那模样，分明是在戏耍满天神将一般。

哪吒知道，几乎对秩序之力完全免疫的孙悟空，倘若真的越过众神拦阻，踏进灵霄宝殿，恐怕今天就真的要改天换日了。

哪吒站在兜率宫前，望着站在他身前的李靖。

ᘒ 12 ᘒ

"你身为玉帝亲封的托塔天王，此时天庭遭难，你不去阻拦孙悟空，为何要来这里？"哪吒冷声道。

李靖沉声道："孙悟空虽然已有接近圣人的实力，且无惧天道之力，但在三界之内，却并非再无敌手。"

哪吒微微愕然。

孙悟空在三十六重天下，独自大战数千天神，但太上老君和元始天尊却端坐三清天中不闻不问。曾经被玉帝算计的圣人们，通天、准提一手缔造了孙悟空，太上老君甚至还暗中推波助澜，就连元始天尊也是选择冷眼旁观，而如来佛祖远在西天，又有谁能在大厦将倾之时雪中送炭、力挽狂澜呢？

"玉帝已经宣召燃灯佛祖前往灵山，答应事成之后，准许如来佛祖在东土传扬佛教，如来佛祖乃是秉承接引发扬佛门之宏愿而生，极有可能会答应。"李靖道。

哪吒却皱眉道："如来佛祖乃是接引本命舍利转世，接引正是被玉帝算计，才散去了修为堕入轮回。有此前车之鉴，如来又怎会重蹈覆辙呢？"

李靖苦笑一声，不再言语，只是取出一样东西，缓缓说道："无论事态如何发展，你拿着这盏灯赶紧下界去吧，再也不要上天宫来！"

哪吒不敢置信地看着李靖，宝莲灯绽放着绝美的血红色花朵，真切地置于李靖掌心。

四十九日之前，他在妙严宫向东而拜时，就在心中起誓，即便过去之错无可挽回，也一定不能再犯新错，使千千万万神仙妖魔，变得像杨戬那样。所以，在他从灵霄宝殿转身离去之前，他实际上早就决定放弃这件让他数百年来一直违心替玉帝做事的宝物。

但此时此刻，只需他伸手一接，就能真的将它握在手里，而后去完成他数百年来的夙愿！

宝莲灯入手清凉，如同鲜活的莲花，随着九天罡风摇曳。哪吒在血与火的背景里，痴痴地望着这栩栩如生的红莲，在仿佛要跃出喉咙的心跳声中，他忽然觉得，这莲灯似乎和自己身体的某一部分，马上就要融为一体了一般。

李靖手中已无宝塔，却转身准备飞出离恨天，奔赴修罗场。

哪吒忽然想到了什么："这莲灯不可能是玉帝交给你的！"

李靖似乎不愿明说，只摇了摇头："以前我亏欠你太多，这就当作……当作对你的补偿好了。"

"倘若玉帝知晓你趁乱盗灯，定然不会饶恕你的！孙悟空是玉帝唯一的克星，你又何必非得去阻拦他！"哪吒伸手拉住李靖衣襟。

"我是玉帝亲封的托塔天王，大敌在前，我不能不尽忠职守。"李靖轻轻挣脱。

望着李靖远去的背影，哪吒的眼眶忽然有些湿润，他张了张口，声如蚊蚋一般叫了一声："父亲……"

李靖身形微微一震，也不知有没有听到，依旧飞身而起，沐浴在金字谕旨之下，雄伟的身躯汇入包围孙悟空的上千神将之中。

那里人影攒动，哪吒极目远望，杨戬瘫倒在远离战场百里之遥的宫殿废墟中，李靖也已融入了那片异彩纷呈的法术海洋里。

孙悟空一棍砸飞数十天神，在通明殿前放声大笑："玉帝老儿，这些杂鱼拦不住老孙的，你还不速速出来受死！"

风火轮向西疾飞，消失在无人把守的天门之外。

☙ 13 ❧

灌江口不见一个人影，破败的清源妙道真君庙前，只有一条悲戚昂首望天的黑狗。

四十九年前，哮天犬被金箍棒顶飞之后，流落到了完全陌生的人世，它凭着记忆找到了这里。后来梅山兄弟回来过这里，想带它去梅山，但哮天犬死命不从。以它有限的智慧，所能做的事情就是乖乖待在这里，等待主人的回来。就如同主人变成三只眼回来之前的一百多年里，它所做的那样。

只是哮天犬没有想到，等待了四十九年的结果，只等到了在它眼中如同煞神一般的哪吒从天而降。

哮天犬见到哪吒后有些退缩，毕竟从前接近哪吒时所留下的记忆，都是突然而来的一脚踢踹。它畏惧地看着哪吒捧着一朵奇怪的莲花，缓缓走近。出乎意料的是，哪吒竟然摸着它的脑袋，自顾自地说道："你主人这次有可能永远都回不来了。"

哮天犬疑惑地望着哪吒，哪吒将宝莲灯放在身前，双手在胸前横拉，竟然将胸口拉开，而后从中取出了一颗散发着月白光泽的莲子，放置于红色的宝莲灯里。

莲子在宝莲灯中放出温润的光华，红莲霎时便从一盏有灵气的死物，变成了一朵真正具有无穷生命气息的莲花。层层花瓣随风摇曳，往哮天犬和哪吒的鼻孔里吹入了一阵阵醉人的清香。随即，莲瓣收拢，变回一枝含苞待放的骨朵儿。

"白莲……"哪吒面露欣喜，仿佛梦呓似的，对着那朵红莲喃喃道，"当初你的声音突然出现在我心里时，我还傻乎乎把你当作我的心魔，但其实你才是这具白莲化身的主人，而我才是你的心魔。那时我犹豫且懦弱，直到你因此而死，我才醒悟过来。你知道当我一步步揭开我俩的身世时，我有多悔恨吗？所以后来，即便玉帝所命皆是违背我本心之事，我也毫不犹豫地去执行，就是因为，我们本来并蒂，我既然能借你莲体复生，那么你也一定能够在我曾经出世的莲花里重获新生！"

虽然哮天犬无法理解，几百年未曾领悟的事情，都在取出莲子的那个刹那，变得清晰无比的感觉，但在朦胧之间，它却觉得哪吒似乎变了一个人似的。

"哮天犬，我此去也可能凶多吉少，所以我想拜托你帮我看管这株莲花。"哪吒又摸了摸它的脑袋，也不管它能否明白，又继续说道，"倘若你主人或者我能够回来，自然无事。倘若我们都未回来，就有劳你替我找一处山清水秀之地，将这朵莲花种在灵池里。"

说罢，哪吒迟疑了一下，又问道："你听明白了吗？"

哮天犬似懂非懂，低声轻吠了两声。哪吒面色惨白如纸，却满意地笑了笑，转身消失在了哮天犬的视线里。

初夏的晚风将红莲出尘的香气，吹散在灌江皱起的涟漪里。

哮天犬闻着这不该属于人间的味道，嗷呜一声趴在红莲边上，闭上双眼沉沉睡去，奔跑在一个满是莲香的梦里。

14

哪吒横枪仗剑，站立在空无一人的西天门外。

在他惨白到有些可怕的身体里，腾腾燃烧起一团炽热的莲火。那红莲之火愈发旺盛，透体而出，将他的三头六臂尽数笼罩在血红的火焰里。

火焰在九天罡风中呼啸，而在火焰之外的世界里，两个身着明黄僧袍、外披锦襕袈裟的身影，坐在莲台之上，远远出现在天际。

两个莲台随风而动，不过眨眼便到了西天门，九条盘旋在天门巨柱之上的火龙，将通行之路完全阻拦。

"哪吒？"燃灯佛祖一挑长眉，颇有些厌恶地道，"妖猴祸乱天宫，你不在天庭里好生看护，来这里做什么？"说着，便想不顾离火神龙，强行穿越过去。

哪吒左手斩妖剑剑指如来，右手火尖枪枪指燃灯，混天绫、乾坤圈持在手中，背后九龙自天门中探出龙首，一副再上前一步，就要出手格杀的架势。哪吒冷声道："天庭重地正逢大难，二位佛门中人无诏前来，还是在此静观其变的好。"

"玉帝旨意在此，倘若延误了时机，你担待得起吗？还不速速让开！"燃灯佛祖冷着脸，将玉帝谕旨扔给哪吒。

那道澄黄长轴一入哪吒周身的莲火之中，便"砰"的一声起火，卷上字迹被莲火烧灼之下，升腾起耀眼的灿金色火焰。

哪吒却不理他，只死死盯着如来佛祖，道："我奉命来此把门之前便受嘱咐，务必小心小人假奉玉帝旨意，骗入西天门趁机搅乱天庭。我奉劝二位还是待事态平息之后，再请求玉帝召见的好。"

"你！"燃灯身后佛光大盛，显然胸中怒气已然到了极致，正要继续出言反驳，却被如来佛祖摆手示意息声。

"众生皆苦。"如来佛祖忽然轻叹一声，"天不可一日无道，你们放任那猴子在天庭胡闹，到最后也不过是使天道重回原来面貌而已。更何况倘若玉帝身死，致使天道崩毁，天下无道，到时无所谓有无，更遑论难易，无长无短，无高无下，山峰倾覆、海河逆流，受苦的终究是三界之中难脱轮回之苦的芸芸众生。你又怎能忍心眼看那些没有法力的众生，在无序之中哀鸿遍野？"

如来开口众生皆苦，说得冠冕堂皇，看似境界超脱，但哪吒知晓他心中的小九九，与曾经尔虞我诈、互相征伐的其他圣人并无区别。而如今那五位圣人置身事外，无一人出手帮助孙悟空，就是摆明了无论成败，都将此番事况交给孙悟空由性去做。这是无论封神，还是昆仑，那些弥漫着浓浓阴谋意味的大战所从未出现过的。

无论这位曾经撑起无底之船将自己渡往彼岸之人究竟有何原因，哪吒都不为所动："众生命运，当由众生自己掌握！"

天地间最自由的灵魂，正在哪吒身后万神的围剿之中，毫无惧意地发扬性灵。

孙悟空手执千钧巨棍，扫得玉宇澄清，眼看只消几盏茶的工夫，便能打进灵霄宝殿中，叫那龟缩殿内出口便是律令、闭口便是天条的人形天道，打得烟消云散。

这二位之中无论是成圣的如来，还是近圣的燃灯，哪吒都没有绝对的把握能够战而胜之，恐怕即便是阻拦一盏茶的工夫，也绝非易事。

哪吒枪剑在手，毫无退意，道："无论如何，你们都休想穿过这道门去！"

"阿弥陀佛，你口口声声为众生搏命运，却不肯静心思虑破除旧世界而无法建立新世界的后果。既然如此，贫僧只能得罪了。"如来双掌合十，诵了声"佛"，随即手掌一推，浑然浩荡的磅礴巨力便铺天盖地一般轰然而来。

如来神掌！

哪吒亲眼见识过如来在灵山拍过孔雀、大鹏鸟，深知这掌的厉害，但他身后就是西天门，所以他不能退却，更无法逃避，唯有凭借身体去硬扛这道排山倒海一般的巨掌。

挡在最外边的九条离火神龙，瞬间九龙齐暗，就连放出火龙的九龙神火罩，也难堪重负应声破碎。混天绫与捆妖索在巨力之中，散作满天飞絮，乾坤圈随即便被压扁，好似一根扭曲的棍子跌落在地。

在这法力的狂浪之中，哪吒身周的红莲之火猛然熄灭，浑身的莲叶、莲梗、莲瓣皆破碎，他"砰"的一声撞击在西天门伟岸的门楼上。门上法阵顿时破碎，巨石轰然倒塌，火尖枪、斩妖剑顿时脱手而出，和哪吒一同摔落在西天门的废墟之中。

一击之力，竟然恐怖至此！

哪吒被压在巨掌之下无法动弹，只能眼睁睁地看着九品莲台流光溢彩，载着如来佛祖飞入西天门中。

孙悟空有注定要打败他的对手，哪吒也有自己早就选定了的仇敌，在灵霄宫的天道崩毁之前，世间种种，依然遵循此前因果、命中定数。

燃灯定定站在原地，待如来佛祖不见了踪影，他才阴恻恻地说道："你还想杀我吗？"

❧ 15 ❧

燃灯如同逗弄老鼠的猫一般，捉弄着毫无抵抗能力的哪吒。

"你不是想杀我吗？"乾坤尺不断挥起，又不断地落下。尺落之处，哪吒左首骨碌碌滚落在地，被燃灯一脚踢飞，随即是右首、手臂。

如来神掌逐渐消失在空气之中，哪吒拄着火尖枪，强撑起残破之躯，手持斩妖剑，剑指燃灯，往事种种皆在眼光流转之中清晰照见。

"你施法骗我，说白莲是我心魔，在我胸口刻下烙印，将我骗入红沙阵中，替你背死劫。如果不是白莲救我，你的算计成真，恐怕你也就不用死在今日了！"

哪吒空荡荡的胸膛之中，再度燃起一阵熊熊莲火，血色红莲破体而出，将他笼罩其中。数百年来的愤怒、怨恨，积蓄至今，一并喷涌而出，在西天门外绽放开一朵无比绚丽的业火红莲。

燃灯哈哈大笑道："杀我？看看你这副可怜兮兮的样子吧，我给你留了一个脑袋，一对手臂，就是想让你体会一番眼睁睁看着自己身死，却无可奈何的感觉！"

二十四颗定海珠在西天门外来回穿梭，在哪吒身上留下一个个贯穿而过的伤口。但伤口愈多，那朵红莲却烧得愈旺，残破的莲花化身亦在业火之中逐渐补全。

哪吒手持一枪一剑，傲立火中，神威凛凛而不可侵犯。

眼看状况逐渐脱离掌控，燃灯眼中逐渐露出一丝惶恐，他挥动乾坤尺，跃进红莲业火之中，磅礴的法力倾泻而出，砸向哪吒的头顶。

哪吒双眼血红，将乾坤尺紧紧攥在手中，任凭燃灯施法，竟无法再动他分毫。

燃灯再祭出二十四颗定海珠，想要像在七宝林中一样，把哪吒钉死在此。但一道鲜红的血液忽然从他胸口中喷薄而出，火尖枪贯穿其中，枪尖上血流如注。与此同时，斩妖剑横切出一条平滑的切口，在燃灯脖子上留下了一块碗口大的疤。燃灯的脑袋也骨碌碌滚落下去，眼中神光骤然涣散。

这就结束了吗？哪吒生出一股深深的疲倦感。将莲子从胸中取出之后，他就成了一个无心之人，全凭胸中烈火勉力维持，此时大仇得报，白莲亦在重生之中。

该解脱，也该终结了！哪吒想着，静静望着红莲逐渐内敛。

忽然，一股股微不可察的金光从下界升起，钻入了燃灯的尸体之中。尸体随即站起身来，捡起脑袋安在身上，癫狂一般地笑道："你以为这样就能杀了堂堂过去之佛吗？不管你再杀我千次还是万次，下界众生源源不断的信仰愿力，都能叫我不断地从死亡之中涅槃重生。你说，你究竟拿什么来杀我？"

哪吒的断首同样冷笑道："火尖枪、斩妖剑无法杀你，那么炼狱呢？"

"献祭永生，化为炼狱，生生世世，困锁燃灯！"

一团焚天灭地的烈焰，霎时从哪吒破碎而显得空荡的胸口中升腾起来，将西天门废墟烧得透亮。哪吒浑身带着红莲业火，猛然扑在燃灯身上，怒吼道："你最好真能凭借愿力不断复活，这样，你才能在这无法脱困的业火之中，每时每刻体会重生的喜悦与死亡的恐惧！"

燃灯惊恐万状地被红莲炼狱吞没，金色的愿力与血红的莲光，两股分别代表生、死的气息，争相在他身上来回窜动。身处红莲地狱的痛苦，使燃灯的声音扭曲得像是尖叫的妇人："不！你不能立下这等宏愿，你会堕入轮回，永远无法成神为仙的！"

"不！你不能杀我，你所有的一切，都是我从八德池中取来的，你怎能如此……"

哪吒惨白到极致的身躯，几乎已经有些透明了。

脚下本如大地一般厚实的云层突然消散，红莲地狱困着尖叫的燃灯，从至高处跌往低谷。那团骇人的炼狱之中，却有一双平静而清澈的眼睛望着灵霄宝殿，那里像是一座尸横遍野的巨大坟墓。

如来佛祖在神墓中扬起神掌，把太皇黄曾天倒扣，将孙悟空压向下界。

孙悟空的吼声震颤天地："如来！我被你骗了！"

炼狱在坠落，但哪吒无比平静："白莲，倘若有来生，到你开花那日，我一定要亲眼去见证。"

后　记

❧ 1 ❧

　　大业年间，隋炀帝杨广征发民夫五百余万开凿运河，又西巡张掖，亲征吐谷浑，远征高句丽，双叉岭镇山太保洪炼便是在此时被官兵强征入伍，离乡从军。

　　杨广年号大业，便是欲在有生之年，开创不世功勋，但连年大兴土木，加之接连对外用兵，终使田园荒芜、民不聊生，因此，天下起义连连。

　　大业十三年，太原留守李渊招兵买马，欲在乱世之中伺机而动，帐下马邑郡丞李靖知悉消息后，与亲信洪炼扮作囚徒，欲往江都密告皇帝。当时关中大乱，道路阻塞，二人被困长安之中。李渊于太原起兵，即刻攻克长安，二人被唐军抓获。临刑将斩时，洪炼黯然念及双叉岭老母坟前许久无人洒扫，而李靖声泪俱下对李渊悲愤道："公起义兵，本为天下除暴乱，不欲就大事，而以私怨斩壮士乎？"

　　李世民闻听此言，当即奉劝李渊，二人这才得以获释。

　　李靖自此归入李世民麾下，洪炼跟随李靖远征江南，一路平定萧铣、安抚

242

岭南，后夜袭阴山，灭东突厥，西征定国，至五行山前，在此划定两界。

时隔多年，洪炼重归旧土，难免思乡情切，再加此时天下平定，便向李靖提出辞官，回乡祭奠亡母。

双叉岭在五行山以南，山高路远，洪炼没了军马，行得十分艰难。到五行山下时，忽然有个声音从山脚下叫他："小孩儿，快来老孙这里！"

洪炼不由得一笑，边往山下走去，边想起小时候的趣事和关于这座五行山的传说。

据双叉岭猎户祖祖辈辈传说，在五百年前王莽篡汉时，天上忽然降下了这座五行山，山下压着一只神猴。后汉时有两位高僧牵白马驮经而来，还曾往那山下想要度化神猴，却被他一通嘲讽，说得面红耳赤逃走。

说来也怪，那神猴身在山中，五行山方圆百里内便从来太平永乐，物产丰盈，百姓安居乐业，大家都说是那神猴的庇佑。最初逢着丰年，先民还曾宰杀三牲祭祀神猴，但神猴却在山下大叫，讨要山中野果，只是山民畏惧神佛鬼怪之事，并无一个赶上前去。

听到这个传说时，洪炼因胆大包天而著称庄中，说故事的小孩儿就激他，说倘若真的胆子大，就采摘些野果山珍，送到五行山下。

当时洪炼方才七岁，咬着果子和那猴子攀谈时，神猴说他是什么齐天大圣，名叫孙悟空，因为大闹天宫，才被玉帝请了如来镇压在此。山中孩童每日在山中为乐，只知山神、土地才是神明，哪知什么玉帝、如来，听他故事说到兴奋处便一同大笑，也就过去了。

洪炼最后一次见到那只孤苦的猴子时，是十四岁离乡之前那年。

此前孙悟空每次见到他捧着满怀野果来时，都是喜出望外。但是那次见面，孙悟空却愁容惨淡，对他说："小孩儿，你乃是天上托塔天王李靖三子，名叫哪吒堕入轮回而生。此次回庄，你须立即收拾包袱，前往灌江口找一只总是昂首哮天的大黑狗，倘若有稍许拖延，恐怕就身不由己了。"

此前神猴讲述往事之时，曾经提及过这位哪吒，乃是玉帝手下一员战神，手执火尖枪，脚踏风火轮，身上挂着混天绫、乾坤圈，但这哪吒和他交战几次都大败而归。神猴曾饶过哪吒一命，那哪吒知恩图报，在神猴危难之时，推翻了太上老君的八卦炉，神猴才得以脱困而出，而后大闹天宫，将九霄云阙杀得仿佛神墓，后被如来佛祖压在了这五行山下。

洪炼将他的话记在心里，答应他回庄之后，一定收拾行装，去灌江口找那只大黑狗。但回双叉岭之后，洪母突然一病不起，洪炼每日悉心照顾，便将答应神猴之事忘到了脑后。七日之后，洪母病重不治，溘然长逝，但隋炀帝亲征吐谷浑的兵马却将乱世战火燃到了此处。

在那支军队里，他遇到了卫公李靖，便一直跟随李靖一路征伐，直到今日。

✑ 2 ✑

即便对年仅十四岁就被称作镇山太保的猎户洪炼而言，前往五行山的路，也是极为崎岖难行的。行过晌午，五行山在灿烂的阳光下显出五指扣压之形时，洪炼却意外地发现，有个身骑白马的年轻僧人领着几个挑担的侍从，行走在山路之中。

林中群鸟突然受惊，惊叫着飞离枝头。

洪炼叫声不好，只见一身斑斓皮毛在斑驳树影中猛然跃出，原来是一只潜伏良久的吊睛白额猛虎。猛虎将僧人仆从挨个儿扑翻了，张开血盆巨口大快朵颐。

僧人马匹受惊，飞纵四蹄向洪炼身边奔来，洪炼张开双臂抱住马首，生生将惊马拦下，才见那僧人样貌俊秀，虽有些慌乱，但并不见一丝惊惧。

猛虎吞食了几个仆从身上的精肉，又朝和尚扑来。洪炼将和尚挡在身后，一拳猛击在老虎脑袋上，翻身将它压在身下，随即抽出随身短匕，伸手至老虎颌下一抹，死命压了约莫一刻工夫，那大虫才没了气息。洪炼熟练地剥了虎皮，

244

其间那和尚下了马，诵一声阿弥陀佛，便双手合十，念起往生经文。

洪炼嗤笑道："倘若今日没碰上我，你已经葬身虎口，怎么还替它往生超度？"

和尚将死虎超度，又为方才丧命虎口的几位侍从念诵往生经文，而后泰然道："当初我佛如来被孔雀吞入腹中，破腹而出后，却反尊孔雀为佛母，封孔雀大明王菩萨。我辈修行之人，自当奉行佛法。"

"听你这和尚念歪经。"洪炼面上虽笑，心中却对这手无缚鸡之力，但遭逢劫难还能安之若素的和尚敬佩有加。一问才知，他乃是当今天子御弟玄奘法师，奉唐王天子之命，前往西天拜佛求经。

洪炼便道："这山中豺狼虎豹众多，大师独行恐怕不妥，正好我要往五行山下去寻一个故人，不如与我同去，也好送你一程，将你送出大唐界外。"

玄奘揭下了五行山上镇压神猴的六字真言。五行山轰然倒下的那一刻，洪炼大为震惊，想起小时候听孙悟空讲过的故事，才忽然想，难道九天之上真有宫阙，九幽之下真有地府？

而孙悟空在向佛门低头之后，终于结束了五百年的孤独，重新获得了自由，跟着他口中金蝉子转世、十世修行的好人玄奘，踏上了西行之路。

临别前，孙悟空问道："你可曾去过灌江口了吗？"

洪炼摇头："世事难料，因故未能成行。"

"去那里，你就能找到前生。"

3

双叉岭壮年尽皆从军，死在乱世之中，庄里老幼无人捕猎，不知何时迁居别处，记忆里热闹的山庄，仅仅十几年就已破败不堪。

洪炼在坟前告慰亡母，拔去坟头枯草，又添上新土，便背着行囊，一路南下。

这一路穿越无数崇山峻岭，终在次年仲夏夜抵达蜀地灌江。当夜月明星稀，洪炼睡在一座香火鼎盛的庙宇之后，在缭绕香烟之中做了一个奇怪的梦。

在梦中，一只满目沧桑的黑狗咬着他的衣袖，将他带入一座山谷。谷中树林茂密，落英缤纷，尽数飘落在一汪碧水当中。池水如同明镜，倒影月色，满池盛开的白莲之中，唯有一朵红莲含苞，如同灯火长明。

黑狗昂首哮天，洪炼俯首赏莲。

第二日天色微亮，真君庙庙祝早起洒扫之时，洪炼才从梦中惊醒。

洪炼向那老庙祝问道："老伯可知这灌江境内，有没有一只总爱昂首哮天的黑犬？"

庙祝笑道："外乡人莫非从未听说过'蜀犬吠日'之语？蜀地多雨，即便无雨之时，也多是阴云密布，因此，蜀地之犬一见云后金乌，便要昂首狂吠，至于哮天的黑犬，更是比比皆是。"

庙祝话音刚落，朝阳便射破层云，洒落金光，灌江两岸声声犬吠，此起彼伏。

真君庙中豢养的黑狗，默不作声到了洪炼身边，轻轻嗅了嗅，便如同昨夜之梦一般，咬住了他的衣袖。

山谷是在庙后数里，景色宜人，但不知为何，好像从来人迹罕至。

洪炼走到莲池边上，梦里那朵未开的红莲已然盛开九品，叫满池莲花黯然失色。

一根青葱玉指在他脑后轻点，洪炼转过头，看到一个身穿白色莲裙的女子，眉目含春，轻声叫道："红莲！"

番 外 莲灯长燃

❦ 1 ❧

　　燃灯结跏趺坐在遍布业火的炼狱之中，眼前纷扬飞舞的红色莲花，像是自天穹上洒落的大雪一般，渺渺无际，难溯根源。

　　"这倒也算是个解脱吧！"

　　燃灯的身体在附骨燃烧的业火中，一寸一寸被腐蚀殆尽，就在最后一块骨头即将化为灰烬之前，枯败的白骨忽然凝结成一颗浑圆的舍利子，绽放出一簇至纯至精的火焰，在这业火炼狱之中摇曳。

　　燃灯残破的灵魂，沐浴在舍利元光之中，才明悟过来："原来，我是一簇火……"

✤ 2 ✤

神仙、佛魔的寿命实在太过于久远，久远到天地同寿都不足以概括，但他们同样有初生于世之时懵懂无知的少年时代。

燃灯的少年时代，起始于凌云渡的波涛中。彼时的燃灯每时每刻都需要用尽所有力气，拼命向水下的淤泥扎根，方才能稳住自身，不被湍急的浪涛连根拔起。

垂死挣扎的无数个瞬间，需要忘却所有旧时的成功，牢牢根植于当下。正因如此，这段时光未曾给燃灯留下任何的记忆，求生的渴望却烙印在了他的灵魂之中。

后来，凌云渡口来了一个无名的青年，每日撑着无底之船，接引芸芸众生往来于两岸之间。久而久之，接引就成了他的名字。

再后来的一天，另一个青年坐在接引的船上，问接引："兄长身具大能，为何在此渡人？"

接引答道："非是渡人，实为渡己。"

青年再问："无底之舟，能往何方？"

接引再答："往生净土，极乐西方。"

青年大笑："彼岸路远，准提愿与兄长同行。"

无底之船再度启程之前，接引随手折下了渡口旁，那朵见证了他摆渡生涯的莲花，也因此而结下了绵延千万年之久的因果。对于上一刻刚从浪涛中偷生的燃灯而言，驶向彼岸的航途，是一段漫长而温暖的旅程，燃灯沐浴在温暖阳光的洗礼之中，不用再时时刻刻绝处求生。

准提端详着手中的莲花，笑道："这花真像一座灯盏。"

他打了个响指，在手中的莲灯上点燃了一簇不熄的火。

燃灯的生命，便于灯火点燃的刹那，方才真正开启。

"一花一世界，一树一菩提。"接引轻声感叹着，与准提踏足在灵山柔软的土地上。他们在那里开宗立派，建七宝林、修八德池，开创了沙门正统。

燃灯受接引十戒，成为世上第一个沙弥，跟随接引、准提一同在灵山上修行。燃灯一天一天长大，沙门亦随之一天一天地壮大，引来从者无数。

燃灯本想用尽漫长的一生，来不断理解与消化接引、准提二人所讲之法，帮助他二人壮大沙门，除此之外便无欲无求。但他忽然发现，沙门的壮大，却并未给接引带来一丝一毫的快乐。尤其是接引观望到远在昆仑之上，维系世界运转的天道之后，他那两道修长的眉毛更是久久地纠结在了一起。

燃灯苦思无解，不知为何，便去问接引。

接引没有直接回答，而是陷入了长久的沉默。物换星移，而接引趺坐不动，不知几多春秋之后，接引起身，命燃灯召集同门，聚于八德池旁的七宝林中。

生而为圣的接引，面对座下门徒、八部众生，在那里第一次讲述了他苦苦探求之后，对于众生成圣之法的理解，即使人人觉悟成佛。

"如是我闻。一时佛在八宝林。与大比丘众。发大宏愿。度众生以觉悟之法。须为佛种。以出世之身入世。修无上佛法……"

毗沙门天王第三子哪吒俱伐罗，听闻接引教主宏愿之后，投身八德池中，为一朵红莲收入，化身佛种红莲。

燃灯静静站在池边，看着万千同门如水般凝结成一粒粒佛种。

接引问："你为何不去，难道你不想觉悟超脱？"

燃灯答："播种之事，尚需由我为之。"

接引点点头，道："你往东方一行……"

燃灯捧着一朵朵莲花，往来于灵山与东土之间播撒佛种。而当他像当初接引从凌云渡口旁折下他一样，折下哪吒俱伐罗的佛种红莲之后，才发现那红莲竟在八德池下与一株白莲并蒂而生。他犹豫了片刻，才捧着那株红莲，将它种在了荒无一人的昆仑天池里。

那是第一粒结成的佛种，也是他种下的最后一粒。而后燃灯带着接引的使命，留在守护天道的玉清元始天尊身边，留在最接近天道所在——紫霄宫的昆仑山上修行。世间就没有了沙门的比丘燃灯，而只有阐教元始天尊的挚友燃灯道人。

∽ 3 ∾

燃灯道人第一次见到玉帝，正是一直有序运转的天道开始向外逸散的开始。当三清发现这个现象时，天道最本源的精华，已经不可逆转地落在了一个经历了万世苦修的青年身上。

玉帝成为了三界之中的第一个神，而后就有了第二个、第三个，又有了由神组成的天庭。

燃灯道人在昆仑山上，除了参悟天道苦修之外，也在等待着世间一粒粒佛种的生根发芽，但他没想到，被他最后种在灵气充裕的昆仑天池之中，滋养最厚的那朵红莲，居然直接将哪吒俱伐罗孕育出生。而更令燃灯道人不安的是，这整个过程都是在玉帝面前进行的。

不出意料，玉帝找到了他，出人意料地说道："三清无法预料到天道的灾难即将发生，倘若任由他们把持紫霄宫而无所作为，恐怕到时天道逸散会导致秩序混乱，三界众生皆将遭逢大难，你们计划中的一切也都将无法实现。"

在面对着三清之外的其余神仙时，玉帝的眼中总闪烁着一股看透一切的光芒，并由此让面对玉帝的人，感觉一切都在玉帝的掌控之中。对于玉帝提出的建议，燃灯道人无法拒绝，他偷偷去了一趟灵山，将玉帝的谕旨带给接引与准提。

燃灯道人无法忘记当接引看到谕旨时，双眼流露出的让他感到浓浓失望的目光。他忽然第一次对接引感到了失望，而接引在封神之战中的表现，更让他的失望愈发浓烈。

他可以接受玉帝在背后谋划一切，却无法接受接引暗中与元始天尊的密谋。或许是因为在他心里，发下众生皆可成佛的大宏愿的接引，形象实在是太过于伟岸光辉，以至于燃灯道人早就把接引的宏愿，同样当成了自己毕生追求的目标，哪怕放弃成佛的机会，也要帮助接引实现。

接引的宏愿是光辉夺目的，那么他追求与实现理想的行为，也绝不允许有任何一点儿污点。倘若必须要有人去做那些密谋之事的话，燃灯道人只希望做那事的人是自己。

一切都在玉帝的计划之中有条不紊地进展，数百位新封的神灵整齐站在西昆仑天庭之中接受封神的浩大场景，似乎让惨烈的封神之战的血腥味儿散去了不少。

只是封神的鲜血尚未干涸，仅仅百年之后，因西王母与周穆王仙凡之恋所导致的昆仑大战便再度爆发，玉帝潜修之后，将余下的天道之力融入己身，所有能对天道产生威胁的，无论阵营，都在这一场大战之后杳无音信。

崩毁的昆仑山飞上九天，真的建起了高悬于天穹的天庭。

燃灯道人重新回到灵山时，已经成为了新任的沙门至尊，但是他的眉毛依旧常常紧紧纠结在一起。

燃灯察觉到释迦牟尼的觉悟时，他知道孔雀无法做到，但还是这样要求孔雀："前去杀死那个坐在菩提树下的人。"

燃灯用言语讽刺佛祖，想要逼佛祖杀掉他这个宏愿的执行者以及玷污者。

但是觉悟者的眼睛像一束温柔而有力的阳光，穿透了一切的虚妄，穿过汹涌的浪涛，直直照进了他的心里。

就在此刻，那缕留在燃灯心中的阳光，终于再度将他心底的灯盏点燃。

一簇长燃不熄的灯火！

∽ 4 ∾

燃灯猛然睁开眼睛，眼前没有了无穷无尽的业火红莲，没有了焚毁万物的炼狱。

清越的钟声回荡在阒静的大雷音寺，源源不断的梵音真言，随即便由四面八方无数信众口中诵起，齐齐汇聚向大雷音寺。

八菩萨、四金刚、五百阿罗汉、三千揭谛、十一大曜、十八伽蓝在大雄宝殿中齐诵佛号："阿弥陀佛。"

真言拂去心上尘埃，梵音扫得六根清净。

燃灯站在佛祖的身后，佛祖问他："你可悟了？"

燃灯并未回答，而是轻轻迈步走出大雄宝殿。

他抬头望向东方，端坐在灵霄宝殿中的玉帝，已经抛去了为人为神的欲求，变得与当初紫霄宫中的天道本源无异。而在天穹之下，齐天大圣扛着棍子走在最前，卷帘大将挑着担子居中，天蓬元帅牵着白龙马居后。白马上的金蝉子，似乎察觉到了燃灯的注视，猛然睁开双眼，目光炯炯望着燃灯。

燃灯似乎看见，当年他亲手种在五湖四海的种子，即将在浑浊的世间开满青叶白花。

过去佛低下头，见八德池粼粼波光中，正倒映着他脑后一轮灿然的佛光，喃喃低语道："众生皆可成佛的时代，即将来临……"